Les déchus

Urielle

MB MORGANE

Les déchus

Urielle

Romance fantastique

Avertissement : Les personnages et les situations de ce récit étant purement fictifs, toute ressemblance avec des personnes ou des situations existantes ou ayant existé ne saurait être que fortuite.

Tous droits réservés

Aucun extrait de ce livre ne peut être reproduit sans la permission expresse de l'auteur sauf pour être cité dans un compte-rendu de presse.

Contact : mbmorgane.book@gmail.com

© 2020 MB MORGANE

Tous droits réservés

Éditeur : BoD-Books on Demand

12-14 rond-point des Champs-Élysées, 75008 Paris

Impression : Books on Demand, Norderstedt, Allemagne

Photo de couverture : istock

Correction : Florence Chevalier

ISBN : 978 2322236206

Dépôt légal : Juillet 2020

1

Ma grand-mère a toujours beaucoup compté pour moi, je me rappelle ces vacances chez elle, dans ce village perdu au centre de la France. J'étais jeune, j'aimais me promener dans la forêt tout près, ramasser des baies ou des champignons. Sa maison en pierre était à sa taille, ni trop grande ni trop petite. Elle adorait cultiver son potager et prendre soin de ses fleurs. Je me souviens de ses magnifiques rosiers, ils embaumaient l'air, certains longeaient l'allée pendant que d'autres étaient plantés de chaque côté de son entrée.

Mais tout est fini maintenant…

Elle vient de mourir et, tout en regardant le cercueil, je comprends que plus jamais je ne la reverrai.

— Ça va aller ?

Voici Mégane, dit « Mé », mon amie d'enfance. Elle est toujours présente quand je traverse des moments difficiles, pourtant sa vie est constellée de tragédies.

Nous avons en commun un père absent, le sien est parti vivre au Brésil quand sa femme était enceinte de huit mois. Elle n'a plus jamais entendu parler de lui. Quant à sa mère, elle s'est rapprochée de la mienne, car nous habitions dans le même immeuble. Nous avons grandi ensemble, nous étions comme des sœurs. Comme nous étions et sommes encore pourvues toutes deux d'un fort caractère, ce n'était pas toujours évident. Nous avons partagé nos histoires quand nous étions enfants, puis adolescentes, nous le faisons encore à l'âge adulte. Quand nous nous fâchons, nous finissons toujours par nous réconcilier.

— Je ne sais pas…

Je pousse de toutes mes forces son fauteuil roulant, mais il n'avance plus. Je râle en lançant :

— Tu vas t'enliser dans cette boue, et je n'ai pas envie de moisir ici. Il va bientôt pleuvoir !

Mé avait eu un grave accident de voiture à 20 ans, le jour de son anniversaire. Depuis, elle ne peut plus marcher. Ça a été un choc pour moi, mais pas autant que pour son petit ami de l'époque, qui a décidé de mettre fin élégamment à cette relation dès le lendemain, bien qu'elle ait été dans le coma. Il ne se sentait visiblement pas assez coupable pour s'occuper d'une infirme. Mé était amoureuse, elle comptait sur lui, elle voyait l'avenir dans ses yeux. Bien évidemment, après l'accident, ce n'était pas le plus important, car il fallait qu'elle survive. Sauf que c'était bien lui qui était au volant ! Ivre-mort, il s'était endormi avant de finir dans un fossé. Il n'a rien eu, c'est elle qui a eu les jambes broyées et qui est restée inconsciente durant trois mois. À son réveil, elle a entamé une rééducation pour reparler normalement, c'était une battante, elle a fait des progrès rapidement, mais on savait qu'elle ne remarcherait plus jamais. Elle était brisée physiquement et émotionnellement, et j'étais là pour elle jour et nuit.

Tout en poussant le fauteuil, je me dis que j'ai de la chance. Ma vie est plutôt remplie, j'ai un travail qui me plaît, un petit ami, un studio sympa avec vue sur l'immeuble d'en face. Pas trop de bruit ni trop de délires, juste une existence tranquille.

— Ha non, mais ce n'est pas possible ! Ce fauteuil n'est pas pratique, il faudrait quand même que tu te décides à le changer !

— C'est ça, oui, et avec quoi ? Mes revenus de handicapée ?

Je bute sur les pierres, Mé est secouée d'un côté et de l'autre. On finit par éclater de rire, stoppées au milieu d'une sorte de mare. Il vaut mieux être philosophe. Ce cimetière humide n'a rien de glamour, et il nous reste encore quelques mètres à parcourir. Je pousse d'un coup sec, je me prends les éclaboussures de terre mortuaire sur mon pantalon de lin noir.

Magnifique ! Quand ce n'est pas le jour, ce n'est pas le jour !

C'est dommage, mamie aurait bien aimé avoir plus de monde à son enterrement, mais elle avait décidé de se faire inhumer à quatre cents kilomètres de son village, dans ce sinistre endroit de banlieue parisienne près de sa famille, enfin plutôt près des morts de la famille. Elle était ma grand-mère paternelle. Mon père est parti avec une Russe trente ans plus jeune que lui, il y a vingt ans, je ne l'ai jamais revu et je n'y tiens pas. J'imagine néanmoins qu'il doit savoir que sa mère est décédée. En parlant de « procréatrice », la mienne a toujours été plus femme que maman, elle connaissait l'existence de mamie, mais comme il ne s'agissait pas de sa propre famille, elle ne la côtoyait pas. Ceci étant dit, même quand il s'agit de sa proche famille, elle a du mal à frayer.

On était donc trois… en comptant le prêtre et Mé, qui est maintenant définitivement enlisée ! Il pleut, je souffle, je pousse de toutes mes forces et je m'enfonce de plus en plus dans l'argile.

— Bonjour, je peux vous aider ?

Je me retourne et je vois un homme plutôt séduisant. Mé enchaîne avec son sourire qui en dit long, me coupant littéralement la possibilité de répondre.

— Ha, franchement, oui, je veux bien. S'il vous plaît, vous seriez très gentil.

Elle papillonne des yeux, je la connais par cœur. Il doit avoir dans les 40 ans, peut-être plus. L'âge chéri de ma mère, adepte des relations efficaces et non pérennes, je suis sûre qu'il lui aurait beaucoup plu, si Mé n'était pas déjà sur le coup.

Il s'approche du fauteuil, prend ma place et commence à pousser. En un rien de temps, celui-ci est libéré de sa glu.

Comme toujours franche et déterminée, Mé se tourne vers l'inconnu, la main tendue.

— Je m'appelle Mégane, et vous ?

Le moins que l'on puisse dire c'est qu'elle est directe, c'est aussi pour cette raison que nous nous frittons régulièrement.

Visiblement, cela plaît à son sauveur. Il esquisse un sourire plutôt charmeur et la salue.

— Benjamin. Je suis ravi d'avoir pu vous aider.

— Merci à vous, vous êtes arrivé au bon moment.

— Je venais déposer des fleurs et je vous ai aperçues. Je ne vois pas comment j'aurais pu vous ignorer.

Le silence s'installe alors qu'ils battent mutuellement des cils.

Je sens que je vais encore tenir la chandelle. Une habitude avec Mé, c'est incroyable, elle est tellement sûre d'elle, sans complexes. Combien de fois cela lui arrive-t-il de dévisager un homme dans la rue et de finir par boire un verre avec lui ! Et si l'on exclut les bizarres qui veulent savoir ce que cela fait de coucher avec une handicapée, elle a plutôt pas mal de succès. C'est vrai qu'elle est jolie. De son accident, elle n'a conservé qu'une petite cicatrice sur le front, un miracle finalement. En tout cas, on sent bien qu'elle assume ce qu'elle est et ne se gêne pas pour profiter de la vie à cent pour cent.

Je soupire. Elle me reproche de ne pas être comme elle, d'être comme je suis, une bloquée, coincée, fataliste…

Une corneille croasse et me rappelle que je suis trempée dans ce cimetière. Il est temps de m'éclipser. De toute façon, la journée n'a pas été d'une gaieté absolue. Je rallume mon portable, ce cher Axel a dû me contacter.

Axel est mon « petit » copain, qui est devenu, au fil des ans, mon « petit » fiancé. J'insiste sur le « petit », car il a tendance à avoir des réactions immatures. Je ne me pose plus la question de savoir si je l'aime ou pas tant il est maintenant « mon petit Axel » tout court. Et ça a du bon l'habitude, cela nous empêche de trop réfléchir, surtout lorsqu'on se concentre sur sa carrière.

Ma prodigieuse et sublime carrière de… pigiste. Et en CDD, je vous prie ! Ce n'est évidemment pas ce que j'avais prévu à la fin de mes longues et douloureuses études supérieures, mais j'ai bon espoir d'entrevoir un jour le bout du tunnel. Je travaille à la demande pour un magazine pseudo-ésotérique et paranormal. Plus rien n'a de secrets pour moi : les faux voyants et les vrais escrocs. De temps en temps, je côtoie un médium éclairé qui finit par me prédire mon avenir. Mais entre le fait que je suis supposée devenir chanteuse d'opéra ou yogi en Inde, rien de très excitant. Un seul, qui semblait plutôt sérieux, m'a parlé d'une rencontre étrange qui marquerait à jamais ma vie. Je l'attends toujours…

Un gloussement me fait sortir de ma torpeur. Mé et Benjamin sont en pleine leçon de séduction, dois-je prendre des notes ? Je les trouve particulièrement bons.

Pour l'heure, j'ai juste envie de partir… aussi je dis calmement :

— Mé, je dois y aller. Désolée.

— Ah oui, je comprends. Benjamin, ça vous tente un café ?

— Oui, avec plaisir.

Il ne la quitte pas des yeux. Mé se tourne vers moi et m'adresse un clin d'œil. Elle est dans son truc, et plus rien ne compte à part cela. Je saisis qu'il va falloir que je rentre sur Paris en transport en commun.

Ravie, je laisse les tourtereaux et je me dirige mollement vers la gare.

2

Ce qu'il y a de « sympathique » dans le métro, c'est la promiscuité. On peut dire qu'aimer son prochain devient un véritable challenge.

Accrochée à la barre, je repense au SMS du « petit Alex » :

« J'espère que ça s'est bien passé. Ne m'attends pas ce soir, j'ai du travail, je suis à l'appart. JTM »

Clairement, au fil des années, nous sommes devenus deux étrangers, mais je l'accepte. Reste à savoir si c'est finalement par habitude ou par dépit. De toute évidence, il ne souhaite pas me soutenir dans mon deuil, ayant d'autres choses pour l'occuper, et qu'il considère plus importantes que ma tristesse.

A-t-il réfléchi à ce qu'il m'a écrit ? Comment voulait-il que l'enterrement se passe ? Plus j'y pense, plus j'enrage intérieurement, tout est en train de remonter à la surface bien gentiment, mais comme toujours je mets ma réaction sur le compte de mon état d'esprit actuel. Je me contente de lui comme je me contente de ma vie. Alors je me contiens dans ma réponse.

Je tapote sur mon smartphone :

« Oui, bien passé. JTM »

Je vais me retrouver chez moi ce samedi soir après

l'enterrement.

Ma pauvre mamie, elle qui aimait les animaux, son village, ses repères, je lui téléphonais toutes les semaines. Maintenant il faudra que je fasse sans cette petite parenthèse de tendresse. J'apprenais que Rose, sa voisine, avait encore confectionné des gâteaux avec des plantes ou des fruits de son jardin aux parfums si incroyables. Elle devait me les faire goûter un jour, mais je n'aurai probablement pas l'occasion de le faire désormais. Je n'étais pas allée la voir depuis des années. Pauvre mamie ! Elle est morte seule dans son coin de paradis, et moi je suis en train de mourir à petit feu dans mon enfer parisien…

Quelque chose me fait tressaillir.

— Hé !!!

C'est une idée ou je viens de sentir une main sur mes fesses ?

En me retournant, je me retrouve devant un homme tout en sueur à l'air libidineux qui me regarde, les yeux presque exorbités. Il semble stressé et nerveux, comme s'il venait de faire un truc très interdit et très excitant à la fois.

Furieuse, je le pointe doigt.

— Machin ! Tu peux arrêter de me mettre la main aux fesses ? Tu crois que si tu me touches, ça te rendra moins con ? Tu penses que je vais défaillir dans tes bras en disant « Mon Dieu, quel homme subtil » ?

Tout le wagon se tourne vers lui. Surpris, il se ravise instantanément, c'est comme si je l'avais réveillé d'un coup. Il prend une petite voix pour me répondre :

— Ho, pardon, mademoiselle, je n'ai pas fait exprès.

C'est ça, oui. Je suis en pétard. Vraiment, ce n'est définitivement pas un bon jour.

Rapidement, il recule, la tête basse, et j'entends quelques rires. Les regards me donnent raison, les femmes m'applaudissent dans leur for intérieur. Je reste tendue dans mon coin et je dévisage l'homme avec un œil noir. Il semble maintenant regretter son geste, et moi, je me suis soulagée de cette journée pourrie.

La rame stoppe, je sors et j'entends :

— Mademoiselle !

Je poursuis mon chemin.

— Mademoiselle ?

Le temps que je comprenne qu'il s'agit de moi, le jeune homme est à ma hauteur. Je m'arrête.

— Oui ? Qu'est-ce que vous voulez ?

Il a l'air gêné.

— J'ai vu ce qui s'est passé dans le métro. Vous avez bien fait.

— Merci.

Je repars.

— Attendez ! Je m'appelle Samuel et je suis bénévole pour une association chrétienne qui défend les femmes.

Je m'arrête de nouveau, et il me rattrape, visiblement bien essoufflé de m'avoir couru après.

— Je me demandais si vous ne souhaitiez pas aider les jeunes filles qui subissent du harcèlement, je vois que vous avez de la répartie et que vous n'avez pas froid aux yeux.

— Quoi ? C'est un peu louche comme approche, vous ne trouvez pas ?

— Non, ce n'est pas ça, je vous assure. Prenez ma carte, il y a un site internet aussi. Nous nous réunissons tous les mardis soir. On reçoit principalement des adolescentes qui se font harceler. Mais nous avons toujours besoin de gens qui viennent témoigner de leur expérience ou de bénévoles.

— Alors, vous voulez que je sois franche ?

Je croise les bras en le dévisageant. Il sent ma réticence, et son visage se crispe perceptiblement.

— Oui, je vous écoute.

— J'ai un problème avec les religions, quelles qu'elles soient, et quand vous me dites que c'est pour une association chrétienne… hum, comment vous l'annoncer simplement… ce sera : non ! Mais merci quand même d'avoir pris ma défense dans le métro… des hommes galants, c'est si rare !

Je reprends ma route, mais il est sur mes talons.

— Vous avez raison, j'aurais dû intervenir. Mais vous étiez tellement efficace et rapide que…

— Bref, cela ne m'intéresse pas. Désolée.

— Oui, je comprends, mais je ne vous parle pas de religion, je vous parle de femmes ou de jeunes filles qui ont besoin de soutien. Nous n'avons pas assez de bénévoles, et je pense sincèrement que…

— … que je serais une bonne âme qui pourra dans un avenir proche adhérer à votre communauté. Très peu pour moi ! Je ne croyais pas que les chrétiens étaient obligés de trouver des adeptes dans la rue de nos jours.

— Oublions le côté religieux de l'association et…

Je m'arrête juste avant l'escalator.

— Et quoi encore ? Que faites-vous maintenant, c'est un peu du harcèlement, non ?

Il me sourit calmement, et son regard change, il est presque intrusif. Son attitude me déstabilise.

Nous nous tenons au milieu du passage. Les gens grognent, car ils ne peuvent plus accéder aux escaliers mécaniques. Je décide d'avancer, un peu poussée par le flot. Je le fixe toujours, comme hypnotisée.

Et j'entends comme un écho :

— Mon intuition ne me trompe pas, je sais que vous me seriez d'une aide précieuse. Regardez le site et venez mardi prochain.

Puis il tourne les talons et disparaît de mon champ de vision.

Quelle drôle de journée ! Drôle n'est peut-être pas vraiment le terme adapté en fait. Je suis épuisée nerveusement.

Heureusement que je ne vois pas Alex ce soir. Je vais pouvoir me coucher tôt. Je place la carte de visite dans mon sac et commence à marcher vers mon appartement.

3

Mon appartement, ou plutôt devrais-je dire ma studette avec vue imprenable sur « immeuble », est vraiment déprimant. Chaque fois que je me retrouve coincé ici, je n'ai qu'une envie, ouvrir la porte d'entrée pour m'installer dans le couloir. Au moins là, il y a de la place… Ceci dit, j'ai Internet. Je m'affale dans mon canapé et je reste un certain temps dans cette position à regarder vers le haut. J'ai la tête qui tourne un peu, je me sens seule dans ma douleur, c'est moche.

Alors que je contemple une tache d'humidité au plafond et me dis qu'il faut que j'appelle le propriétaire, il me vient l'envie de consulter le site du type du métro. Je me connecte et regarde la page d'accueil. Il est annoncé clairement que c'est une association chrétienne. Ils parlent des femmes dans le monde, du harcèlement d'ici et d'ailleurs.

Je clique sur l'onglet « équipe ».

Samuel fait partie des bénévoles, il a choisi de devenir prêtre. Mince, il ne manquait plus que ça, j'ai envie de passer à autre chose, puis je vois en bas une vidéo. Machinalement, je déplace la souris. Il s'agit de témoignages d'adolescentes qui ont le visage flouté. C'est affligeant, je ne pensais pas qu'on puisse en être encore là de nos jours. Elles sont juste innocentes, j'ai les larmes aux yeux. Au fond, c'est la suite logique d'une époque lâche, en proie à la consommation rapide et directe, un monde où si l'on souhaite faire du mal anonymement. Il est simple d'utiliser Internet. Mais voilà, ces jeunes filles ne sont pas construites psychologiquement. Je continue et je passe à la violence physique. Je suis obligée d'arrêter lorsqu'une étudiante parle de son viol, ça me dégoûte. J'ai eu ma dose, je finis en pleurs et referme brutalement l'écran de mon portable. Il y a des jours où l'on peut tout assumer et d'autres où il vaut mieux aller se coucher.

Je me sers un café et je reste sans bouger un moment.

Un SMS me sort de ma torpeur :

« Ma biche, c'est la folie, j'adore ce mec ! »

C'est Mé, je l'avais presque oubliée.

Je réponds :

« Cool. »

Et instantanément, elle m'envoie un nouveau message :

« Quoi ? Juste cool ! Attends, je t'appelle ! »

Le téléphone se met à sonner dans la seconde.

— Écoute, c'est un mec génial !

— Oui, Mé, j'ai cru le comprendre, c'était assez clair tout à l'heure quand tu m'as plantée.

— Oui, désolée… Bon, je te raconte ?

— Oui, oui, vas-y…

Et pendant plus de deux heures, elle me raconte à quel point Ben était « génial » …

***

Je ne sais pas ce que je fais ici, c'est assez confus, mais j'ai finalement décidé de me rendre au siège de l'association. J'ai repensé toute la nuit aux images de ces jeunes filles, et si je dois faire du bénévolat, autant que ce soit là où je me sens concernée.

— Vous êtes venue ?

Samuel me tend la main et me sourit.

— Entrez, je vous présente.

Il me conduit dans une pièce où des chaises sont disposées en rond au centre. Au mur, on trouve une croix et une photo du pape. Il a quelques livres sont dans une bibliothèque en bois. Il y règne un parfum d'encens, de poussière et, je l'avoue, de déprime.

Les quelques personnes semblent avoir la soixantaine. Je pense effectivement qu'ils doivent avoir besoin de sang jeune.

Je regrette maintenant d'être ici tant je trouve que l'atmosphère est glauque, je me sens épiée et j'ai envie de m'éclipser par une porte dérobée.

Samuel prend la parole :

— Chers tous, je vous présente la demoiselle du métro dont je vous ai déjà parlé, elle est là pour m'aid… nous aider.

Une femme intervient rapidement :

— Bonjour, je suis Cathy, et voici Claudine, Amélie et Vincent.

Je rétorque un simple :

— Bonjour.

Le père se retourne vers moi. C'est fou comme il est jeune, je ne sais pas quoi penser de lui, c'est presque troublant de le voir me regarder. S'il n'était pas homme d'Église, je me demanderais s'il n'est pas en train de s'imaginer des choses.

— Oui, c'est vrai, comment vous appelez-vous ?

Je me raidis, mon prénom de naissance ne laisse jamais indifférent, on s'en moque ou il provoque la curiosité. Qu'est-ce qui avait si bien inspiré ma mère quand elle l'a choisi ? Il est tellement déroutant et si peu usité. Aussi j'ai pris depuis des années l'habitude de me faire appeler par mon deuxième prénom.

C'est ma grand-mère qui me l'a donné, et je trouve qu'il est beaucoup plus adapté en toute circonstance.

— Marie.

Peut-être pas, en fait. Le prêtre esquisse un sourire, qui s'efface bientôt quand tous les autres me saluent d'un « bienvenue, Marie ». Je suis tendue face à cet accueil plutôt sectaire quand Samuel ajoute :

— Nous allons nous mettre au travail. Que faites-vous dans la vie, Marie ?

— J'écris des articles pour un magazine ésotérique.

L'étonnement se lit sur tous les visages tant il est clair que je ne suis pas à ma place.

Il continue :

— Ce… ce n'est pas commun.

— Je sais, et c'est un travail comme un autre.

Le malaise est bien présent. Je balaye des yeux la pièce.

Il enchaîne comme pour passer rapidement à autre chose :

— Bien, nous allons recevoir dans quelques minutes deux jeunes filles, voici leurs histoires.

Il nous tend un document imprimé où des prénoms apparaissent en gros. Je ne sais pas qui a pu récolter et faire un résumé de tout cela, mais a priori il y a beaucoup de détails.

— Voyons à la fin ce que nous en retenons.

Je commence à lire, le silence règne, tout le monde est très studieux.

L'histoire de la première jeune fille est terrible au possible : harcèlement à l'école, puis au lycée, viol en réunion, menaces de mort, tentatives de suicide à répétition… Plus j'avance dans ma lecture, plus je me sens mal tant tout est décrit avec précision. C'est horrible, j'ai l'impression d'être cachée derrière une fenêtre et d'observer les scènes à distance sans intervenir.

Je suis à bout émotionnellement.

— Est ce qu'on est obligé d'avoir autant de détails sordides, c'est un peu personnel, non ?

Les têtes se lèvent, visiblement surprises. Alors, Claudine prend la parole :

— Comment voulez-vous aider ces adolescentes, si vous ne connaissez pas leur problème ?

Je rêve, elle vient de prononcer le mot « problème ». Une bouffée de chaleur traverse mon corps d'un coup. J'ai trop entendu les gens parler de cette manière pour tout et n'importe quoi. Je me sens touchée de plein fouet par cette phrase, une réminiscence profondément enfouie en moi. Je ne supporte pas cette sorte de détachement quand ici ce n'est pas le terme qu'il faudrait employer, ce n'est pas un « problème », c'est une tragédie. Alors je sors de mes gonds.

— Excusez-moi, mais pour vous ce n'est qu'un « problème » ?

— Comment ça ?

— Ce n'est pas un « problème », c'est une dose d'horreur bien supérieure à ce que vous pourriez endurer dans toute votre vie.

Elle se tourne vers Samuel en me snobant.

— Dites-moi, mon père, vous êtes sûr que cette jeune personne est à sa place ? Elle paraît bien incapable de prendre du recul et est bien trop exaltée.

Je sais ce qui ne me plaît pas en elle, ce côté « psychothérapeute donneur de leçon ». Ces personnes qui nous considèrent comme des infirmes lorsqu'on n'a pas fait de thérapie. Elle me met en colère.

— C'est quoi ce jugement ? Vous vous croyez supérieure, car apparemment vous avez fait de hautes études en psychologie ? Si j'avais besoin de vos services, je serais directement venue vous voir. Et je vous prierais de me regarder quand vous parlez de moi !

— Quoi ?

— C'est bien ça votre « problème » à vous, les psys, cette manière de rabaisser les autres. Mais soyez rassurée, vous pourrez un jour vous faire aider par un de vos collègues…

— Vous plaisantez ? Mademoiselle, on ne se connaît pas, et je suis sûre de n'être pas la seule à voir que vous dépassez les bornes. Vous tous, je ne saisis pas dans quelle mesure elle apporterait une corde supplémentaire à notre arc. C'est une personne visiblement en colère et qui a besoin d'aide. Ici nous sommes bénévoles et nous sommes soudés. Nous n'avons que faire d'une inconnue rebelle, portée sur le paranormal et sans éducation, qui vient nous mettre des bâtons dans les roues, et cela en moins de cinq minutes.

Le silence s'installe, et je me lève, car la coupe est pleine.

— Père Samuel, c'était une erreur. Je ne suis pas la bienvenue et, visiblement, je ne saurais pas comment aider vos « protégées » dans les règles de l'art. Bon courage avec votre équipe bien soudée.

Je tourne les talons et je m'apprête à sortir.

— Marie ! Attendez !

Le prêtre est à ma droite et me prend le bras, il est anormalement stressé.

— Donnez-moi votre numéro de téléphone, s'il vous plaît.

— Quoi ? Pour quoi faire ? Je ne suis et je ne serai jamais des vôtres, et vous le savez bien. Je ne vous l'ai jamais caché, c'est vous qui avez insisté.

— Je vous en prie, nous devons rester en contact… c'est… important…

Il est étrangement persuasif, et j'ai envie de partir d'ici rapidement. Je soupire. Tout en secouant la tête en signe de mécontentement, je sors un ticket de caisse et griffonne nerveusement mon numéro de téléphone.

— Le voici.

— Merci d'être venue et désolé que les choses se soient passées comme cela. Nous nous reverrons dans d'autres circonstances.

— Bonne soirée.

— Également.

4

En fait, j'ai besoin de changer d'air, je n'ai plus la patience pour quoi que ce soit en ce moment. Je marche un peu au hasard, et il se met à pleuvoir. Il ne manquait plus que cela, je n'ai pas de parapluie. Je regarde autour de moi, je vois une grande brasserie et je me précipite à l'intérieur. Je me secoue à l'entrée et j'observe la salle pour trouver une table. Je m'aventure dans un coin et pose mes affaires sur la chaise à côté de moi. Le lieu se remplit rapidement, car la pluie devient plus forte. Une serveuse s'avance, et je commande.

— Un verre de vin rouge, s'il vous plaît.

Je suis clairement à bout de nerfs, je sais que mon niveau de stress est lié à la perte de ma grand-mère. En pensant à elle, je souris tendrement. C'est injuste en fait, c'était bien la seule personne qui avait toujours pris soin de moi. Je pouvais tout lui raconter, elle était ma grande confidente, elle me manque. Mon visage se ferme quand je me souviens de l'été de mes 13 ans, difficile d'oublier ce qui s'est passé, de l'oublier, lui… Il m'a fallu des années pour m'en remettre. Le son de mon téléphone me sort de cette rêverie presque douloureuse.

Je prends mon portable. C'est un SMS d'Henri, mon rédacteur

en chef.

« Salut, Marie. Je te rappelle qu'il faut finir le dossier pour demain matin. N'oublie pas, maintenant tu n'as plus d'excuses, et rendez-vous confirmé à 11 heures. Bonne soirée. Henri. »

Je jette le téléphone dans mon sac, je n'ai absolument pas travaillé dessus. Si je n'ai pas eu d'inspiration la semaine dernière, je doute d'en avoir plus cette nuit, alors je ne vois pas comment je pourrais me présenter devant lui sans rien.

Un autre SMS me parvient. Bon sang, qu'est-ce qu'il me veut encore ? Je regarde rapidement l'écran d'accueil, il s'agit de Samuel. Je suis surprise et commence à lire le texto.

« Marie, je suis désolé de ce qui s'est passé, j'aimerais qu'on puisse en discuter. Samuel. »

Je reste un peu dubitative. Pourquoi cherche-t-il à me recontacter si vite ? Pourquoi veut-il me revoir ? Je décide de ne pas répondre, j'ai comme un drôle de pressentiment.

Mon verre arrive, et je le porte à ma bouche tout en regardant autour de moi. La priorité pour l'heure, c'est de me remuer les méninges pour trouver une excuse plausible à sortir à Henri. Je réfléchis, j'élabore des plans plus saugrenus les uns que les autres, puis machinalement je me mets à observer les gens. Il y a des couples sur leurs portables, des jeunes devant des bières, des piliers de bar, un business man qui tape frénétiquement sur son ordinateur, et… un homme…

Le temps de croiser son regard, je suis surprise, il me fixe. Ce sont ses yeux qui m'interpellent, ils sont profonds. On dirait qu'il cherche à me déstabiliser. Je suis fascinée, je ne peux me détourner de lui, comme s'il était en train de me vider la tête. Il est jeune, dans les 35-40 ans, un café devant lui et un verre d'eau. Il paraît grand, ses cheveux sont sombres comme ses yeux, mais il est si loin que je peine à le voir en détail. Il continue de me dévisager lorsqu'il porte son verre à sa bouche en esquissant un sourire en coin. C'est déstabilisant, je reste médusée face à lui.

Puis sans crier gare, il se lève brusquement et part.

Sortie brutalement de cette transe, j'avale une gorgée de travers sous l'effet de la surprise.

Je ne peux m'empêcher de me traiter d'idiote, tout le monde m'observe alors que je manque de m'étrangler. Je tousse en me disant que je serais incapable de le décrire tant j'étais captivée par son regard, il était si particulier. Peu à peu, je reprends mon souffle en me raclant la gorge.

Je suis encore sous le choc de cette rencontre, mais les minutes passent, et il faudrait quand même que je pense à rentrer. Avec cette histoire d'association, je ne sais même pas où je suis. Alors, je lance le GPS de mon téléphone, qui m'indique que je ne suis qu'à quelques rues de l'appartement d'Axel.

Toujours en manque d'inspiration pour mon article, je décide d'y aller pour rendre cette soirée un peu plus douce. Peut-être aura-t-il des idées ? Il m'a dit qu'il devait rester chez lui ce soir pour faire de la comptabilité, il sera probablement content que je vienne passer un moment en sa compagnie avec un sac de victuailles exotiques qu'il adore. Je paye et je me dirige sous une pluie légère vers son studio.

Les gens me dévisagent, je ne me souviens pas avoir autant attiré l'attention auparavant. Je tourne la tête vers une vitrine pour voir si je n'ai pas une trace de je ne sais quoi sur le visage, mais rien. Peut-être qu'enfin je prends conscience du regard des autres ? Je continue et j'avance, la tête haute. Ce sont bien les hommes qui me fixent le plus directement. Principalement les plus bizarres en fait, ou ceux avec qui je ne voudrais pas me retrouver coincée dans un ascenseur. Certains se retournent même sur mon passage, et je trouve cela bien curieux.

Je m'arrête dans un fast-food chinois pour commander des plats, et je pénètre dans la rue d'Axel. Une voisine rentre, j'en profite pour m'engouffrer dans l'immeuble, je me sèche avec les mains et je monte les étages à pied. Houlà, il faudrait que je me remette à la gym. Si j'arrive à moitié à l'agonie chez lui, il va encore me faire des réflexions sur mon hygiène de vie.

Axel soigne bien son petit corps comme s'il était fait de marbre antique. Monsieur est un adepte de la salle de sport, des magasins bio et du sevrage de tout ce qui est bon et non sain, comme l'alcool. Je dois dire que même le sexe est pour lui une hygiène de vie. Il ne faut pas trop contrarier ses petits principes et ses petites habitudes. Le bon vieux sexe à la classique est préférable au risque de se retrouver à faire un jeu de société.

Depuis combien de temps suis-je devant sa porte ? Je dirais trois minutes, je reprends mon souffle doucement.

Le problème de l'immeuble d'Axel, c'est que l'on perçoit le moindre son comme si l'on était tous dans la même pièce. Et Ida, sa voisine, n'est pas en reste question sexualité. Elle est étonnante et n'a aucun tabou. De temps en temps, elle nous offre un café, et nous raconte ses exploits de la veille, comme si on ne le savait pas.

On l'entend encore une fois ce soir, c'est marqué par des coups plus soutenus que d'autres. Je me mets à glousser, je l'imagine en pleine action quand, soudain, j'ai un doute.

J'approche l'oreille de la porte d'Axel, je ne rêve pas, les gémissements mêlés aux coups rythmés viennent de chez lui.

Après avoir rougi, je suis en train de devenir toute blanche. C'est donc ça un début de spasmophilie ? Les yeux écarquillés, les poings et les dents serrés, j'ai la nausée, ma gorge se contracte presque jusqu'à l'étouffement.

Je reste ainsi un bon moment, un peu paumée. Je ne reconnais pas la manière de faire l'amour d'Axel. C'est à l'opposé de ce que j'ai pu expérimenter avec lui : fiévreux, nerveux, direct, c'est presque insupportable tellement c'est intense.

Non, ce n'est pas lui, c'est tout bonnement impossible ! Il a dû prêter son appartement à quelqu'un.

Tremblante, je sonne, il faut que j'en aie le cœur net.

Les bruits s'arrêtent presque immédiatement. J'entends des chuchotements. Ça bouge, ça craque, puis plus rien.

J'appuie encore une fois sur cette saloperie de sonnette.

La porte s'ouvre au quart, c'est lui. Je n'en reviens pas, il est en sueur et en caleçon, ce dernier visiblement mis à la va-vite.

— Ha ! C'est toi ? Comment vas-tu ?

J'ai envie de lui répondre : « Et toi, enfoiré, comment vas-tu ? »

J'ai la mâchoire serrée, l'œil incisif.

— Oui, je viens te sortir de ta douloureuse compta… mais je crois que je tombe mal, non ?

Il sait que j'ai entendu et n'ouvre pas la bouche.

— Ne tournons pas autour du pot, Axel. Je veux savoir qui c'est.

— Je pense qu'il ne vaut mieux pas. Ce n'est pas une bonne idée. De toute façon, je voulais te parler depuis un moment déjà.

— C'est Ida, c'est ça ?

— Marie, il faut qu'on en reste là… rentre chez toi.

La porte est toujours entrebâillée. Il m'énerve, bien sûr que c'est terminé, mais je veux savoir qui est cette fille visiblement bien plus douée que moi, qui le fait monter au rideau comme personne.

— Laisse-moi entrer ! Maintenant ! Ou je hurle à en réveiller tous les chiens du quartier !

Un moment, je crois qu'il va se mettre à pleurer. Mais, le visage fermé, il pousse lentement sa porte d'entrée.

Non, ce n'est pas possible !

Je fais tomber la nourriture que j'ai apportée, qui s'étale au sol. Du blanc, je repasse au rouge, je vais finir par m'évanouir. Mon cœur tape si fort dans ma poitrine que je le sens jusqu'au bout de mes doigts. C'est un cauchemar, je recule de trois pas, Axel ne me laissant pas faire le quatrième, pour ne pas que je dévale dans les escaliers.

Il m'agrippe le bras et prend une petite voix pour me dire :

— Marie, je suis désolé. J'aurais voulu te l'apprendre autrement.

Je reste muette, choquée, les yeux bloqués en direction du fond de l'appartement. Il y a quelqu'un devant moi, je suis en face de cette personne, et elle me regarde des pieds à la tête, comme si j'étais une chose dégoûtante.

— Marie, tu veux que j'appelle les pompiers ?

Il me connaît bien. Durant les trois années qu'on a passées ensemble, il ne m'a jamais posé ce genre de question, j'ai toujours su gérer mes émotions, mais aujourd'hui, il sent que l'instant est critique pour ma santé mentale.

Je fais non de la tête. Les secondes défilent de façon interminable. Je reprends très lentement mes esprits, et j'ajoute en balbutiant :

— Mais c'est qui ?

— Je suis désolé.

— Mais c'est qui ? Ce… ce… ce…

Je frémis et finis par lancer sèchement :

— Ce mec ?

5

Si je tenais un carnet de choses à connaître, je pourrais cocher depuis ce soir : « Savoir errer dans Paris by night ! ». J'ai essayé de téléphoner à Mé, mais je n'avais pas le courage de tout lui raconter, j'ai raccroché avant qu'elle prenne l'appel. C'est pitoyable ! Pourquoi ça me tombe dessus ? Pour la première fois de ma vie, je suis seule et perdue. Je ne sais plus où j'en suis, où je vais, et pour couronner le tout, je me sens toujours observée comme cet après-midi. Je marche à l'aveugle, on dirait une sorte de zombie ou de junkie. J'ai besoin d'oublier mes problèmes par tous les moyens disponibles, et une bonne cuite me paraît être une solution.

Il doit être deux heures du matin, je rentre dans un club dont la musique résonne dans toute la rue. Je me pose machinalement au bar et je commande un cocktail maison bien tassé. Je me rends compte que je n'ai pas mangé, puisque l'alcool me monte à la tête rapidement.

Puis j'entends deux, trois voix autour de moi, mes yeux ont déjà du mal à faire le point sur les visages. Il y a régulièrement des vagues de « Mademoiselle ? », des « Salut, c'est quoi ton prénom ? ». Je demande un autre cocktail pour fêter ma rupture avec mon ex petit ami gay et fais mine de trinquer avec le barman, qui semble avoir pitié de moi. Je suis accoudée au bar, et je porte le verre à ma bouche en priant pour qu'il ne se renverse pas.

Pourtant une petite voix me dit d'arrêter, je sens bien que je commence à perdre la notion de tout ce qui se passe autour de moi. Alors, le nez plongé dans mon coude, je repense à cette journée. Ça me fait rire, ça n'arrête pas de tourner.

On m'invite à danser, je manque de tomber de ma chaise quand finalement je décline.

Enfin, je décide de me lever, ça m'aidera à y voir plus clair. Je traverse la piste en longeant les murs. Je me demande si quelqu'un voit dans quel état je suis. Évidemment, mais la priorité maintenant c'est de garder mon équilibre.

Ça cogne dans mon corps, la musique est forte, et cela n'arrange pas les pulsations qui percutent ma tête.

Puis, j'entends un autre :

— Salut, tu es seule ?

Je pousse le gars de la main, je sens que je vais vomir sur lui. Puis, d'un geste incertain, je le tire par le col de sa chemise pour l'amener à moi et crier à deux centimètres de son oreille :

— Ils sont où les toilettes ?

— Viens, je t'y conduis.

Je le suis, je crois qu'il me retient pour que je ne tombe pas.

Puis ça semble long, il pousse une porte et me fait sortir la première. Les toilettes sont en extérieur ? Le vent glisse sur ma peau, il fait froid, ce n'est pas normal.

Vaguement, j'ouvre les yeux et tente de me concentrer sur mon environnement, il y a maintenant contre mon dos un mur humide. Il m'a visiblement poussée, et son visage est tout proche de moi. Je ne le connais pas, c'est le type de tout à l'heure, et il fait quelque chose. Je baisse le regard, je vois qu'il a enlevé sa ceinture. Le temps que je comprenne ce qui se passe, je perçois qu'il dégrafe mon pantalon. Il a déjà sa main à l'intérieur et vient vers l'avant. Malgré mon état, je commence à ressentir ses caresses immondes. Ses doigts souhaitent visiblement explorer mon intimité, il est en train d'avancer, mais je ne le veux pas. J'essaie de me débattre, et je me contracte machinalement, mais c'est trop tard. Je le pousse de toutes mes forces, il se rapproche, je sens son souffle, il halète comme un chien. Je le frappe, il vient m'agripper les poignets, il marque un temps d'arrêt quand je tente de me libérer, mais il parvient à me les enrouler avec sa ceinture. Je lui donne maintenant des coups de pied, une montée d'adrénaline me permet de réagir, mais soudain il me gifle. Puis il me fait basculer en me poussant sur le côté avec force, j'ai les mains liées et, en tombant, je me cogne la tête au sol. J'ai mal, alors je tente de hurler, c'est à ce moment-là qu'il enfonce ses doigts dans ma bouche. Il va me décrocher la mâchoire tant il appuie au fond de ma gorge. Des larmes commencent à couler sur mon visage, je suis prise au piège. Il se met à gesticuler sur moi, il est lourd et appuie sur mes hanches, il veut sortir son sexe. D'un coup, il tire sur mon pantalon de lin qui se déchire net. Il doit être bien plus grand et puissant que les hommes normaux, ou bien je suis tellement saoule et épuisée que je n'ai plus la force de bouger. Dans ce flou, je comprends qu'il y avait autre chose dans mon dernier verre. Je me sens mal, je vais tomber dans les pommes. Alors je ferme les yeux et je demande de l'aide. Dans mon semblant de coma, je vois des anges, des êtres de lumière. Je suis droguée et impuissante...

Est-ce cela la fin ? Vais-je mourir, comme ça, dans une ruelle dégueulasse ? Le temps ralentit, mon cœur aussi, je m'évanouis...

6

Je reprends connaissance dans un cri, comme si l'on venait de me faire des électrochocs. Je ne sens plus la douleur dans ma bouche ni le corps de cet homme sur moi. J'ouvre les yeux, il n'y a que le réverbère au-dessus de moi, c'est spectral. C'est silencieux, je reste allongée, les bras en croix. Je me rends vite compte que mes poignets ne sont plus entravés, mais en voyant mon pantalon déchiré, je me souviens de tout jusqu'à mon évanouissement. Je suis bloquée au sol, il semble presque mou, et je respire doucement, je bouge mes membres un par un : tout fonctionne… Reste à savoir s'il a pris le soin de finir son affaire. Je place les mains sur mon sexe, je ne sens rien d'anormal. A-t-il été dérangé ? A priori, il n'a pas pu conclure ni même tenter de le faire. Je me redresse péniblement, mais je ne peux pas encore me mettre debout. Des larmes sont sur ma joue, mon évanouissement n'a pas duré trop longtemps. Ma tête me fait mal, je touche mon crâne et j'ai visiblement une petite plaie à l'arrière.

Je prends le temps d'observer le lieu de mon agression, mais je ne vois rien de spécial, une ruelle comme les autres, si l'on occulte la musique.

J'entends une voix féminine :

— Hé ! Ça va ? Charlie, appelle les flics. Il y a eu un problème ici.

Une silhouette entre en hâte dans le club par la porte de derrière tandis que la jeune femme accourt vers moi.

— Vous pouvez vous mettre debout ? On vous a agressée ?

Trop de questions d'un coup. Je réponds :

— Oui.

— Oui, quoi ?

Elle m'aide à me relever, et je lance :

— Oui pour tout.

— La police va arriver. Vous vous souvenez de sa tête ?

Je vais entrer dans les détails quand soudain un râle provenant des poubelles se fait entendre. On se regarde, elle est visiblement aussi surprise que moi. La fille se précipite et ouvre le couvercle qui semble peser des tonnes.

— Non, mais j'hallucine ! Charlie ! Charlie ! Viens voir ça…

Il arrive en tenant le combiné à l'oreille. Ils sont figés devant quelque chose ou quelqu'un.

— Merde ! C'est lui, tu crois ?

— Ben, ça en a l'air et la musique.

Je m'approche lentement, j'ai des courbatures et j'observe par-dessus les épaules de Charlie.

Je vois l'ordure qui m'a agressée, il est blessé.

La fille se tourne vers moi.

— C'est lui ? C'est ton sang ou le sien ?

Elle me fixe des pieds à la tête, devinant probablement que je suis toujours en état de choc.

— Ha non ! Ce n'est pas le tien…

Elle regarde mon pantalon, et son visage devient plus grave.

— Merde ! Il t'a violée ?

Je lui dis non de la tête, et elle semble soulagée.

Elle finit par balancer la main de gauche à droite tout en

arborant un air de dégoût. C'est vrai que ça pue ici, elle rejette finalement le couvercle de l'autre côté tout en se reculant pour préserver son odorat et son estomac.

Je m'avance et je regarde en détail le type. J'observe son bras droit, il est cassé en plusieurs endroits, des bouts d'os sortent de sa chair qui suinte, il perd un sang épais et presque noir. Il a des tressaillements nerveux, et sa tête est penchée vers l'avant. Visiblement, il souffre, mais ne peut pas hurler. Je recule en fermant les yeux, ça tourne. Je suis encore sous l'emprise de la drogue, mais je tente de me concentrer sur la scène. Il fait au moins 1 mètre 85 et une centaine de kilos. Effectivement, il était massif, ce qui explique le mal que j'ai eu pour le repousser, mais dorénavant, et en tassant un peu, il pourrait rentrer dans le coffre d'une mini Cooper !

Entre cette image d'horreur et l'odeur de la poubelle, j'ai des haut-le-cœur. J'entame des va-et-vient gastriques avant de me retourner d'un coup pour vomir. Je sens que je vais redevenir sobre plus rapidement que prévu finalement…

C'est à ce moment-là que la police et les pompiers arrivent. Je suis toujours à moitié accroupie en face de la flaque que je viens de rendre. La patronne me regarde avec pitié et interpelle le garçon de tout à l'heure :

— Charlie, va chercher une serviette pour la demoiselle, de l'eau aussi…

Elle se retourne immédiatement, fait quelques pas en direction des forces de l'ordre et ajoute :

— Il faut que je me pense à autre chose, sinon je vais finir par faire la même chose dans deux minutes.

Le temps passe, et un pompier me prend en charge. Assise, j'ai droit à un interrogatoire sur mon état de santé, ma tête et tout le reste. Tout en répondant, je regarde la police et les autres sauveteurs tenter de sortir le type de sa demeure répugnante.

Finalement, ils vont le faire partir avant moi, je comprends qu'il est dans un état critique et j'entends qu'il risque de faire un arrêt cardiaque. Un pompier a confié à un de ses collègues qu'il n'avait jamais vu autant de fractures sur un homme, et bizarrement, seuls les membres sont cassés.

On a voulu le laisser vivre ? Un policier s'approche de moi.

— C'est vous la victime ?

Il semble perplexe tant j'ai l'air de me sentir mieux maintenant, et, car je le regarde droit dans les yeux. Il faut croire que je sais prendre sur moi. Il place une main sur son revolver et s'accroupit à ma hauteur. Veut-il m'impressionner ?

— Quelqu'un était avec vous ?

— Non.

— Vous n'allez pas me dire que c'est vous qui l'avez laissé dans cet état ?

À ma tête, il sait maintenant que je n'y suis pour rien, et il s'en amuse.

— Non, c'est évident… il vous a agressée ? Il a abusé de vous, vous a battue ?

Je n'ai pas envie de lui répondre. Il se résigne en soufflant.

— OK, je comprends, trop de questions ? On verra ça plus tard.

Il lève les yeux à la recherche de quelque chose qu'il finit par trouver. Il pointe son doigt vers le ciel et interpelle ses collègues :

— Regardez là-haut ! Une caméra de surveillance. Ça, c'est du bol.

Il s'éloigne pour passer un coup de téléphone. Entre-temps, un pompier me tend la main.

— Venez, nous sommes obligés de vous emmener aux urgences pour faire le point. Vous avez de la famille ?

— Personne.

— Très bien, vous voulez une civière ?

— Non, c'est bon, je vais marcher.
Je le suis et monte dans le camion.
Nous parcourons Paris aux sons des gyrophares.

J'ai passé toute la nuit à l'hôpital, et effectivement, pas de viol. Tout le personnel est au courant de l'affaire, et ça chuchote, c'est pénible. Il est 9 heures du matin, j'envoie un texto à Henri, pour lui expliquer brièvement les choses. Je n'obtiens pas de réponse, je pense qu'il ne me croit pas.

Tous les examens sont finis, je n'ai rien, pas même un point de suture, simplement une marque au visage quand il m'a frappée. J'ai effectivement été droguée, ce qui a provoqué mon état lascif et mon évanouissement. Il avait donc bien prévu son coup…

C'est Mé qui vient me chercher en milieu de matinée, elle est complètement paniquée. Elle gesticule autour de moi comme un petit insecte, son fauteuil tournant presque à la vitesse de ses bras. Tous les regards sont sur elle, c'est vrai qu'elle en fait peut-être un peu trop, mais elle aime se rendre intéressante.

« Ça va, ma chérie ? Mon Dieu, comme j'ai eu peur. Tu as appelé ta mère ? Non, bien sûr, tu as bien fait. C'est horrible, comment il était ? Ce pourri, je vais lui crever les yeux, il s'appelle comment ? Et dans sa poubelle, il était comment ? Il va y rester, tu crois ? Ce serait bien fait ! Ha non, il ne faut pas dire ça… Non, mais quand même !!!! »

Elle ne s'est pas arrêtée une seule fois pour respirer.

Je suis heureuse qu'elle soit là, mais j'avoue qu'il me faudrait un peu plus de calme. Elle me raccompagne chez moi dans sa voiture, et je m'endors profondément, Mé restant à mes côtés.

7

— Mademoiselle, on reprend si vous voulez bien…
Non, j'en ai marre, mais ai-je le choix ? J'opine de la tête avec un sourire crispé, les épaules basses, l'air blasé.
— L'homme qui vous a agressée va s'en sortir miraculeusement, mais il vivra avec de lourdes séquelles. C'est important, vous comprenez ?
— Ce que je comprends, c'est que je suis la victime et que je me retrouve à être questionnée pendant des heures comme si je l'avais moi-même agressé !
Je n'en peux plus de cet interrogatoire, je suis fatiguée, je n'ai pris que deux jours pour m'en remettre, et la police me saute dessus.
— Oui, mais vous n'avez rien en fin de compte.
Je me jette à l'arrière de mon siège, les yeux écarquillés. Il plaisante ? Je n'ai rien ? Ils ont une drôle de manière de voir les choses.
— Vous êtes fin psychologue, vous !
Il se rend compte de son indélicatesse et se ravise :
— OK, ce n'est pas très délicat de ma part, mais vous savez que nous sommes là pour vous aider. Vous pouvez même

demander un médecin de la police… En attendant, quelqu'un est intervenu et a tenté de tuer cette personne. Il faut qu'on le retrouve, car ce n'est pas normal.

Je soupire et commence à perdre patience.

— Je vous ai dit que j'avais été droguée par l'autre pourri et que je n'ai rien vu. Je suis tombée dans les pommes. Tout s'est déroulé après, et vous avez le certificat de l'hôpital.

— Oui, sur la caméra, on voit que vous ne bougez plus. Regardez encore une fois la suite.

Je crois qu'il me prend pour une débile. Il repasse la vidéo en noir et blanc pour la dixième fois.

On perçoit bien qu'un homme saisit l'agresseur d'une main. Il le retourne, lui serre la gorge tout en le soulevant contre le mur, ses pieds ne touchant presque plus le sol. Puis, d'un seul geste, il l'envoie vers la paroi située à l'opposé. Il tombe comme une masse, la tête pendante. Très calmement, il vient vers lui, puis avec une vélocité presque inhumaine, le frappe violemment. Les coups sont portés avec logique et précision. Le corps de mon agresseur n'est plus qu'un assemblage de morceaux qui partent dans tous les sens, du sang commence à couler. On dirait qu'il est en lévitation tant les chocs sont rapprochés. Il est percuté de toute part avec force et rapidité.

Puis le temps s'arrête alors que l'homme ne bouge plus. Mon protecteur semble contempler sa création artistique. Il finit par prendre l'autre pourri d'un bras tout en ouvrant le couvercle de la poubelle, et il le jette à l'intérieur avant de refermer brutalement le capot sur lui. L'angle de la caméra ne permet pas de voir son visage. Avait-il d'ailleurs conscience de sa présence quand il est venu dans ma direction ? Il s'agenouille vers moi, remet une mèche de mes cheveux en place et dénoue la ceinture de mes poignets. Il reste devant moi, sans doute pour vérifier que je suis toujours vivante, mais ne me touche pas. Soudain, il se lève pour disparaître comme un félin vers le fond de la rue.

Le flic me regarde, l'air interrogatif. C'est presque indécent de me faire voir cette vidéo autant de fois. Mon sauveur est maintenant l'agresseur de mon agresseur aux yeux de la police. J'avoue qu'il a été plus qu'efficace. S'il n'était pas intervenu, je ne serais évidemment pas dans cet état.

Le policier continue son interrogatoire :

— Alors il ne vous rappelle pas quelqu'un que vous connaissez ?

— Je vous ai déjà dit que non.

Il lève les yeux au ciel et tape son bureau fort avec ses paumes.

— OK, c'est bon, je ne vous importune plus. Il ne reste plus qu'à comprendre comment il a réussi à désosser l'autre type.

Voyant la fin de l'entretien, je me surprends à répondre :

— Il fait peut-être des arts martiaux ?

— Ça ne suffit pas. Il devait avoir un démultiplicateur de force, c'est comme un exosquelette qu'on se met sur le corps.

Je suis tombée sur le flic le plus drôle de Paris, je ne peux pas m'empêcher de le regarder comme s'il venait de sortir une mauvaise blague qui ne fait pas rire.

— Hein ?

— Oui, enfin, ce n'est pas un truc qui est invisible non plus…

Il rigole et se cale dans son siège en skaï, les bras au-dessus de la tête. Ça sent la pause-café, et ça m'arrange.

— C'est peut-être juste un super-héros ? ajoute-t-il.

Il éclate de rire, mais moi non, je commence à en avoir assez, ce n'est pas mon problème.

Je me lève en disant :

— Bon, sur ces bonnes paroles surréalistes, je crois qu'on a fini ?

— Oui, si j'ai encore besoin de vous, je vous contacte, j'ai vos coordonnées.

— Et ce n'est pas parce que quelqu'un est devenu votre nouvel homme à abattre que vous ne devriez pas prendre en considération ma plainte contre l'autre tordu. Je vous rappelle que s'il n'était pas intervenu, j'aurais fini violée ou morte !
— Oui, bien sûr, ne vous inquiétez pas.
— Bonne journée.

8

— Oui, Henri, je vais bien, je t'assure.
— OK, je te crois.
— Le médecin des urgences m'a donné une liste de psys sans compter ceux de la police, mais entre toi et moi, je préfère m'abstenir.

Il faut avouer qu'Henri est assez sympa, mon dossier attendra finalement.

Cela fait cinq jours que l'agression s'est passée, et je ne cesse de penser à la personne qui m'a tirée d'affaire. Je comprends les raisons pour lesquelles il est parti précipitamment, il savait qu'en laissant ce type sur le carreau, il risquait gros. En tout cas, il est arrivé au bon moment, mais il est clair qu'un mystère demeure : comment a-t-il pu déployer une telle force ?

J'ai tout de même eu un très mauvais contrecoup, j'ai encore la migraine et je me réveille toutes les nuits avec comme une impression que l'on me guette continuellement. Je dors en gardant la lumière allumée, j'avoue avoir peur du noir, du froid, et je frissonne souvent pour un rien, le moindre bruit me fait sursauter.

Aujourd'hui, je suis descendue acheter de quoi manger et j'ai toujours la sensation que certains hommes me regardent avec insistance. Je crois que je commence à devenir folle ou paranoïaque. Il faudrait définitivement que je prenne conscience que cette tentative de viol a eu des conséquences sur moi et sur ma santé mentale.

Tout se bouscule en moi et, étrangement, Axel ne me manque pas. De toute façon, il n'était jamais là, et notre couple était en berne. L'avantage avec cette agression, c'est que tout le reste paraît insignifiant maintenant. Tout est clair, c'était bel et bien fini depuis longtemps entre nous. Pourquoi avais-je choisi Axel ? Je reproduis les mêmes erreurs affectives irrémédiablement, comme si je refusais le bonheur.

Je frissonne encore, je n'ai vraiment pas envie d'appeler un psy. Bien entendu, je cache mes angoisses à Mé. J'avoue être perdue, je tourne en rond et ne sais pas par où commencer. Les journées sont longues, et j'appréhende le fait de sortir toute seule. Je suis avachie sur mon canapé depuis des heures, l'air hagard. Je n'en peux plus de ce mal de tête ! Où sont mes cachets ? Dans mon sac, sans doute. Je le saisis un peu brutalement, et la carte de visite du père Samuel tombe sur la moquette. Je reste bloquée quelques secondes à la regarder comme si un miracle pouvait arriver. Puis, un bruit provenant du palier me fait bondir, je lâche mon sac à main qui se vide au sol, et des larmes coulent sur mes joues. À l'évidence, j'ai plus besoin d'aide que je pourrais le croire.

Alors, je repense à ces jeunes filles et à cette association. Je prends mon téléphone et écris un message à Samuel.

« Mon père, c'est Marie. Mardi soir, je me suis fait agresser. J'ai envie de parler, je suis perdue. Pouvez-vous m'aider, s'il vous plaît ? »

J'attends avant de l'envoyer. Je tremble toujours, et je dis à voix haute :

— Mais qu'est-ce que je fais ? Je suis pitoyable.

Au moment où je m'apprête à l'effacer, un autre bruit dévie mon doigt, et le texto part par inadvertance.

Eh merde ! Je ferme les yeux et pose mon téléphone à côté de moi.

La réponse ne traîne pas.

« Marie, je suis désolée de l'apprendre. Voulez-vous qu'on se voie à la salle de l'association, ce soir, il n'y aura personne ? Vers 18 heures ? »

Il est rapide, et je perçois dans cette proposition une main tendue vers ma détresse actuelle. Je réponds un « oui, merci », mais je frémis à la simple idée de me déplacer et d'être en face d'un homme que je connais à peine, même s'il s'agit d'un prêtre.

18 heures tapantes, je me retrouve devant le bâtiment, j'ai pris un taxi, car je n'imaginais pas y aller en métro. C'est un peu comme un retour en arrière. Si tout pouvait s'effacer ! C'est étrange, je me sens comme une de ces jeunes filles maintenant…

La porte s'ouvre sans que j'aie sonné. Le père Samuel est avenant, il me sourit.

— Marie. Venez, je vous en prie.

J'ai un temps d'hésitation tant je trouve ma démarche particulière, mais je pénètre dans la pièce vide, elle est plus sombre que la dernière fois où je suis venue. Je m'assois, et il me propose un verre d'eau que j'accepte. Je suis en face de lui, et il me regarde. Je ne sais pas par où débuter, alors il intervient :

— Prenez votre temps. Quand vous serez prête, parlez-moi.

J'inspire profondément, et je commence mon histoire. Puisque j'y suis et qu'il semble m'écouter avec attention, je ne lésine pas sur les détails. Je me raccroche au fait qu'il est prêtre, et qu'a priori je ne risque rien en sa compagnie. Il paraît surpris, je pense qu'il ne s'attendait pas à cela. En tout cas, entre le jour où il voulait que j'aide et le moment où je demande de l'aide, il ne s'est pas passé beaucoup de temps. La vie est définitivement imprévisible.

Il prend parfois la parole, sans me juger, sans me brusquer. Attentionné, il semble sincère, et rapidement, je me sens comprise. Je finis mon récit par mes ressentis, le contrecoup, le stress, et je me mets à pleurer. Alors il cherche à m'apaiser, il me parle comme s'il n'était pas un homme d'Église, plutôt comme un ami. Tout en évacuant ce trop-plein émotionnel, je me sens de mieux en mieux. Je le regarde un moment, et j'ai l'impression d'avoir bien fait de l'appeler, il n'y avait pas de hasard dans cette rencontre. Il me demande pourquoi je ne suis pas allée voir un psy dès le début. Je lui réponds que j'avais sans doute juste besoin d'un coup de pouce pour redémarrer sans crainte. Alors il me parle avec intelligence, sans relativiser ce qui s'est passé, mais en retenant ce qui a été positif dans ce drame. Pour lui, j'ai réagi comme il faut, et il me suggère de vite reprendre une vie « normale » en tirant un trait sur cette histoire. Il continue en prononçant des mots simples, mais évidents, ou des choses que tout le monde peut conseiller. Cette expérience doit me servir à grandir et à avancer.

En fait, ce qui m'a le plus soulagée, c'est bien d'en parler librement, j'ai la sensation d'être en sécurité maintenant lorsque soudain, il me prend la main en me fixant. Je ne comprends pas bien ce geste, quand il me dit :

— Nous devons rester en contact, nous avons besoin l'un et l'autre.

Surprise par cette phrase ambigüe, j'acquiesce de la tête, mais encore une fois, je sens qu'il y a quelque chose d'anormal.

En tout, nous avons discuté deux heures, et je ne peux plus dire en détail ce qu'il a dit, mais je ressors de là, libérée et en confiance. Il me donne des livres, et nous prévoyons de nous revoir la semaine prochaine.

    Malgré un étrange doute qui persiste en moi, je dois confesser que c'est la première fois que je suis aussi bien depuis la mort de ma grand-mère. Une fois rentrée chez moi, je m'endors sereinement.

9

Un nouveau jour, une nouvelle Marie !

Aujourd'hui, je me sens reposée, calme. Je téléphone à Mé et je lui propose d'aller déjeuner dans notre « cantine » habituelle. Je m'habille comme la fraîche célibataire que je suis, me maquille et j'en profite pour inaugurer mon rouge à lèvres ultra voyant. On dirait bien que tout va mieux. Vraiment, Samuel a été d'un grand secours.

Je descends avec hâte les marches de mon immeuble et consulte le courrier de ma boîte aux lettres. Des pubs… des pubs… une facture… un bon d'achat pour des cosmétiques, ça tombe bien !… Tiens… une lettre d'un notaire.

Je l'ouvre direct : il parle de ma grand-mère, je lis entre les lignes. A priori, il faut que je les appelle rapidement, elle a laissé un testament en ma faveur. Mamie n'a jamais eu beaucoup d'argent, cela ne peut être que la maison, mais mon père ne doit-il pas en hériter ? Je prendrai rendez-vous cet après-midi pour en avoir vite le cœur net. En attendant, je sors dans la rue et je respire à pleins poumons.

J'arrive devant notre restaurant, et Mé est déjà à l'intérieur. Elle est à notre table habituelle et me fait signe. Je suis ravie de la voir, elle est rayonnante comme toujours. Je rentre, l'embrasse et m'assois en face d'elle.

Elle me regarde avec son petit sourire en biais.

— Mais dis donc, tu as l'air en pleine forme, ça fait plaisir. C'est un mec, c'est ça ?

— Quoi ?

— Mais oui, ma chérie, je te connais par cœur. Je veux tout savoir.

— Ma pauvre Mé, tu rêves !

— Non, non… dis-moi tout.

Soudain, j'ai la furieuse envie de m'amuser un peu.

— Oui, j'étais avec un homme hier.

— Ha oui, je t'écoute.

Voyant son empressement, je suis toute contente et parle à voix basse comme pour lui annoncer un secret défendu.

— Il n'est pas disponible.

— OK, c'est un mec marié, c'est ça ?

— Presque, enfin pire !

— Oh, mais accouche ! Je ne peux plus attendre !

— Un prêtre !

Je dis cela en éclatant de rire. Elle me regarde et sent que je me moque d'elle, elle me donne une tape sur la main, et j'en profite pour lancer :

— OK, je te raconte.

J'entreprends de lui parler de ma rencontre dans le métro le jour de l'enterrement, de la visite à l'association le mardi de l'agression, de mon choc émotionnel, du SMS parti trop vite au père Samuel et des deux heures passées hier soir en sa compagnie. C'est confus, mais je pense qu'elle a tout saisi dans les grandes lignes.

— Je comprends mieux. En fait, il a juste joué les psys, tu n'es pas amoureuse ?

— Mais non, tu plaisantes ! Moi ? Craquer pour un prêtre. Ce n'est pas parce que je suis célibataire qu'il faut que je saute sur tout ce qui bouge !

— Tant mieux ! Tu sais, je me méfierais quand même.

— De qui ?

— De lui, évidemment. Tu t'es confiée, c'était clair pour toi, mais il se pourrait que pour lui, ça ne soit pas la même chose.

Elle s'en amuse, puis prend un ton plus sévère :

— Tu ne comptes pas le revoir, j'espère.

— Je n'en sais rien, il avait l'air d'y tenir, et j'ai dit oui sur le moment.

— Mais ce n'est pas possible, tu es vraiment incorrigible. Annule le rendez-vous de la semaine prochaine et passe ton chemin, ma belle.

Je soupire.

— C'est dommage, il m'a bien aidée.

— Oui, mais un homme, ça reste un homme, même s'il est rentré dans les ordres.

Puis nous décidons de changer de sujet. Elle me parle de son Ben : le sublime, le merveilleux, l'incroyable. Mais tout en l'écoutant d'une oreille, je repense à ce qu'elle vient de me dire. Elle n'a pas tort au fond. Je ne suis pas assez vigilante, j'aime me mettre dans des situations compliquées : « Axel le gay », le club, l'agression, le prêtre... Rien ne survient par hasard, je cherche les problèmes en fait, et il y a toujours cette petite voix intérieure qui me dit de me méfier de lui.

Elle me parle de mon boulot.

— Tu vois, c'est comme ton job.

— Que veux-tu dire au juste ?

— Tu tournes en rond depuis des années et tu n'as pas fait toutes ces études pour en arriver là ? Tu n'es pas respectée, tu ne gagnes pas ta vie, tu ne côtoies que des illuminés qui profitent de tes compétences.

— Trop de « tu » tuent le « tu »… En attendant, c'est tout ce que j'ai.

C'est à ce moment-là que je pense à la lettre du notaire.

— Au fait ! Tiens, regarde.

Elle sort le papier de l'enveloppe et le lit avec attention.

— Voilà, ça c'est un signe positif au moins ! Appelle tout de suite et prends rendez-vous !

Je m'exécute, bien motivée à changer ma façon de voir les choses.

10

— Vous êtes sûr, Maître, que j'hérite de la maison ?
— Oui, c'est noté ici, votre grand-mère avait tout prévu depuis des années.
— Et son fils ?
— Nous avons une lettre où il refuse sa part. Vous devenez donc la seule personne à hériter.

Finalement, j'apprends que mon père n'est pas mort. J'hésite un temps avant de demander son adresse puis me raisonne, c'est un étranger, et je n'aurais rien à partager avec lui. En revanche, qu'est-ce que je vais faire de cette maison ? Il est hors de question de la vendre, mais il faut pouvoir s'en occuper.

Je quitte le cabinet avec tous les papiers à remplir.

Je ne cesse de penser à la manière dont je vais annuler le rendez-vous avec Samuel. Je dois le faire, mais pour le moment j'en suis incapable, c'est comme si je ne voulais pas risquer de perdre tous les bénéfices de cette entrevue d'un coup, et je n'en ai pas envie, enfin pas tout de suite. Mé a toujours eu des tendances paranoïaques et voit plutôt le mal que le bien au premier regard. Elle a dû exagérer, en fait.

En rentrant chez moi, je téléphone à mon chef. J'ai besoin de ma paye, même si je n'étais pas très efficace ces dernières semaines.

— Allô ? Henri ?

— Ha, Marie ? Justement, c'est bien que tu appelles. Il faudrait que tu viennes prendre ton chèque.

— Magnifique, je peux passer maintenant ?

Vu l'état de mon compte en banque, ce serait une riche idée.

— Oui, oui, le plus tôt sera le mieux.

— Impeccable.

— Bon, à tout à l'heure.

Il raccroche, j'ai comme une drôle d'impression.

Me voici dans la rue, et je presse le pas pour en avoir le cœur net. Je traverse Paris et arrive dans les locaux de la rédaction. Je dis bonjour aux collègues et me dirige vers le bureau d'Henri sans attendre tant j'ai cet étrange pressentiment. Il m'aperçoit à travers la vitre, et il se lève tout sourire pour m'ouvrir.

— Entre, Marie, je suis content de te voir en forme après tout ce qui s'est passé.

— Oui, en effet, j'essaie de ne pas me laisser abattre.

— Assieds-toi. Tu veux un café ?

D'accord, là ce n'est pas normal, jamais Henri ne m'offre un café. Il téléphone à sa secrétaire pour en demander deux. Il croise les mains sur son bureau et il me tend un chèque. Je fixe le montant, c'est bien supérieur à ma paye habituelle, d'autant que je n'ai rien rendu depuis toutes ces semaines. Son assistante arrive avec les deux tasses.

Je m'interroge et lève les yeux vers Henri avec insistance. Que me cache-t-il ?

— Henri, le chiffre n'est pas le bon.

— Non, je t'assure, c'est pour toi.

Il me regarde et paraît gêné. Il quitte sa chaise et commence à arpenter le bureau, tout en parlant.

— Écoute, tu es très douée. Tu nous as fait de superbes articles, qui ont toujours plein de retours sur le Net. Mais voilà…

J'attendais le « mais ».

— … mais voilà. Nous avons besoin de personnes solides et efficaces. Nous cherchons quelqu'un qui soit capable d'écrire des dizaines de pages en une semaine. Nous avons embauché une journaliste à temps complet.

D'accord, donc il me fait bien comprendre que je suis nulle et incompétente avec les formes et me donne un gros chèque pour que je me taise et que je ne fasse pas de vagues. Constatant que je reste silencieuse, il continue :

— Je vais te la présenter.

Il rappelle sa secrétaire.

— Faites entrer Éléonore, merci.

Une sublime créature aux jambes interminables arrive dans le bureau. Elle est parfaite, elle a en plus ce petit côté mystérieux qui va bien pour le magazine. Elle travaille son allure, c'est clair, et c'en est presque insupportable. Je la connais, Éléonore possède un CV des plus intéressants. Elle a en plus de son diplôme de journaliste un blog spécialisé dans le paranormal suivi par plus de 500 000 abonnés.

Elle me regarde calmement de toute sa hauteur. La bonne monnaie chasse la mauvaise, cet ancien mannequin a de quoi récupérer tous les suffrages. C'est bien ma veine, elle va évidemment multiplier par trois les ventes.

Je ne peux pas décemment défendre ma place, alors j'interviens :

— Bien, Henri, j'ai tout compris. Pas de contrat, pas de chocolat.

— Je suis désolée, je sais que ce n'est vraiment pas le moment pour toi de te faire remercier. Tu as vécu des trucs pas très sympas récemment, mais on a besoin de ton bureau. En fait, tes affaires sont dans ce carton.

Il pose le carton en question devant moi. Le moins que l'on puisse dire, c'est que ça n'a pas traîné.

— Depuis ton arrêt, Éléonore est déjà en place.

Les larmes me montent aux yeux.

— Je comprends, mais c'est un peu dur, là.

— Oui, et c'est aussi pour cette raison que je t'ai fait un joli chèque. Cela va te permettre de prendre ton temps pour trouver un nouveau travail. Tu sais que je te ferai toutes les lettres de recommandation dont tu as besoin.

— Merci.

Je me retourne vers la grande perche. Déconfite, je lance sèchement :

— Bonne chance.

Elle affiche un sublime sourire bien blanc en guise de remerciement. Visiblement, je ne mérite même pas qu'elle ouvre la bouche pour me répondre.

Je ne finis pas mon café, je me lève et je quitte rapidement la rédaction en prenant les escaliers intérieurs pour me défouler. Je suis fatiguée de me faire remplacer, jeter, harceler. On dirait qu'ils se sont tous donné le mot !

À peine suis-je dans la rue que je téléphone à Mé pour lui annoncer la nouvelle toute fraîche.

11

Mé m'a donné le courage d'accepter la perte de mon poste. J'avoue également avoir été quelque peu soulagée, une drôle d'impression d'ailleurs, comme une libération. Le chèque d'Henri est bien conséquent, il aide aussi à faire passer la pilule. Mon amie m'a convaincue de prendre des vacances, d'en profiter pour aller voir la maison de ma grand-mère. C'est une bonne occasion de tourner la page de ces dernières semaines assez compliquées.

Aujourd'hui, je dois aller à l'association. Je n'ai finalement pas annulé le rendez-vous, ma curiosité me pousse à m'y rendre, même si Mé m'a bien mise en garde. Je sens qu'il faut que je comprenne quelque chose, cette drôle de sensation que j'ai depuis le début. Je ne veux pas rester longtemps, mais je vais au moins remercier Samuel de son écoute et lui rendre les livres qu'il m'a confiés. Mais avant de le rejoindre, je fais mes bagages. Je compte partir demain matin, à la première heure, c'est le bon moment de prendre le large.

Je dépose mon chèque à la banque et je fonce au local.

Sur la route, je me demande bien ce que je vais faire de cette maison, et en même temps, je suis heureuse de posséder enfin quelque chose à moi. C'est une étrange sensation, une impression de maturité. Je suis si fière que ma grand-mère y ait pensé. Je me souviens de son jardin au bord d'un chemin de terre. Une pelouse toujours verte, ses beaux rosiers, un point d'eau de source devant le portail en bois blanc où vient s'abreuver tout le petit monde sauvage des alentours. Il y a bien des habitations à proximité, un peu avant, mais la maison est en lisière de la forêt comme celle de sa plus proche voisine, Rose. Au fil des ans, cette proximité a fait d'elles de bonnes amies, elles prenaient soin l'une de l'autre. C'est un petit paradis ensoleillé, au calme et propice à la sérénité. J'ai chaud au cœur à l'idée de retrouver cette maison qui a enchanté mon enfance et qui a été le témoin des moments les plus importants de ma vie. Je sors du métro et je marche vers le local, la tête baissée, pour éviter les regards, je sens encore certaines personnes m'observer avec insistance.

Je suis devant la porte, perdue dans mes pensées. Ce n'est que lorsqu'une femme me saisit le bras et que je lève les yeux que je vois les gyrophares.

— Marie ? Qu'est-ce que vous faites ici ?

Je fixe Claudine, surprise.

— Vous êtes là aussi ? Je me suis sans doute trompée d'heure.

— Non, non. La police m'a appelée à la première heure.

— Quoi ?

— On a retrouvé…

Elle se met à sangloter.

— On a retrouvé ce matin le père Samuel… mort.

Mon cœur bat plus vite tant la surprise est grande. Je ne comprends pas les mots, pourtant clairs, de Claudine.

— Mort ? Mais de quoi ?

Elle est visiblement très choquée.

— Pendu !

Je reste muette, j'ai beaucoup de mal à y croire.

— La personne responsable du ménage l'a découvert au milieu de la salle principale. Pour la police, c'est un suicide. Il a laissé un courrier expliquant son geste.

— Ce n'est pas possible !

— Je suis d'accord avec vous. Cet homme n'avait rien d'un malade dépressif.

— Qu'est-ce qu'il y a d'écrit sur cette lettre ?

— On me l'a fait lire juste une fois pour que je puisse reconnaître l'écriture. Je ne me souviens plus des termes. Mais en résumé, il disait qu'il n'avait rien à faire dans ce monde, qu'il était malheureux de cette vie, que personne ne pouvait comprendre ses angoisses. Qu'il voulait rejoindre Dieu même s'il savait qu'il risquait de ne pas le voir compte tenu de ce qu'il allait faire ! Mais qu'il était prêt à souffrir en enfer plutôt que sur terre, car il est coupable.

— Je ne comprends rien à ces histoires. J'avais rendez-vous avec lui aujourd'hui. Je suis venue le voir, car j'ai été agressée il y a quelques jours. Et il a été d'un grand secours pour moi, je voulais lui rendre ses livres et le remercier. La semaine dernière, je n'ai pas vu un homme désemparé.

— La police est là pour ouvrir une enquête, mais on m'a bien fait comprendre que cela arrivait souvent. Que si l'on pouvait prévoir les suicides, on les éviterait. La plupart du temps, les gens cachent leur mal-être à leurs proches.

Tout en prenant un mouchoir dans son sac, elle continue :

— Mais vous voulez mon avis, il y a quand même un truc qui n'est pas normal.

Je n'ai rien à dire. C'est vrai que je ne le connaissais pas depuis longtemps en fait. Comment peut-on en arriver là ? Il a été présent pour m'aider pendant une période, pour apaiser mes craintes, mais je n'aurais finalement pas de réponses à mes doutes. Je regarde tout le remue-ménage ambiant, et je me rends vite compte que je ne suis pas à ma place.

Je salue Claudine et lui souhaite bon courage, il lui en faudra.

Tout en marchant au hasard en repensant à cette tragédie, je décide de trouver un endroit pour boire un café. Je pénètre dans une brasserie d'angle, et je commande. Je me remémore les paroles de Claudine, elle croit qu'il y a quelque chose de « pas normal ». Une pensée absurde me traverse l'esprit, qui pourrait en vouloir à un prêtre au point de le tuer ? Finalement, j'oublie immédiatement cette idée. Un suicide serait bien plus logique en fait, les hommes d'Église sont des hommes comme tous les autres, comme le dirait Mé. Il devait vraiment souffrir et savoir cacher à merveille ses failles. Mais pourquoi se sentait-il coupable ? C'est tragique, et je me surprends à prier pour lui en fermant les yeux.

Quand soudain mon téléphone sonne, je sursaute instinctivement. Il s'agit d'un appel anonyme.

Je n'ai pourtant pas l'habitude de répondre, mais je le fais.

— Allô ?

Rien au bout du fil. J'attends quelques secondes.

— Allô ? Qui est à l'appareil ?

J'entends vaguement un souffle. Je plisse les sourcils comme pour mieux me concentrer, mais c'est tellement bruyant ici.

Tout à coup, une serveuse laisse choir son plateau et une quantité de verres incroyable se brise au sol. C'est un son assourdissant qui me percute les tympans, mais il y a comme un écho.

J'écarquille les yeux et me lève d'un bond. Je viens de me rendre compte que le bruit a résonné dans mon téléphone également. Dans mon agitation, mon sac tombe de la chaise. Tout le monde me regarde comme si j'étais possédée. Je scrute les gens alentour, le portable à l'oreille. Je tourne la tête et cherche ceux qui sont en ligne. Je ralentis, pensant reconnaître une

ombre ; le temps que je confirme, la communication coupe.
Aucun doute, la personne qui m'a appelée est ici !

12

Je panique comme un animal en fuite devant son prédateur, et je reste debout un certain temps, figée comme une statue, traversée de secousses tant je suis effrayée. La serveuse a bien fait de me demander si quelque chose n'allait pas, car je sors de ma léthargie comme si elle venait de me piquer.

Mon corps tressaille toujours, mes mains tremblent, je ne vois rien d'anormal dans cette brasserie. Un frisson me parcourt comme une décharge électrique, mes jambes se dérobent, et je décide de me rasseoir pour ne pas tomber. Je fixe mon café sans trop comprendre ce qui se passe. Trop d'événements étranges se déroulent en ce moment pour que je ne me pose pas cette question : me suit-on ? Les hommes de la rue, l'agression, j'ai la cruelle impression d'être épiée, c'est un cauchemar…

Je regarde devant moi et aperçois quelqu'un qui me sourit, j'imagine que c'est lui, je tourne la tête, mais mon cœur accélère toujours plus. Alors, aussi rapide qu'un éclair, je saisis mon sac, car il faut que je parte au plus vite. Je dois m'éloigner de tout ça, je ne suis pas en sécurité ici.

Je sors précipitamment en bousculant les gens. Je monte dans le premier métro. Je verrai bien où il me conduit et, avec un peu de chance, j'aurai pris la bonne direction. Celle de mon appartement…

Les stations défilent, je suis accrochée aux barres avec mes deux mains comme si j'avais peur qu'on me tire vers l'extérieur. Mon agresseur est-il sorti de l'hôpital ? Non, ce n'est pas possible… J'ai la tête remplie de choses plus délirantes les unes que les autres. Je me mets à paniquer, c'est la frayeur qui me parle, je jette un œil aux personnes présentes dans la rame, on dirait qu'elles veulent toutes ma peau. Je commence à devenir folle…

Je m'accroche encore plus fort et regarde le plan. Je vois que par chance je suis dans la bonne direction.

Je sors précipitamment et continue à courir tout en téléphonant à un loueur de voitures. Je décide de partir dès ce soir, je ferai la route de nuit. Rester seule dans mon appartement ? Impossible. Et si j'appelais la police ? Mais pour dire quoi ? Que je panique ? Que je pense être suivie ? Ils vont m'envoyer à l'hôpital direct, et je finirai en asile psychiatrique. Très peu pour moi… je ne suis pas folle à ce point-là. Je sais ce que je sens et je sais ce que je vois. Ce n'est pas un hasard, tout ça doit avoir un sens… mais lequel ? En attendant, il faut que je parte là où je serai le plus en sécurité. En très peu de temps, je monte et récupère mes valises. J'appelle un taxi et arrive rapidement chez le loueur.

Je n'ai pas trop le choix : je prends une petite citadine pas très imposante. Elle suffira pour ce que j'en ai à faire… quitter le plus vite possible Paris pour me réveiller de ce cauchemar.

En déposant mes bagages dans le coffre de la voiture, je sais que la distance parcourue me permettra de réfléchir. Je regarde l'heure du tableau de bord tout en mettant les rétroviseurs en place. J'en ai pour six heures, et il est 20 heures.

Je démarre et me dis que la fuite paraît être une bonne idée. Je suis mon instinct, ou plutôt cette petite voix qui me martèle que je suis en danger. C'est plus fort que moi, ça brûle dans ma gorge tant je désire fuir. Tous ces événements successifs sont trop rapprochés pour que je puisse les digérer correctement.

Maintenant sortie de la ville, je ne pense pas que la personne me retrouve tant je suis partie précipitamment. Cette personne qui était à la brasserie et qui avait mon numéro de téléphone. Mais comment l'a-t-elle eu ?

Les premières heures se déroulent sereinement, et je roule calmement. J'apprécie cette solitude, et tout se passe bien. Je suis sur l'autoroute, je me sens de plus en plus apaisée. Le temps avance, je réfléchis et je regarde les panneaux qui défilent. Je n'ai plus la sensation d'être suivie et je suis rassurée. Les kilomètres effacent peu à peu mes angoisses.

J'en ai profité pour téléphoner à Rose, la voisine de mamie, elle a dû me prendre pour une originale. Elle ne m'attendait que demain, et voilà que je prévois d'arriver en pleine nuit. Elle a préparé ma venue en mettant le chauffage et a caché la clé dans un pot de fleurs. Ça me rassure de la savoir près de moi, c'est peut-être cette présence qui m'appelle, une deuxième grand-mère ? Puis j'ai téléphoné à Mé, lui racontant les détails de la journée, le suicide de Samuel. Elle m'a crié dessus, il fallait que je vienne directement chez elle. Je l'ai calmée et je dois lui envoyer un message dès mon arrivée. Ma réaction a peut-être été excessive finalement... Il va falloir que j'apprenne à me contrôler. J'avais tellement peur que j'ai écouté mon for intérieur en premier.

Les heures avancent, il fait noir maintenant, et les phares commencent à m'éblouir. Je dois m'arrêter pour faire une pause. Je regarde ma montre : minuit pile. Je m'arrête à la première aire, mais ce n'est qu'un parking. Quelques poids lourds sont garés pour la nuit. J'hésite, mais je suis trop fatiguée pour continuer, je risquerais d'avoir un accident. Je décide d'y aller quand même, malgré mes peurs qui ressurgissent. J'avance la voiture le plus près possible des éclairages et attends avant de couper le contact, doutant encore. Je pose le front contre le volant. Je reste un moment comme ça, bloquée jusqu'à ce que les phares d'un autre véhicule me fassent sursauter. Je scrute la voiture en ne bougeant pas, elle me dépasse et s'arrête un peu plus loin. J'attends, tendue et stressée. Mon cœur se met à battre plus vite et plus fort quand je vois la porte s'ouvrir. Une femme descend, et je respire.

Quelle idiote ! En même temps, j'attire les problèmes en ce moment.

Vraiment, rien ne tourne rond dans ma tête. Je souris à mon image reflétée dans le rétroviseur intérieur. Et je décide d'y aller pour me rafraîchir. Je me persuade que rien ne peut m'arriver d'autant que cette femme est aussi seule que moi et ne paraît pas s'inquiéter. Je sors et referme la portière à clé. Je me dirige vers les lavabos.

Tout en me lavant les mains, je me regarde dans la glace, j'ai vraiment une mauvaise mine. Je me rends compte que je suis fatiguée, par le voyage, les événements, le décès de mamie. Je suis devant mon reflet depuis trop longtemps maintenant.

Je suis seule. La femme vient de rentrer dans son véhicule et démarre pour disparaître. Je ressens comme un coup au cœur et je rejoins ma voiture non sans trac. Je marche dans le silence ; personne, je trouve cela assez rassurant.

Soudain, une silhouette s'avance dans ma direction. Je ralentis presque imperceptiblement, mais je continue en baissant les yeux pour éviter les regards. C'est visiblement un chauffeur de poids lourd. Je ne suis pas détendue lorsqu'il passe à côté de moi. Il me dépasse, rien, et rapidement je suis soulagée. J'inspire profondément et arbore un sourire, je me moque intérieurement de moi-même tant je suis stupide.

Quand tout à coup il m'adresse la parole, d'une voix pas

franche, qui semble enrouée :

— Salut, mademoiselle.

Je continue à avancer en faisant mine de n'avoir rien entendu. Mon rythme cardiaque s'accélère, j'ai une pointe dans le ventre.

— Mademoiselle ! je viens de vous dire bonjour.

Il marche maintenant clairement dans ma direction. Visiblement, il perd patience et se met à crier :

— Tu peux répondre, non ?

Alors je presse le pas, je veux vite rentrer dans ma voiture. Je déverrouille la porte et commence à l'ouvrir, mais une main la referme aussitôt.

C'est lui, il a été plus rapide que moi.

Je me retourne, et il est devant moi. Il pue l'alcool, je tourne la tête vers la gauche tant l'odeur est forte. Il s'approche un peu plus près. Son regard semble vide, comme s'il avait consommé de la drogue. Il est couvert de tatouages et il a une grosse chaîne en argent autour du cou. Son visage est rouge, bouffi par ses prises régulières, et ses ongles sont noirs de crasse. Il sourit et montre des dents malmenées.

— Tu n'es pas très polie.

Je suis devant lui et je ne sais pas comment je vais pouvoir me sauver, ça ne va pas recommencer ! Je reprends mes esprits, comme si une force en moi me poussait à réagir. Cette fois-ci, je ne suis pas saoule ou shootée, et je pense pouvoir lui dérouiller un bon coup dans les parties. Je me prépare mentalement tout en tentant quand même de négocier à l'amiable.

— Je ne vous ai pas entendu, désolée.

Ma réponse ne lui convient pas, il enchérit :

— C'est ça, tu parles.

Le ton monte, et il est en colère. Il me bloque avec ses bras de chaque côté. J'essaie encore une fois de m'excuser.

— Monsieur, encore désolée. Laissez-moi partir, s'il vous

plaît.

Cette supplication a l'air de lui plaire, il se ravise en reculant un peu.

— C'est bon. Viens boire une bière dans mon camion pour te faire pardonner.

— Non, merci. Maintenant, laissez-moi ouvrir ma portière !

Il se rapproche, me saisit le poignet et commence à me tirer vers son véhicule.

— Sois sympa, juste une bière ! Tu ne vas pas mourir !

J'arrive à me libérer et je le pousse de toutes mes forces.

— Non, merci, ce n'est pas assez clair ?

Ça y est, je me prépare à taper. Il me scrute et il ne plaisante pas. Il s'approche pour m'impressionner et me regarde de toute sa hauteur en gonflant ses muscles. Il croit sans doute que je vais lâcher prise. Il ouvre la bouche, je sens son souffle fétide. Que va-t-il dire ? Qui va frapper en premier ? Quelques secondes passent, je suis prête à lui rentrer dedans maintenant. Je ferme les poings et crispe les poignets, quand soudain il lève les yeux pour regarder derrière moi. Quelque chose capte son attention ou semble l'appeler, comme s'il était irrésistiblement attiré par les ombres de la nuit.

Il fixe un point et ne bouge plus, ses muscles se détendent. Il baisse les bras et change d'attitude. Comme il est plus grand que moi, je le contemple d'en bas, son expression devient plus grave. Ses narines s'ouvrent et se referment rapidement. Sa respiration s'accélère, et j'ai même l'impression qu'il a des bouffées de chaleur. Il cligne des yeux, il commence à transpirer et est maintenant blanc comme un linge. Je regarde cette métamorphose presque inexplicable. Mais qu'y a-t-il derrière nous ? Un bref instant j'ai eu envie de me retourner. Mais il est trop proche de moi pour que je puisse le faire.

Sa bouche s'ouvre lentement, mais aucun mot n'en sort. Il est mortifié comme s'il venait de voir un fantôme.

Soudain, un bruit de feuilles se fait entendre, et il recule, les bras en l'air. Son corps est raide comme un chêne. Il prend encore plus de distance et, sans me regarder, me dit d'une petite voix effrayée :

— Par-pardon, madame. C'est moi qui suis désolé. Je n'aurais jamais dû vous importuner. J'ai trop bu. Je vous laisse tranquille.

Il tourne les talons et, en courant, rejoint son camion. Je me presse de rentrer dans la voiture et je démarre presque instantanément. Je fais patiner les pneus tant j'ai besoin de quitter cet endroit. Lorsque je sors du parking, je ne peux m'empêcher de regarder la nuit dans mon rétroviseur. Que s'est-il passé ? Qu'est-ce qui a provoqué ce brutal changement ? Vraiment, je devrais songer à écrire tout ce qui se déroule en ce moment. C'est presque épique et si improbable. J'inspire profondément et me dis que rien ne m'est arrivé, c'est le principal...

Le reste du voyage est sans encombre. Je suis devant la maison vers 2 heures du matin. Rose a eu la gentillesse de l'allumer pour moi, si bien que je ne suis pas dans le noir quand je traverse la petite allée. Je trouve la clé et, en entrant, je reconnais l'odeur de ma grand-mère. Je respire à fond et me sens bien en sécurité maintenant. J'ai l'étrange intuition que plus rien ne peut m'arriver.

13

La nuit a été courte, mais salvatrice. Bien à l'abri dans cette maison, je me suis reposée. C'est peut-être aussi pour cette raison que je me suis levée tôt. J'ouvre les volets et me penche à la fenêtre. Mé m'a laissé une dizaine de messages cette nuit, je me suis endormie au cinquième, je l'appellerai plus tard, mais je sens qu'elle va me passer un sacré savon.

La maison de ma grand-mère est toute empreinte de nostalgie et remplie de napperons. Les pièces sont douillettes, bien protégées du froid et des regards extérieurs. Du premier étage, je contemple le paysage. La forêt est à ma droite, devant, le chemin de terre. Un portail le sépare de la petite allée menant à l'entrée. Les rosiers sont encore en fleurs et parfument l'atmosphère. On perçoit l'eau jaillissant du rocher qui alimente la fontaine et des oiseaux s'y trouvent déjà. Il doit être 7 heures du matin. J'admire le soleil qui brille et qui chauffe mon visage quand j'entends un « coucou ». Je me tourne vers la droite, c'est Rose ! Elle est réveillée, quelle chance.

Je lui fais signe de la main et je lui crie :

— Rose ! Tu es debout ? Attends, je descends.

J'enfile une confortable robe de chambre en laine et je dévale quatre à quatre les marches de l'escalier, je me retrouve vite à l'extérieur. Je suis heureuse de la voir, et visiblement c'est réciproque.

Elle n'a pas changé, toujours souriante, un brin romantique avec ses chaussons pastel et sa veste patchwork faite main. Elle a tout d'une petite grand-mère hors du temps. Il ne lui manque plus qu'un joli bonnet de nuit et quelques boucles dorées pour parfaire son côté bonbonnière. Elle est tellement gentille et prévenante, pas étonnant que mamie soit restée si longtemps sa fidèle amie et complice. Elle connaît tout de ma vie, et elles passaient des après-midis entiers à parler de moi. Je n'ai pas de secrets pour elle, elle est un peu ma deuxième grand-mère par adoption.

— Urielle, ma fille, ça fait plaisir de te revoir.

Je la prends dans les bras et la serre fort en disant :

— Tu sais, Rose, on ne m'appelle plus comme ça depuis des années. C'est Marie maintenant.

Elle me sourit en me pinçant la joue.

— Pour moi tu resteras Urielle, et ici on ne connaît pas de Marie…

Elle me lance un clin d'œil coquin. Je la regarde avec affection, c'est si bon d'être là.

— Va pour Urielle… C'est peut-être aussi bien, puisque Marie n'a eu que des ennuis depuis quelque temps.

Elle semble tout à coup inquiète et me prend le bras.

— Comment ? Je sais que ta pauvre mamie nous manque à tous. Mais on dirait que ce n'est pas seulement ça ?

Elle m'emmène dans sa maison tout en continuant :

— Tu vas tout me raconter devant un bon petit déjeuner. Viens, ma fille.

— Merci, c'est gentil.

— Tu dois avoir bien faim, avec toute la route que tu as faite cette nuit. J'ai cuisiné un cake comme tu les aimes.

— J'en salive déjà, Rose.

Je rentre avec elle dans sa chaumière, car oui, on dirait une maison du XVIIe siècle. Il ne manque plus que le toit en chaume. Elle me sert un bol de café ainsi qu'une part de son fameux gâteau. Je le porte à ma bouche en fermant les yeux.

— Hmmm, il est si bon. Merci, Rose, cela me rappelle tant de souvenirs.

— Penses-tu, ça me fait plaisir. Alors, raconte-moi toutes tes misères.

Je me sens bien, calme et détendue, comme toujours en sa présence. Je commence le récit de mes « aventures ». Elle ponctue de temps à autre la conversation avec des onomatopées. Au bout d'un quart d'heure, je termine en finissant mon thé.

— Voilà, tu sais tout. Ce n'est pas étrange tout ça ?

— Oui, évidemment, mais je suis contente.

Je la regarde, un peu surprise par sa réaction.

— Ha bon, de quoi ?

— Que tu sois là maintenant. Je vais bien prendre soin de toi, comme l'aurait fait ta grand-mère. Tu ne risques plus rien.

— Tu as raison, c'est étrange, dès que je suis arrivée, je me suis sentie en sécurité.

Puis je me souviens de cette impression d'être suivie, et j'ajoute, l'air grave :

— Mais tu sais, Rose, les tordus sont partout.

— Pas ici, tu peux être rassurée. Ce petit village a des oreilles et des yeux dans tous les coins.

— J'aimerais te croire, mais pour le moment je suis encore sous le choc. J'espère que l'on ne m'a pas suivie ?

— Mais, c'est toi-même qui as dit que c'était impossible. Alors, fais-toi confiance. Et puis j'ai une bonne nouvelle. Mon neveu va venir m'aider à retaper la maison quelque temps. Il va arriver sous peu. C'est toujours bien de savoir qu'il y aura une présence masculine non loin, n'est-ce pas ?

Elle me fait un grand sourire et un clin d'œil.

— Un neveu ? Je ne savais pas que tu avais de la famille ?

— Sa mère est ma sœur, et elle habite à l'étranger.

Elle se lève comme si une mouche l'avait piquée.

— Bon, je te donne congé, tu dois te préparer, et il faut que j'arrose le jardin.

Elle me raccompagne, et je sens déjà les bienfaits de sa présence douce et rassurante.

— À tout à l'heure.

14

Comme ça fait du bien de prendre une bonne douche chaude ! Le linge de maison sent la lavande et le thym. Je regarde tout autour de moi, un peu émue, et certains moments remontent à la surface. Ces étés où j'allais à pied ou en vélo au village pour retrouver les enfants de mon âge. Je me demande bien ce qu'ils sont tous devenus. Je n'ai plus aucun contact avec eux depuis des années.

Je fronce les sourcils et ferme les yeux, j'essaie de me souvenir de leurs prénoms.

Ça y est : il y avait Emma, Fabrice, Mélanie, Lionel, et… zut, j'ai oublié le nom de cette chipie… Ha, oui, Natacha ! Alors celle-là, elle était toujours là pour me mettre des bâtons dans les roues. Franchement, la chère fille à papa riche qui faisait bien sentir à tout le monde qu'elle était différente.

Je me regarde dans le miroir et commence à avoir froid d'un coup.

Je me souviens aussi de cet été particulier. J'avais fait la connaissance d'un jeune garçon, il est apparu dans ma vie comme un esprit. On ne devait pas avoir plus de 13 ans. On s'était rencontrés par hasard dans la forêt, car j'adorais ramasser des baies ou des champignons. J'étais toute fière de ramener mes trouvailles à mamie, trouvailles qui, la plupart du temps, finissaient dans le compost derrière la maison. Ce garçon était merveilleux et si mystérieux. Nous avions besoin de nous voir, c'était plus fort que nous. Au départ, nous parlions des insectes, des plantes, des cabanes en bois, puis rapidement un lien particulier s'est créé entre nous. Je ne savais rien de lui, il n'abordait jamais les sujets sérieux ou d'adulte. Un matin, il est revenu avec des bleus au visage, il me disait qu'il était tombé, mais je ne l'ai jamais cru. Il avait un prénom peu commun, comme le mien. On se sentait liés l'un à l'autre, c'était comme une évidence, comme si quelque chose de plus fort existait entre nous. Il est devenu mon premier amour, et peut être le seul jusqu'à présent. En pensant à cette époque, j'ai le cœur léger, mais triste. On s'échangeait de petits mots qu'on rédigeait le soir à l'attention de l'autre. Étrangement, je n'ai jamais su où il habitait et, de son côté, il ne voulait rien savoir de plus. Cherchait-il à me protéger ? Il refusait que je parle de nos rencontres, et je me mordais la langue souvent pour ne pas partager ces moments autour de moi, et particulièrement avec mamie. Nous nous donnions rendez-vous dans un endroit que nous seuls connaissions, je crois que c'était à côté d'un point d'eau. Puis, un après-midi, il n'est pas revenu. Je l'ai attendu jusqu'à la nuit tombée. Ma grand-mère avait appelé la police, qui a fini par me retrouver sur le chemin du retour, en pleurs. Ils ont cherché à savoir ce qui s'était passé, mais je n'ai pas trahi notre secret. J'ai su que je ne le reverrais plus ce jour-là, et je n'ai jamais pu faire une autre place à quiconque dans mon cœur.

Quelque temps après, je me suis confiée à ma grand-mère, je lui ai demandé pourquoi il était parti sans dire un mot, elle m'a répondu que les problèmes des adultes affectent souvent les enfants. C'était le flou le plus total, je n'ai jamais eu plus d'explications. Elle devait le connaître, mais sachant que c'était trop tard, n'a pas voulu me raconter les détails. Doucement, je me suis fait une raison, il est passé d'une image à un prénom, puis d'un prénom à un tendre souvenir d'enfance. J'ai presque tout oublié, mais les sensations sont bien présentes quand je repense à lui. Je me demande où sont ses petits mots maintenant, car je ne me revois pas de les avoir ramenés à Paris.

Je sors de ma rêverie et je décide d'aller faire des courses au village. Un bon moyen de renouer avec le passé. Je m'imagine bien ce soir faire une soupe de légumes comme mamie. Elle a d'ailleurs dû conserver mon vieux vélo. Je vais de ce pas vérifier s'il est toujours dans la remise. Bingo, il est là, mais les pneus sont en mauvais état. Impossible de rouler avec, je vais me retrouver en rade sur la route.

— Il faudra que je pense à le réparer.

Car bizarrement, j'aimerais bien rester ici, une étrange sensation vient du plus profond de mon âme.

Je démarre la voiture, je suis dans le chemin, puis sur le bitume en direction du village. Je me souviens bien de la route, elle n'a pas changé, elle est bordée de champs. J'arrive sur la petite place et je me gare. Il y a une fontaine et un bar. C'est drôle, il y a toujours du monde assis en terrasse. En tournant sur moi-même, je me souviens qu'il y avait une supérette non loin de là. Je bifurque dans une ruelle et, effectivement, je vois une enseigne clignotante. Je pénètre à l'intérieur et commence à remplir mon panier quand soudain j'entends une voix féminine derrière moi.

— Urielle ?

Je me retourne et contemple une grande rousse apprêtée comme si elle allait faire un shooting de mode, elle est limite décalée dans cette atmosphère rurale. Je la jauge un moment. Qui peut-elle être ? Alors je lui lance un franc sourire :

— Oui, c'est moi.

— Tu te souviens de moi ?
— À vrai dire, non, désolée.
— Natacha !

Mince, de toutes mes anciennes connaissances, il fallait que je tombe sur elle. Elle a peut-être changé de caractère, le temps sait faire des miracles. Un peu trop contrite à mon goût, elle enchaîne en me posant la main sur le bras de façon très snob :

— Ma pauvre, j'ai appris pour ta grand-mère. Ce n'est pas drôle. Tu vas vendre la maison ?

Ah ben non, elle n'a pas changé…

— Je n'en sais rien.

Elle se recule d'un coup, visiblement offusquée.

— Comment ça ? Tu ne comptes pas rester ici quand même ?

Elle est gonflée, cette fille. Je décide de lui répondre par un grand sourire et quelques battements de cils nonchalants. Si j'avais pu lui faire un doigt d'honneur en plus, je ne me serais pas gênée.

Constatant que je ne réagis pas, elle ajoute :

— En tout cas, ça me fait plaisir de te revoir. Il faudra qu'on se fasse un truc un de ces quatre. Je tiens le traiteur du village, tu n'as qu'à passer. J'y suis seulement le matin, après tu verras mes employés. Tu sais, j'ai fait l'école hôtelière, et j'ai travaillé pour un chef étoilé. Il fallait bien reprendre les affaires familiales…

Elle explose de rire, la tête en arrière, la main devant ses lèvres. On dirait un sketch. Puis elle continue :

— Et Dieu sait qu'il y avait du boulot dans ce trou à rats. Heureusement que j'ai converti ma grande maison en bed and breakfast de luxe, ça amène du beau monde ici.

Elle soupire en se remettant une mèche de cheveux derrière l'oreille.

— Tout ceci remplit bien mes journées, tu vois. Bref, à bientôt.

Je n'ai même pas le temps de lui dire au revoir qu'elle tourne déjà ses talons aiguilles en direction de la sortie. Je reste interloquée tant elle est dans son univers. Elle n'est pas comme avant, elle est pire. Elle se considérait comme la princesse du village, mais alors là, c'est le summum. Ses parents avaient une grande maison bourgeoise avec un parc indécent et ils faisaient bien comprendre à tout le monde qu'ils étaient un peu les seigneurs du coin.

Je me mets la main sur le front, elle m'a donné la migraine en deux minutes chrono…

Je finis mes courses et sors pour retrouver ma voiture. J'ai acheté de quoi faire un brin de ménage et décide de rentrer tranquillement quand l'horloge de l'église sonne 11 heures. Tout en refermant le coffre, j'aperçois quelqu'un qui me fait un signe, une jeune femme assise à la terrasse du bar. Je me retourne pour être sûre que le geste m'est bien destiné.

C'est bien moi, je m'approche, un sourire aux lèvres. C'est Emma, avec quelques années de plus. Incroyable !

— Emma ?

— Oui, je t'aurais reconnue entre mille !

— C'est super de te revoir.

— Assieds-toi, tu as un peu de temps ?

— Mais bien sûr.

— Ça ne nous rajeunit pas tout ça. Ça fait combien de temps ? Au moins vingt ans ? Non ?

— Houlà, tant que ça.

— Eh oui, ça passe vite. J'ai tout de suite su que c'était toi. Rose avait prévenu le pharmacien de ton arrivée. Et devine ?

Je la regarde avec une moue interrogative.

— C'est mon mari !

— Magnifique, comme je suis contente pour toi !

— Mais tu le connais.

Elle me fait un clin d'œil et continue :

— C'est Lionel !

— Mais c'est génial.

— Oui, on est des enfants du village. Et toi alors ? Tu es mariée ?

Ça y est, il fallait bien entamer le sujet. Je réponds d'une petite voix :

— Non, rien de rien.

Elle perd sa mine réjouie et semble un peu déstabilisée de m'avoir mise dans l'embarras.

— Je suis désolée.

— Non, ne t'inquiète pas, ce n'est pas plus mal en fait.

On reste un long moment ensemble, on se remémore le passé. C'est magique, on dirait que rien n'a changé.

En arrivant chez moi, je me sens comme une adolescente. On a décidé de se voir le week-end prochain, et nous avons échangé nos numéros de téléphone.

Mais avec tout ça, j'ai oublié d'appeler Mé !

15

— Non, mais tu es impossible !
— Mé, calme-toi.
— J'ai failli téléphoner à la police !
— Écoute, tout va bien, je me sens en sécurité. Rose est là et veille sur moi comme un ange gardien.
— Tu aurais pu m'envoyer un texto ! Depuis que tu es arrivée, on dirait que plus rien n'a d'importance.
— Mé, je te rappelle que plus vite j'oublierai ce qui s'est passé, plus vite je m'en remettrai.
Un silence se fait, elle a compris.
— D'accord, ma chérie, mais ne refais plus jamais ça.
— OK, je te le promets. Si tu veux être au courant de tout ce que je fais et avec qui, il faudrait que tu viennes ici…
— Ne me tente pas ! Ça te pend au nez.
On se met à rire, j'aimerais qu'elle me rejoigne, c'est vrai.
— Tu es la bienvenue, Mé.
— Oui, je sais. Maintenant, je suis rassurée et, surtout, je vis un conte de fées avec Ben, alors ce n'est pas trop le moment de prendre le large.
Je lui parle de Natacha, de ma rencontre avec Emma. Elle a

peur que je la remplace trop rapidement. Je lui avoue que ma meilleure amie restera cette petite « paraplégique un peu déjantée que j'adore ». En raccrochant, je me dis à quel point elle a été d'une grande aide, elle est ma vraie famille en fait.

Ce soir, je mange ma fameuse soupe de légumes et, en guise de dessert, une tisane que Rose m'a apportée. Elle est succulente et tellement apaisante, il y a de la camomille et de la verveine judicieusement dosées.

Je suis blottie dans le canapé avec une couverture sur moi. Je contemple les objets autour de moi. Il faudra que je songe à faire des modifications au niveau de la décoration. J'aime ce style, mais je dois y mettre ma patte si je veux me sentir pleinement chez moi.

Le lendemain, je me décide à partir faire des emplettes à quelques kilomètres de là, pour trouver tout ce dont j'aurai besoin. Le village n'est pas si isolé qu'on peut le croire. J'arrive assez vite dans une zone commerciale bien achalandée. J'en profite pour visiter quelques magasins, il y a tout ici. Avec ce chèque d'Henri, je me fais plaisir : des bougies, des rideaux, de la peinture murale et même un service de table un peu plus moderne. Mamie ne m'en voudrait pas de changer le sien, il est tellement usé et ébréché. En rentrant chez moi, je me mets au boulot et m'habille d'un vieux bleu de travail avec un foulard pour protéger mes cheveux. Ce n'est que tard le soir que je contemple mon œuvre, je sais que ma grand-mère approuverait.

Toute la semaine a été consacrée à la décoration de la maison. Elle a bien évolué, et je la trouve plus à mon goût. Je me sens définitivement chez moi.

Depuis tous ces changements, il n'y a plus de doute, je suis sûre de la garder maintenant. Je n'ai plus repensé aux événements qui se sont déroulés à Paris depuis que je me suis mise à faire ces travaux, cette maison m'a sauvée.

Lorsque je suis allée voir Emma et Lionel, ils m'ont proposé de rendre ma voiture de location et m'ont prêté en échange leur vieille Clio, ce que j'ai accepté avec joie. J'ai passé le samedi soir chez eux, on a « refait » connaissance, ils me plaisent dans leur simplicité, ce n'est pas Natacha. Ils ne la côtoient pas d'ailleurs, et nous sommes bien d'accord sur de nombreux points la concernant.

Je n'ai pas voulu raconter mon passé, il est derrière moi, enterré. J'ai l'impression qu'il s'agissait de la vie d'autre femme ou d'un rêve dont je me serais réveillée. Plus les jours passent, plus je me sens étrangère à tout ça, comme si l'on m'avait lavé le cerveau.

Marie est morte, Urielle renaît. Seule Mé reste attachée à mon histoire. Un genre d'amnésie sélective qui me permet d'avancer sereinement.

Je me laisse vagabonder dans cette douceur presque irréelle sans voir le temps défiler à toute à allure, et cela fait maintenant trois semaines que je suis arrivée.

16

Aujourd'hui, j'ai décidé de me lever tôt, car tout le monde sait qu'il faut garder un rythme pour ne pas tomber dans l'oisiveté. Je suis prête dès l'apparition du soleil et décide de tailler les rosiers grimpants qui sont de part et d'autre de l'entrée. Ils sont tellement fournis. Le matin a laissé un voile humide sur la végétation, si bien que j'ai mis une bonne paire de bottes et un pull en laine. Motivée par mon réveil matinal, je me retrouve avec le sécateur devant la plante qui arbore une multitude d'épines de deux centimètres le long des branchages enchevêtrés. Elles sont aiguisées comme des couteaux.

Je n'ai pas de gants, car je n'ai pas envie de me mettre en retard sur mon planning en les cherchant dans la remise. Je me dis que je ferai sans. Après tout, il faut juste être délicate et minutieuse… Ça ne doit pas être si compliqué de jardiner.

Je suis devant le grand buisson qui grimpe sur le toit, et je me contorsionne pour tenir une branche de la main gauche. Apparemment, je n'ai pas la dextérité d'un chirurgien.

Aïe, me voilà piquée au bout du doigt, je le porte à ma bouche avant de replonger mon bras dans le rosier.

C'est alors que j'entends derrière moi :

— Vous devriez mettre des gants.

Cette voix masculine me fait sursauter. Quand je me retourne d'un coup, ma main droite toute proche lâche le sécateur et finit par s'insérer entre les branches les plus fournies. Un cri de surprise sort de ma bouche. La douleur est bien présente, et je n'ose plus bouger.

Rapidement, le jeune homme franchit le portique pour venir à ma rescousse. Il est penché vers moi et juge l'ampleur des dégâts.

Tout en tentant de pousser quelques feuilles, il me dit :

— Je suis désolé, je ne voulais pas vous faire peur.

Il essaie de voir comment il peut arranger les choses. De petites gouttes de sang commencent à perler de toute part. Mon pull est également coincé dans les épines de la plante. Il s'accroupit pour saisir le sécateur et entreprend de sectionner méticuleusement les branches. Il a visiblement plus l'habitude que moi, mais s'y prend lentement. Je ferme un moment les yeux pour humer les fleurs coupées qui embaument l'air ambiant.

Malgré toute sa délicatesse, certaines épines s'enfoncent encore plus profondément dans ma chair. Je me raidis à chaque pression, j'ai le bras droit dur comme un bâton. Pourtant, je vois qu'il fait de son mieux. Finalement, la douleur s'atténue, mais elle reste régulière, et la vision de ce sang qui coule me donne le tournis.

Quand une épine cède, on dirait qu'une autre se fait un malin plaisir à me torturer davantage. Ce n'est pas possible, j'aurais dû prendre des gants et surtout un petit déjeuner. J'ai les jambes qui flageolent, mon corps oscille d'avant en arrière, j'ai des flashs, le souffle court et le cœur qui bat à cent à l'heure.

Il s'en rend compte et me dévisage en arrêtant net ce qu'il fait.

— Ça va ? Vous êtes toute pâle.

Je cligne des yeux, j'ai la bouche sèche.

— Je… je… je ne sais pas…

Il est inquiet et me soutient par le bras en me disant :

— Accrochez-vous à moi, ce n'est pas le moment de tomber dans les pommes. Je n'ai pas fini de vous libérer.

J'obéis en lui saisissant l'épaule de la main gauche. Je ne peux plus regarder ce spectacle, alors je tourne la tête et me serre contre lui. J'essaie d'inspirer profondément pour ne pas m'évanouir. Pour ne pas tomber, je l'empoigne fermement, mes jambes ne me tiennent presque plus. Je me concentre sur les battements de mon cœur qui ralentissent tout doucement et sur la respiration de cet homme qui, elle, s'accélère.

De longues secondes passent, je ne sens presque plus la douleur tant je ne veux pas perdre connaissance. Le temps s'arrête comme un sablier qui perd son dernier grain de sable, et je reste comme cela à attendre.

Le soleil réchauffe maintenant ma joue, c'est doux. Je ne suis pas tombée finalement, mais je suis toujours blottie contre son corps chaud, je m'y sens bien. Il m'enveloppe, son odeur m'enivre presque autant que les roses coupées, je suis comme bercée et j'oublie peu à peu où je suis.

Je ne sais pas combien de temps je suis restée immobile, mais il finit par rompre le silence, visiblement un peu gêné.

— Pardon, mais avez-vous un antiseptique ?

Je recule d'un coup, comme si un clairon venait de sonner au bord de mon oreille.

— Quoi ?

— Oui, vous avez quelque chose pour désinfecter les plaies ?

Il doit me prendre pour une folle. Je suis hébétée, l'air hagard, ma main dans la sienne. Je le fixe, complètement hypnotisée, comme si je venais de me réveiller d'un long coma.

Maintenant, j'ai le temps de le contempler. Il est grand, brun, svelte et est parfaitement proportionné. Ses cheveux passent devant son regard au fil du vent, et il porte une tenue de sport ajustée. Il y a quelque chose de solennel chez lui. Il doit avoir mon âge, mais…

Je m'approche de lui et le dévisage. À ce moment-là, je n'ai pas conscience d'être impolie… Ses yeux sont étranges et, très vite, l'interrogation doit se lire sur mon visage.

En voyant mon attitude, il me fait un sourire en coin.

— On parlera de mes yeux plus tard.

Je sors de mon mutisme hors de propos et je secoue la tête comme pour remettre mon cerveau en place.

— Pardon, oui. J'ai tout ce qu'il faut chez moi.

Quand il sent que je reprends mes esprits, il me lâche la main délicatement.

— Encore désolé de vous avoir fait peur. Je passe souvent par ici pour faire mon jogging et je profite de la fontaine pour faire une pause.

— Non, c'est de ma faute. Je n'avais pas envie d'aller chercher des gants. Je n'ai visiblement pas la main verte.

J'inspire profondément comme pour reprendre un second souffle et j'ajoute :

— Je m'appelle Marie… non, Urielle.

J'attends qu'il me donne son prénom, mais il semble troublé et surpris. Ses yeux se plissent et plongent dans les miens. Il reste là sans dire un mot, les bras croisés devant lui. Je me demande bien ce qui se passe.

Enfin, il se met à parler :

— Urielle ?

— Oui.

Il lève un sourcil et arbore maintenant un grand sourire mêlé d'étonnement.

— Tu ne te souviens pas de moi ?

Je ne comprends pas, je ne vois pas qui il pourrait être.

Il continue doucement :

— Je suis Ézéchiel.

17

Ézéchiel ? Je connais ce prénom, il surgit du passé comme un fantôme. Ça ne peut être lui ? C'est alors que je sors pitoyablement :

— Toi ? « Mon » Ézéchiel ?

Il éclate de rire. Son sourire est bien le même. Je le dévisage, il est si lumineux, et de tendres souvenirs remontent à la surface. Il prend le temps pour répondre :

— Ça doit être ça…

Je viens de me rendre compte de l'absurdité de ma répartie. « Mon », je rêve ! Comment ai-je pu sortir une telle chose ? J'ai honte, je me mets à rougir par-dessus le marché.

Comme une enfant grondée, je lui déclare :

— Désolée, je ne voulais pas dire ça.

Nous restons un moment l'un devant l'autre à nous observer, plus rien n'a d'importance. Enfin, une brise se lève. Comme s'il était maintenant lui-même gêné, il en profite pour me faire redescendre sur terre.

— Tu devrais vraiment nettoyer ta main, tu sais…

Je suis si troublée que je me dirige vers la porte, puis je me retourne vers lui.

— Je te propose un café ?
— Oui, je veux bien.
Il me suit dans la maison.
Nous sommes dans la cuisine, je le laisse en disant :
— Le café est chaud, sers-toi une tasse. Je reviens.
Je cours dans les escaliers vers la salle de bains comme si je voulais lui échapper. Je reste devant la vasque à me regarder dans le miroir. Je suis rouge et presque en nage. Je dois me ressaisir, on dirait une gamine ! Je n'ai pourtant pas l'habitude de réagir comme ça. Alors je prends sur moi en respirant profondément plusieurs fois, et je fouille dans le placard pour en sortir du coton et de l'alcool. Je bloque encore quelques minutes, les yeux perdus dans le vide, les souvenirs m'assaillent, mais il va bien falloir que je redescende. Je répète à voix haute :
— Tout va bien, tout se passe bien.
Et je retourne calmement à la cuisine. À mon arrivée, il est devant deux tasses de café. Visiblement, il y en a une pour moi. Je m'assois et dépose ma petite pharmacie sur la table sans rien dire tant je suis troublée par sa présence. Je débouche le flacon d'alcool et place un coton sur le goulot. Je le retourne et mets presque immédiatement la compresse sur ma main.
Houlàlà, ça pique vraiment !
Je commence à inspirer et à expirer plus fort. Je tente de garder un minimum de dignité, mais j'ai quand même très mal, alors je ferme un œil.
Ézéchiel me dévisage et semble amusé.
— Tu as décidé de souffrir ce matin ? Je me trompe ?
Son ton était moqueur, et il est maintenant bien adossé à la chaise comme s'il était chez lui.
— Tu n'es visiblement ni jardinière ni infirmière, poursuit-il.
Cela dit, c'est en effet comique, je lui rends son sourire.
— Tu veux du sucre ?

— Jamais.

— OK.

Sa réponse directe et froide me fait baisser les yeux. Il me regarde toujours intensément, alors je fais mine de me concentrer sur ma main.

Le silence s'éternise, puis il avoue :

— Urielle, je suis aussi surpris que toi. Je me souviens de nos rencontres dans la forêt. Quel âge avait-on ?

Je recommence à piquer un fard et j'ajoute rapidement :

— 13 ans.

— Oui, c'est exact, une année particulière pour moi. C'est là que j'ai été placé en famille d'accueil.

Je me tourne vers lui, beaucoup plus surprise qu'émoustillée.

— Comment ça ?

Je suis trop curieuse, je devrais vraiment prendre le temps de réfléchir avant de parler.

— Désolée, tu ne veux peut-être pas te confier.

— Si, aucun souci. Mes parents se sont fait dénoncer pour mauvais traitements. Mon petit frère et moi avons été placés en famille d'accueil rapidement après la plainte. Nous venions juste de déménager dans une maison qu'ils avaient louée, car ils n'avaient plus les moyens de rester en ville. Mon père était un alcoolique notoire et violent qui vivait de boulots précaires. Ma mère ne disait rien, et je sais qu'elle nous mettait face à lui pour éviter de prendre elle-même ses coups.

— Mon Dieu, je suis désolée pour toi et ton frère.

— C'est comme ça. Il est mort il y a cinq ans d'une overdose. Nous avions perdu le contact. Pour ma part, je suis revenu ici, car…

Il me sourit en me perçant de son regard déstabilisant.

— … j'y ai mes meilleurs souvenirs.

Je recommence à perdre le contrôle de moi-même, j'ai chaud.

Il faut que je fasse diversion en changeant de sujet.

Je me racle la gorge et dis :

— Tu avais les yeux vairons ?

— Non, c'est vrai, j'avais les deux yeux marron clair à l'époque.

— Comment ça se fait ?

— Des médecins pensent que j'ai eu un choc émotionnel qui a provoqué cette sorte de mutation. C'est venu tout doucement avec le temps, et puis ça s'est stabilisé.

Il s'avance dans ma direction et prend un ton plus enjoué :

— Assez parlé de moi. Et toi, que deviens-tu ?

Je ne sais pas trop par où commencer. Je réfléchis et décide de ne pas trop m'étaler.

— Ma grand-mère est décédée il y a presque deux mois. Et j'ai hérité de cette maison.

— Donc c'était là que tu habitais à l'époque.

— Non, je ne venais que pour les vacances.

— Je comprends. Tu vas déménager ici définitivement ?

— Je ne sais pas encore. Mais c'est vrai que plus rien ne me rattache à Paris dorénavant.

Il s'est passé des choses tellement improbables avant mon arrivée ici que j'avoue n'avoir plus trop envie d'y retourner pour le moment.

— C'est-à-dire ?

Mince, je ne voulais pas parler de tout ça. Il va falloir que j'esquive la conversation habilement.

— Des choses… pas très sereines, on va dire.

Bravo ! Mon habilité est digne de celle d'un poisson rouge hors de l'eau.

— D'accord, tu n'es pas obligée…

Je suis ennuyée et, en le constatant, il ne cherche pas à m'en faire avouer plus.

On reste comme ça silencieusement un certain temps, il semble aussi mal à aise que moi, puis soudain il regarde sa montre d'un geste presque trop nerveux pour être crédible.

— Je dois partir, j'ai un rendez-vous dans une heure, et il faut que je passe chez moi pour me changer.

Il se lève puis se dirige vers la porte et l'ouvre, mais avant de disparaître, il se tourne vers moi.

— Il faudra que je revienne pour m'occuper des rosiers. Il paraît que je leur ai fait une mauvaise coupe pour libérer une main innocente.

Il m'adresse un clin d'œil. Je ne sais plus quoi dire et je reste muette, la bouche béante.

Il prend un bout de papier, le déchire en deux et note son numéro de téléphone pour me le tendre.

— Tu veux bien me donner le tien ?

Il attend, la tête penchée vers l'avant, le stylo prêt à écrire. Ses cheveux tombent sur son front, et j'en profite pour contempler ses lèvres. Je ne peux articuler aucun mot tant je suis subjuguée. Un frisson parcourt mon épiderme quand il se redresse lentement en me souriant, il est en contrejour et le soleil lui fait une sorte d'auréole autour du visage. C'est presque étrange... Je lui dicte les chiffres puis il place le papier dans sa poche.

— Promets-moi de mettre des gants si tu t'aventures encore vers des objets piquants.

J'acquiesce de la tête tout en regrettant qu'il me quitte.

— À plus tard, Urielle-Marie, « rosa sine spina ».

Il franchit le portique et commence à courir en direction du village sans se retourner.

18

Je suis restée un temps devant la porte d'entrée, les yeux fixant le vide. Je n'arrive pas à le croire. Ézéchiel est revenu, et mes sentiments sont plus forts que jamais. Je suis toujours terriblement attirée par ce qu'il est, comme si dans mon for intérieur je n'espérais que lui pour être pleinement heureuse. Tous mes souvenirs ont réapparu alors que je les pensais profondément enfouis.

Cela fait une semaine qu'il a percuté le cours de ma vie, et une semaine que j'attends qu'il me contacte, mais rien. Les journées sont longues, et j'ai tenté de les remplir en bricolant dans la maison.

Aujourd'hui, je n'ai pas vraiment le moral, je suis toujours hantée par son visage et ce qui s'est passé.

Je m'attarde sur ma tasse de thé en fixant le vide, quand on frappe à la porte.

J'ouvre et je vois Rose, toute guillerette.

— Ma fille ! Que fais-tu ce soir ?

— Coucou, Rose, je n'ai rien de prévu.

— Tant mieux, tu viens à la maison. Mon neveu arrive tout à l'heure.

— Ton neveu ?

J'avais presque oublié que Rose devait recevoir de la famille. Elle me rend visite chaque jour, on dirait qu'elle sent ma tristesse, et je me suis habituée à être le centre de son monde. À présent, je me rends compte que je n'ai pas très envie de la partager.

— Oui, il faut que je te le présente, c'est un beau jeune homme.

Elle affiche une mine réjouie et ajoute :

— Il est célibataire !

À ces derniers mots, je repense à Ézéchiel, et mon visage se crispe.

— Rose, je ne suis pas sûre que ce soit une bonne idée.

Et je me dis que je n'ai pas du tout envie qu'on me présente de « jeunes célibataires ».

Mais pourquoi ne m'a-t-il pas contacté ? J'ai commencé un texto, je ne l'ai pas envoyé, car je suis certaine qu'il y a quelque chose de pas normal.

Pour l'heure, il faut que je décline l'invitation, car je n'ai pas le cœur à faire des rencontres.

— Rose, je t'assure…

— Écoute, ma fille, viens boire un thé chez moi qu'on en discute.

— D'accord, mais pas longtemps, je dois sortir en ville.

Je la suis chez elle, et le breuvage est déjà prêt, il parfume toute la maison. Elle me sert une bonne tasse, et je la finis avec délectation.

— Alors tu viens vers 19 h 30. Je vous ferai mon ragoût.

— Rose, je ne sais pas.

— Mais si, tu sais. Je suis tellement heureuse que tu passes ce moment en notre compagnie.

Je la regarde, elle est si touchante avec ce sourire et ses yeux de chien battu.

Elle a gagné ! D'un coup, je me dis que ça me changera.

— D'accord, je viendrai à 19 h 30.
— Magnifique ! Allez, file. Je ne voudrais pas te mettre en retard.

Je ne peux vraiment rien lui refuser…

La journée est passée comme un éclair, et il est maintenant 19 heures. J'ai entendu une voiture arriver il y a cinq minutes. Il doit s'agir de ce fameux neveu. Intérieurement, j'espère qu'il sera bien loin du garçon parfait, et comme je ne suis pas non plus la fille parfaite, il y a de fortes chances qu'il n'y ait pas d'alchimie. De toute façon, je n'ai qu'Ézéchiel dans la peau…

J'opte pour un jean et un pull. Rien d'extravagant, je ne veux pas partir en chasse, mais juste faire plaisir à Rose, qui prend si bien soin de moi depuis des semaines, et deux-trois touches de maquillage feront l'affaire.

Comme je suis un peu en avance, j'en profite pour regarder une dernière fois le blog d'Éléonore, le mannequin qui a pris ma place à la rédaction. Heureusement qu'ils ont pu m'installer Internet ici, je lis entre les lignes. Elle sait vraiment de quoi elle parle, ça ne m'étonne pas qu'elle ait tant de succès.

De dépit, je claque l'écran de mon ordinateur portable d'un coup sec pour le refermer et dis à voix haute :

— Pff, je me demande comment j'ai pu bousiller ma carrière à ce point. En attendant, ma pauvre, il va quand même falloir que tu cherches un boulot. Car l'argent fond comme neige au soleil…

Je me lève et regarde l'horloge de ma grand-mère, il est déjà l'heure. Je me dirige vers la porte en saisissant un manteau bien chaud.

Alors que je la ferme à double tour, mes yeux tombent sur le rosier. Il me rappelle cette fameuse matinée, c'est pénible et ça fait mal. Je regarde ma main qui guérit de jour en jour ; bientôt, il n'y aura plus aucune trace de ce moment.

J'arrive devant la porte de Rose, elle s'ouvre sans que j'aie eu le temps de frapper.

C'est elle. Elle est vêtue d'une robe prune et d'un petit tablier de cuisine à fleurs.

— Entre.

— Merci, Rose.

Elle me suit lorsque je pénètre dans la salle à manger. Je vois devant moi un homme d'un bon mètre quatre-vingt, aux cheveux noirs. Il est de dos, un verre de whisky à la main droite. Il porte lui aussi un jean, un pull sombre, il est large d'épaules et paraît sportif. Mince, il est bien foutu, j'espère qu'il aura une myriade de boutons sur le visage et les dents en avant. Je ferme les yeux et tente de me rappeler Ézéchiel, mais son image est étrangement floue dans mon esprit ce soir.

Rose lance.

— Abel, voici Urielle !

On dirait qu'il a prévu son entrée. Il bifurque très lentement dans ma direction, l'éclairage dévoilant tout doucement sa silhouette parfaite. Le feu de cheminée fait briller par intermittence son profil harmonieux et son visage stupéfiant. Il pourrait travailler pour un magazine de mode ou faire du cinéma sans problème. Il dépose son regard profond sur moi.

Je suis impressionnée, et le sang me monte à la tête d'un coup. Je me dis que cela doit être la chaleur du feu, on étouffe !

Rose est maintenant tout à côté de moi.

— Urielle ? Tout va bien ?

Je me rends compte de ma léthargie et tente de reprendre le dessus, mais l'homme tout près de moi me pose quelques problèmes d'élocution.

— Oui, oui, désolée. J'ai eu un choc thermique, il fait tellement chaud ici.

J'ai prononcé ces mots en faisant mine de m'éventer le visage de la main.

Alors il intervient, sa voix sensuelle et magnétique :

— Rose, tu es une cachotière. Tu ne m'avais pas dit qu'elle était si jolie.

Je rêve ou je viens d'entendre ce que je viens d'entendre ?

J'ouvre la bouche, médusée, et balbutie :

— De… de … hein ?

Rose m'aide, car elle perçoit aisément mon malaise. Elle se tourne vers son neveu et dit :

— Arrête, chenapan. Tu ne changeras donc jamais ?

Il porte lentement son verre à sa bouche divinement sexy pour boire une gorgée et ne détache pas ses yeux de moi. Son regard me rappelle étrangement quelqu'un. Je suis si troublée que j'ai du mal garder mon sang froid, alors je lance sans réfléchir :

— On se connaît ?

— Non, désolé.

Nous restons dans ce type de petit silence qui rend mal à l'aise, puis Rose se presse autour de nous.

— Que veux-tu boire, Urielle ?

— Je ne sais pas.

Abel prend part à la conversation :

— Un whisky peut-être ?

Sachant qu'il vaut mieux que j'évite les alcools forts, je réponds :

— Non, merci, ce n'est pas le moment.

Il coule un sourire vers moi et lève un sourcil.

— Ha, il y a donc un moment particulier pour boire du whisky ? dit-il avant d'avaler une autre gorgée.

Il est si terriblement sensuel que je me remets à bégayer :

— Je… non…enfin, c'est-à-dire… que…

Il éclate de rire. Ses dents sont blanches et parfaitement placées.

Ce n'est pas vrai, il est canon… Et moi, je tombe dans le panneau.

Rose intervient :

— Mais Abel, arrête donc de taquiner notre invitée.

Je me retourne vers elle, et je lui souris, quelque peu soulagée.

— Un verre de vin pour moi. Enfin, si tu as, bien sûr.

— Pas de problème. Asseyez-vous au salon et, Urielle, enlève ce manteau, tu vas finir par te trouver mal, tu es toute rouge !

Merci, Rose, de remuer le couteau dans la plaie…

Elle disparaît dans la cuisine, nous laissant seuls. Après m'être mise à l'aise, je me dirige vers le canapé. Je m'assois en face de lui. L'ambiance est particulièrement électrique.

Il est enfoncé dans les coussins, les jambes croisées nonchalamment. Soudain, il pose son verre sur la table basse et avance son buste vers moi. Je recule dans un mouvement inconscient, comme si j'avais peur de cette promiscuité.

Il est vraiment impressionnant et est tellement sûr de lui. Rose amène mon verre de vin et retourne vite d'où elle vient. Je la regarde s'éloigner avec regret, j'aurais bien voulu qu'elle reste avec nous cette fois-ci.

Voyant mon attitude, il reprend ses distances et dit :

— Rose m'a beaucoup parlé de ta grand-mère. Elle était attentionnée et n'avait d'yeux que de toi.

L'air mutin, il se rapproche encore une fois et, tout en me scrutant des pieds à la tête, chuchote :

— J'ai pu contempler des photos de toi où tu étais à moitié nue.

Je manque de m'étouffer avec ma première gorgée, qui était censée au contraire me calmer. D'un geste sec, je repose mon verre qui vacille sur la table basse. Tout en continuant à tousser, je prends conscience que ce moment me rappelle quelque chose.

Je me lève.

— Ex... excuse... excuse-moi...

Je me dirige vers la cuisine en ponctuant mes pas de toussotements. Rose prépare déjà un grand verre d'eau que je bois d'un trait.

Tout à coup et comme un flash, je me souviens de la brasserie et de l'homme que j'ai vu à Paris... ce regard sombre. Je suis en train d'imaginer une chose impossible : et si c'était lui ?

Puis un frisson parcourt mon corps, je repense à cette sensation d'être suivie. Je laisse tomber le verre, qui se brise au sol en mille morceaux.

— Eh bien, ma fille, tu es bien maladroite ce soir.
— Pardon.

Accroupie, je tente de ramasser les bouts de verre à même les doigts.

— N'y touche pas !

Sa voix était si forte d'un coup que j'ai sursauté. Alors, gentiment, elle me prend les mains et voit les marques d'un certain rosier. Elle les retourne et continue :

— Tu t'es visiblement déjà blessée. Ce n'est pas la peine d'en rajouter.

Elle saisit une pelle, une balayette et commence à tout ramasser.

— Je suis navrée. Je me suis étouffée avec le vin, et cela m'a rappelé quelque chose.
— Quoi ?
— Mais c'est sans doute une coïncidence.
— Un événement douloureux ?
— Je ne sais pas en fait, c'est absurde.
— OK, n'en parlons plus.

Elle est très maternelle avec moi et me demande de retourner au salon.

Abel n'a pas bougé d'un iota, il semble maintenant amusé et

me lance :

— Alors, ce verre d'eau ?

— Brisé.

— J'ai cru comprendre…

Il continue en reprenant une gorgée de whisky :

— Bon, où on en était ? Ça y est, au moment où je te disais que j'avais vu des photos de toi.

Il tourne la tête vers la cuisine, mais cette fois-ci, crie pour se faire entendre :

— Rose ? Tu te souviens de cette photo où Urielle n'avait pas plus de 2 ans et jouait dans une piscine gonflable ?

Une petite voix fait écho.

— Ho oui, comme tu étais belle, ma fille.

Il me fait un clin d'œil et finit son whisky en esquissant un malicieux sourire.

Je comprends mieux le côté « à moitié nue » maintenant. Ce type commence à m'agacer. Il est suffisamment perspicace pour saisir que je ne suis pas indifférente à ses charmes, et il en abuse avec plaisir.

Je n'aime pas me retrouver prise au piège comme cela. Comme s'il le sentait, il tente de me détendre un peu en me racontant deux ou trois choses futiles. Au fil des minutes, je parviens tout doucement à me reprendre, le vin aidant avec évidence.

Nous décidons ensuite d'aller à table.

Abel est plutôt bon convive et sert les plats. Peu à peu, je m'habitue à son visage délirant de séducteur, car il nous faire rire, mais au beau milieu du repas, je me tends encore une fois quand il entreprend de trancher du pain avec un grand couteau. Une petite décharge nerveuse parcourt ma colonne vertébrale comme si j'avais peur. Je ne peux m'empêcher de me souvenir des événements de Paris. J'oublie mon naturel et redeviens stressée. Je n'ai pas l'impression de laisser transparaître quoi que ce soit, mais d'un coup, il se retourne et plonge ses iris noirs dans les miens. Je me sens comme une proie, c'est idiot. Il plante alors rapidement la lame dans un morceau de pain et pointe le tout dans ma direction, je sursaute et crispe les mains sur ma serviette. Il attend sans doute une réaction, le geste est agressif, mais il s'arrange pour qu'on pense le contraire. Je suis déstabilisée.

Froidement, il dit :

— Je crois que tu en veux.

En détournant le regard, je réponds :

— Oui, merci.

Puis tout en arborant un étrange sourire, il fait la même chose pour Rose. Il faut que je me calme et que j'arrête de délirer ! Je ne pensais pas être si fragile et à fleur de peau... alors je me ressers un verre de vin et le bois d'un trait. Par chance, Rose ne relève pas, mais Abel soulève nonchalamment un sourcil.

Au fil de la soirée, j'ai finalement abusé de l'alcool, ce que je ne voulais pas au début, et j'ai un peu perdu toute notion de bienséance. J'avais besoin de me saouler pour oublier toutes ces émotions contraires qui me submergeaient. Je me suis retrouvée à rire pour n'importe quoi.

L'avantage, c'est que maintenant, je me fous royalement de son physique de rêve et par la même occasion du mien qui ne l'est pas du tout... je suis vraiment amochée.

Je regarde l'horloge qui danse devant mes yeux flous, il est tard. J'accuse le coup du mieux possible et j'ai juste envie d'aller me coucher. Je me lève en titubant à moitié, Rose demande à Abel de me soutenir jusqu'à chez moi. Vu mon état, j'accepte bien volontiers. Au seuil de mon entrée, je le salue d'un geste amical et lui souhaite une bonne nuit. Il tourne les talons sans un mot et s'éloigne dans l'allée. Je le vois passer le portique avant que je referme la porte de la maison à clé.

Je monte doucement les marches et finis par m'écrouler sur le lit.

19

Une lumière rouge sombre englobe toute la pièce.

Je suis dans mon lit et j'ai les yeux fermés. Un parfum flotte autour de moi. Cette odeur, je la reconnais, elle est suave et délicieuse, c'est celle d'une rose. Elle embaume tout, elle est si forte qu'elle me monte à la tête, je respire profondément, je suis apaisée, tranquillisée.

Soudain, je me soulève du lit, mon esprit sort de mon corps, et j'ouvre les yeux. Je vole dans une brume irréelle. Mes mains ne touchent plus les draps, mais semblent reposer sur l'air, et j'ai chaud, terriblement chaud. Il y a des pétales de lumière qui tournoient autour de moi, je tente de les saisir, mais n'y arrive pas. Puis j'entends mon cœur battre comme un tambour chamanique, calmement, mystiquement, les pulsations résonnent dans ma poitrine. Un voile de soie lévite au-dessus, il est transparent et reflète cette clarté couleur sang tout en s'étirant vers le plafond. Je suis dans un rêve étrangement doux, je profite de cet état délicieux.

Tout à coup arrive un souffle frais, aussi je suis saisie par ce contraste de température. Je me redresse, comme s'il n'y avait plus de gravité, et mes cheveux passent devant mon visage comme des vagues. Je suis bercée par ce vent, je ne cherche pas à contrôler mes mouvements, je me laisse aller dans ce fluide idéalement serein.

La lumière perd de son intensité progressivement, et c'est alors que j'aperçois une ombre…

Elle s'approche, et je reconnais un homme. Je me sens si bien que je n'ai aucune crainte quand il m'agrippe les poignets. Il me prend comme une feuille morte, m'attrape pour que je vienne à lui. Je souhaite voir son visage, mais il me ferme les yeux et descend sa main sur ma bouche. Je profite de sa peau en oubliant que je suis dans ses bras. Sa paume continue son effleurement sous ma chemise pendant que ses doigts la déboutonnent. Le tissu glisse sensuellement sur mes seins, je n'ai pas envie de lutter tant je veux qu'il aille plus loin. Je gonfle ma poitrine dans sa direction quand il les caresse. Ma tête se projette en arrière dans un mouvement de plaisir incontrôlable. Je ne peux plus ouvrir les yeux et je perds la notion de l'espace. À présent, il me dépose sur les draps et fait tomber mes vêtements.

Je suis nue et je sens vibrer sur moi cette peau brûlante. Mes bras cherchent à enlacer ce corps que je ne connais pas, mais je suis bloquée par quelque chose : il vient de me les immobiliser vers le haut du lit. Je suis maintenant comme liée par cette force invisible et définitivement liée à lui.

Durant un bref instant, il ne se passe plus rien, je ne sais plus s'il est encore dans la chambre. Ma respiration s'accélère tant j'ai peur qu'il me quitte, je remue la tête dans tous les sens, je le cherche aveuglément. Je suffoque, j'ai de plus en plus chaud, je suis en manque…

Soudain il s'empare de mes chevilles. Ses lèvres effleurent alors mes genoux puis mes cuisses et enfin… Je me tords, mon buste tourné vers le ciel. Ses doigts de braise frôlent mon sexe et s'attardent avec douceur sur mes régions les plus intimes. Je n'ai jamais éprouvé cela de toute ma vie. Mon ventre réagit presque instantanément quand je sens le désir descendre dans mon corps. J'ai peur de ne pas pouvoir me contrôler tant les sensations sont puissantes. Je gémis de plaisir lorsqu'un de ses doigts s'aventure plus loin. Je contracte mes cuisses inconsciemment pour le prendre au piège, mais il ne me laisse pas faire, il me repousse pour atteindre son but. Il accélère son exploration, et j'ondule sous lui. Je suis possédée par ses deux doigts quand je sens sur mon clitoris une chaleur incroyable. Ses lèvres s'y sont posées juste après sa langue et, tout en continuant sa chorégraphie, il décide de goûter plus clairement mon sexe. J'ai le feu qui me monte aux joues, je suis dans un délire de jouissance. Mon corps ne répond plus maintenant, et il le sait. Il accélère le rythme de ses caresses, je ne vais plus pouvoir me retenir longtemps, je vais exulter.

Alors que je suis toujours à sa merci, le plaisir arrive dans un tonnerre intérieur.

Je ne peux contenir un cri d'ivresse qui semble ne jamais s'arrêter. Il reste immobile, attendant que je reprenne le souffle qu'il m'a ôté.

Puis il se déploie lentement sur moi et m'épouse parfaitement, je suis si bien. Il demeure ainsi contre moi pour me donner un avant-goût de la jouissance que je pourrais recevoir de ce corps si sensuel. Je suis au bord du coma quand il tourne ses lèvres vers ma joue, il la frôle délicatement de sa langue, puis il chuchote au creux de mon oreille :

— Je reviendrai.

D'un coup, j'ouvre les yeux et m'assois. Je suis en chemise de nuit, le lit est bien bordé comme si je venais de me réveiller. Aucune lumière rouge ni odeur de rose, et mes poignets sont libérés.

Rien ne montre ce qu'il s'est passé dans ma chambre.

Il s'agissait d'un rêve...

J'entends toujours ce murmure dans ma tête comme un écho : « Je reviendrai, je reviendrai, je reviendrai... ». Cette sensualité me laisse dans un état de transe inexpliqué : je suis en sueur et j'ai terriblement chaud. Mon cœur est encore sous l'emprise de l'orgasme et a du mal à retrouver son rythme normal. Je passe la main dans mes cheveux, puis sur mes lèvres...

Mais qu'est-ce qu'il m'arrive ? Je regarde l'heure, il est 3 h 33. J'ai déjà fait des rêves érotiques dans ma vie, mais celui-ci n'avait rien à voir avec les autres. Il était tellement plus intense, ça doit être cette soirée bien arrosée qui n'a pas dû arranger les choses.

Je me lève pour aller boire un verre d'eau. Arrivée à la cuisine, je me concentre sur les détails. Je sais que les songes montrent nos fantasmes, mais ici, cet homme ? Qui pouvait-il être ? Puis je me mets à penser à Ézéchiel. Quand je vois mes réactions à l'évocation de son prénom, j'imagine que oui, cela pourrait être lui.

— Demain, je lui enverrai un message, c'est décidé !

Je me dirige doucement vers ma chambre, mais au milieu des escaliers, un courant d'air frais frôle mon échine. Je m'arrête net, je frissonne et je ne saurais dire si c'est de froid ou de peur.

Mon sang se glace instantanément, c'est bien de frayeur.

Je décide de monter le plus vite possible pour me blottir dans mon lit, la porte bien fermée derrière moi.

Malgré la lumière restée allumée, je n'ai pu m'endormir qu'au petit matin.

20

Je regarde ma tasse de thé. La nuit m'a porté conseil, je crois vraiment que ce qui s'est passé était dû à mon imagination. Dans l'obscurité, on a vite tendance à exagérer les choses. Les ombres paraissent toujours plus grandes. Maintenant que je suis debout, j'ai mal à la tête. Le retour de bâton de la soirée arrosée d'hier sans aucun doute, et comme une sorte de zombi, j'avale un cachet pour me soulager.

C'est à 13 heures que j'envoie un message à Ézéchiel. Je crois avoir passé plus d'une heure à décider comment j'allais m'y prendre. J'ai effacé des dizaines de textos puis je suis restée sur un simple.

« Salut, Ézéchiel, c'est Urielle. Comment vas-tu ? »

Je l'envoie, la main tremblante. Je regarde s'il l'a bien reçu : oui. Mais rien. A priori, il ne faut pas que j'attende tout de suite une réponse. Je me raisonne même si je voudrais qu'il se jette sur son portable, mais visiblement ce n'est pas son style…

Toujours rien, la nuit est arrivée un peu trop vite à mon goût. Je n'ai pas vu Rose aujourd'hui ni Abel, j'étais assez contente d'ailleurs, avec ce qu'il s'est passé hier soir.

Il est maintenant 22 heures, et je viens de finir mon repas, je suis épuisée et, surtout, vexée et en colère contre Ézéchiel. Il aurait pu me répondre quelque chose, même de banal.

Je monte me préparer pour dormir quand soudain mon téléphone vibre. Le cœur battant à cent à l'heure, je regarde : c'est un texto... mais ce n'est pas lui.

« Tu dors ? Abel »

Tiens, je ne me souviens plus de lui avoir donné mon numéro. Décidément, l'alcool me joue encore des tours. Je tape frénétiquement sur mon portable :

« J'allais dormir, oui. »

Sa réponse est immédiate.

« Pas trop mal à la tête aujourd'hui ? »

« Si, évidemment. »

« Désolé pour toi. Rendez-vous demain soir, on va changer d'air. »

Je lis deux fois le texto tant je suis stupéfaite. Il plaisante ? Il pourrait me demander mon avis avant, ce type m'énerve avec son assurance de playboy autoritaire.

Je ne me démonte pas, il n'a pas à me parler comme ça !

« C'est un ordre ou une question ? »

« Devine ? Bonne nuit. »

J'hallucine et je râle à voix haute, il est définitivement insupportable.

***

Cette nuit-là, j'ai dormi comme un bébé, pas de rêves lubriques ni de froid dans le dos. Ce n'est que le lendemain matin que je me demande bien où Abel va m'emmener. J'ai pensé décliner l'invitation, mais vu qu'une certaine réponse n'arrive pas, je me sens d'humeur à en profiter finalement. Je décide de regarder ce que j'ai dans ma garde-robe. Avec ce départ précipité de Paris, je n'ai pas grand-chose. En même temps, cela dépend aussi de la destination choisie par l'autre « despote ».

Je lui envoie donc un texto.

« Où va-t-on ce soir ? »

Le message à peine lu, il est déjà en train d'écrire.

« En ville. Un club. »

Le moins que l'on puisse dire, c'est qu'Abel est plutôt rapide, mais pas très loquace, pas comme certains qui parlent beaucoup, mais qui ne font rien.

Il faut que je tire un trait sur Ézéchiel. S'il avait voulu me revoir, il m'aurait contactée depuis longtemps. C'est à n'y rien comprendre…

« Je passe te chercher à 21 heures. »

Je ne réponds pas et me concentre sur ma tenue. Je n'ai franchement rien de rien, alors je me souviens du centre commercial situé à quelques kilomètres d'ici. Je décide d'y aller pour trouver une tenue appropriée.

J'y arrive en début d'après-midi et je me mets à la recherche de vêtements, un peu plus style « club ». Une boutique m'attire en particulier, je pénètre à l'intérieur et commence à choisir une robe, quand j'entends une petite voix acide derrière moi.

— Urielle ?

Je lève les yeux au ciel, car je me souviens d'elle. Tout en me retournant lentement, je dis, la bouche serrée :

— Natacha ! Quel hasard !

L'air surprise, elle regarde ce que j'ai sur le bras et ajoute :

— Oui, c'est drôle. Tu portes ce genre de vêtements, toi ?

— Ça m'arrive, figure-toi !

— Ha, je te croyais plus sportswear.

Je vais lui bouffer un œil si elle continue.

— Je sors ce soir avec mon voisin.

Elle paraît tout à coup très intéressée.

— Ha ! Qui ?
— Tu ne le connais pas. Il n'est pas d'ici.
— Vous allez où ?
— Il veut m'emmener dans un club.

Je me ravise, je ne vois pas pourquoi je devrais répondre à cet interrogatoire.

— Mais pourquoi tu me demandes ça ?
— Pour rien. Simple curiosité.

Elle touche la robe et poursuit :

— Ne prend pas ça, ça va t'épaissir.

Ça y est, je suis à deux doigts de la claquer, mais je respire néanmoins pour me calmer.

— Merci de ton conseil et à bientôt.
— Oui, c'est ça, à bientôt.

Je me tourne vers le portant. Comment peut-on être aussi insupportable ?

Sur le chemin du retour, je suis ravie, j'ai trouvé tout ce que je voulais, il ne reste plus qu'à me préparer. Je passe une heure dans la salle de bains. Juste avant de partir, je mange une petite part du délicieux gâteau de Rose, Abel ne m'a pas parlé de resto et, vu l'heure à laquelle il vient me chercher, c'est peu probable qu'on y aille.

Il est presque 21 heures quand on frappe à la porte. Je suis contente de ma tenue. Je porte une robe rouge à sequins avec un beau décolleté, une paire de chaussures à talon assortie ainsi qu'un manteau noir. Rouge à lèvres, maquillage et coiffure pour aller avec, je n'ai rien à voir avec l'autre soir.

En descendant, je me sens plutôt sûre de moi. Une dernière inspiration, et j'ouvre la porte d'entrée.

Je me retrouve face à Abel.

C'est un choc, il semble que lui aussi a choisi avec attention ses vêtements. Il est indécemment sexy, il faut dire qu'il sait bien se mettre en valeur. Il a une chemise écarlate, une veste cintrée et un pantalon noir, tout est parfaitement taillé pour que sa délirante plastique soit à son avantage. Je me surprends à rougir encore une fois, ce mec est hallucinant.

Il me scrute des pieds à la tête et esquisse un sourire en coin.

— C'est une bien belle couleur que tu portes.

En tentant de ne pas faire trembler ma voix, je lui réponds machinalement :

— Merci, on dirait qu'on s'est donné le mot pour le dress code.

Je referme la porte à clé et le suis. Je ne prête absolument pas attention à autre chose qu'à lui, quand soudain il se décale, et je vois dans le chemin une magnifique voiture de sport, tous phares allumés.

Je reste sur place un peu en retrait, car je n'y crois pas, je me penche vers le logo, et je bloque littéralement.

— C'est… c'est une Maserati ?

— Oui.

J'avance doucement et contourne la sublime voiture anthracite. Il me précède, ouvre la portière passager, mais n'ajoute rien. Je pénètre dans l'habitacle, tout en le regardant faire le tour. Dire que je suis intriguée est un faible mot, je suis abasourdie ! Il s'assied à la place du conducteur et se penche pour mettre sa ceinture de sécurité. En faisant cela, il s'approche dangereusement de moi, mon cœur bat plus vite et mon ventre palpite. Tout en me souriant, il démarre et sort doucement du chemin. Une fois sur le bitume, il accélère d'un coup. J'ai bien cru que nous étions l'espace d'un moment dans un avion en train de décoller. Je m'accroche au siège tant je suis sidérée.

Tout en roulant à vive allure, il me dit :

— J'espère que tu n'as pas peur de la vitesse. Je ne sais conduire que comme ça.

Oui, j'ai peur de la vitesse, mais je suis tellement surprise qu'il ait une voiture pareille que j'hésite à lui avouer la vérité. Je reste muette tant j'ai l'impression que tout ce qui pourrait sortir de ma gorge serait inutile.

— Tu es bien silencieuse.
— Je…
— Oui ?
— Non rien.

Il éclate de rire.

— Eh bien, si tu continues à te taire, la soirée risque d'être bien longue.
— Désolée, mais je suis surprise.
— De quoi ? La voiture ?

Je hoche la tête en signe d'approbation.

— Ne t'inquiète pas, je ne l'ai pas volée.

Chaque fois qu'il se moque de moi, son visage devient terriblement attirant et, surtout, je reste toujours dans cette sorte de fascination. Il a un toupet monstre ! Je me tourne et ne quitte pas la route des yeux. Il fait nuit noire et il roule à grande vitesse. En fait, non, il pilote ! Je n'en reviens pas. C'est impressionnant, on dirait qu'il voit comme en plein jour.

Au bout de quelques longues minutes, je romps le silence.

— Tu n'as pas peur de te faire arrêter pour excès de vitesse ?
— Jamais. Je sais où ils sont.

Sa réponse me laisse perplexe.

— Hein ?

Ses yeux sombres se dirigent vers moi.

— C'est comme ça, j'anticipe.

Je frémis en songeant qu'il n'observe plus la route et, le doigt pointé vers l'avant, lui lance fébrilement :

— Regarde en face de toi, s'il te plaît.

Il s'exécute avec toujours un sourire aux lèvres.

— Tout va bien. Je sais ce que je fais.

Puis il allume l'autoradio, c'est une station qui passe de la musique électronique. Étrangement, je commence à me détendre un peu.

— À cette allure, on va arriver au club en quelques minutes.

— On n'y va pas tout de suite.

— Mais où m'emmènes-tu ?

Nous roulons encore quelques kilomètres dans le noir le plus complet. Nous devons longer des champs de part et d'autre, puis il bifurque dans une route trop petite pour être à double sens. Il fonce puis rapidement arrête la Maserati devant un portail laissant voir une allée de platanes. Il me fait signe de regarder. Au fond, il y a un château splendide. Je lis une pancarte à droite de l'entrée : Relais & Châteaux cinq étoiles, chef étoilé... Je rêve.

— Quoi ? Tu plaisantes ?

— J'ai l'air de plaisanter ?

Il démarre, traverse l'allée en trombe puis s'arrête devant la grande porte du restaurant, où un homme vêtu de blanc m'aide à sortir de la voiture. Je suis impressionnée et en quelques secondes Abel est à mes côtés pour me donner le bras. Nous montons les marches couvertes d'un tapis rouge pour arriver dans un hall sublime, rempli d'œuvres d'art.

Une personne vient nous accueillir.

— Vous avez réservé ?

— Oui, au nom de Brown.

— Bien, monsieur Brown, suivez-moi, je vous prie.

Je tourne la tête de toute part, c'est incroyable. Nous avançons dans une salle de restaurant bondée aux tables immaculées et, clairement, notre venue ne passe pas inaperçue.

Les femmes n'ont d'yeux que pour lui. Elles finissent par poser leur regard sur moi, la plupart n'apprécient visiblement pas ma présence. Quelques hommes me repèrent pourtant, surtout quand ils se rendent compte que leur épouse reste subjuguée par ce beau mâle. Après avoir confié nos manteaux au maître d'hôtel, nous nous asseyons comme par hasard à la table centrale, au vu et au su de tous. Je suis mal à l'aise, et Abel prend la parole pour s'expliquer :

— Tu ne croyais pas qu'on allait directement au club ?

— Je ne sais pas. Un restaurant étoilé ? Ce n'était peut-être pas nécessaire.

— Pourquoi faudrait-il s'en priver ?

Il lève la main pour appeler le serveur. On dirait qu'il maîtrise tous ses gestes afin de provoquer une hystérie féminine constante, elles le regardent toutes, et il le sait.

— Monsieur ?

— Du champagne.

— Une bouteille ?

— Oui, ce sera parfait.

Je sors de mes gonds et mets ma main sur la sienne pour l'arrêter.

— Non ! Tu es fou.

— Quoi, tu préférerais du whisky ? C'est peut-être le bon moment maintenant ?

Il fait signe au serveur, qui se retire pour préparer cette indécente commande. Ma main est toujours sur la sienne, je m'en aperçois et tente de l'enlever, mais il est bien plus rapide que moi, il la saisit tout en me dévisageant, sa peau est ardente. Terriblement intimidée, je baisse le regard vers la carte, un feu brûlant monte dans mon corps.

Bien sûr, il n'y a pas de prix.

Je ne vois pas quoi choisir, une entrée, un plat direct, une assiette de fromages... un café et en profiter pour m'enfuir ?

— Qu'est-ce que tu veux ?

— Je ne sais pas vraiment.

— D'accord, je commande pour toi.

Aussi surprise qu'offusquée, je reste bouche bée.
— Quoi ?
Il m'agace à vouloir tout contrôler, et je retire ma main aussi sec. Le serveur arrive, et Abel lui dicte rapidement :
— Deux salades de truffes et deux saint-pierre.
Je l'observe un moment en me demandant ce que je fais ici. Je n'ai pas l'habitude de me faire traiter comme ça et, en même temps, on peut dire qu'il a sorti l'argenterie et les petits plats dans les grands.
Le champagne arrive, et il se saisit de la bouteille en faisant un signe au serveur.
— Laissez, je m'en occupe.
Il me sert généreusement, puis nous trinquons, et nos verres s'entrechoquent délicatement. Au moment de porter la flûte à mes lèvres, je me dis que cet homme est bien étrange. J'ai beaucoup de mal à me contrôler, il est évident que la moindre partie de son corps est faite pour mettre les femmes hors circuit. Il faudrait que j'arrive à le voir comme le neveu de Rose et, en fin de compte, comme un membre de ma famille.
Sentant que les choses se compliquent en moi, je tente une autre approche bien plus terre à terre.
— Tu as l'air d'avoir réussi dans la vie ?
— C'est un mélange de chance et d'audace. Je travaille principalement pour certaines personnes qui ont besoin de conseils en placements financiers avec des retours efficaces.
— Tu es trader ?
— Non, je suis juste connu pour faire gagner de l'argent aux autres rapidement. J'ai ce qu'on appelle la « Barraca ».
— C'est un peu flou, non ?
Je le regarde, dubitative, et il ajoute :
— Je te vois venir. C'est tout à fait légal.
— Et comment on devient « patte de lapin »?

Ça le fait rire. Il se ressert un autre verre.

— Les gens ont juste besoin de moi, et il me trouve. Puis je leur propose un échange contre mes services. Une compensation, et la Maserati en est une.

— Je vois. Alors tu es connu comme le loup blanc dans le monde des affaires ?

Il me fixe droit dans les yeux comme s'il me déshabillait du regard.

— Pas que dans les affaires… mais je tiens à garder une sorte d'anonymat et de discrétion.

— C'est clair, et donc tu roules en Maserati pour être plus discret ?

Il est piqué par ma répartie.

— Tu serais surprise du nombre de gens qui roulent en Maserati…

Deux serveurs amènent nos entrées, elles ressemblent à des tableaux de maître. Les assiettes sont superbes et paraissent vraiment succulentes.

Le plat est aussi ravissant que bon, mon verre n'est jamais vide et, cette fois-ci, je fais bien attention, je bois de l'eau bien régulièrement pour ne pas me retrouver saoule dès la première heure. J'ai besoin de garder les pieds sur terre, même si dans cet endroit ce n'est pas évident, surtout quand je contemple le beau spécimen en face de moi. Comme l'autre soir, Abel est de charmante compagnie et il cesse de me chercher.

Le repas fini, il me prend le bras pour descendre les escaliers. Je vois les femmes regretter déjà son absence, c'est incroyable. La voiture est là, un jeune homme a ouvert la portière passager pour me faire entrer. Je ne sais pas quoi penser d'Abel, de cette soirée, je suis perturbée…

Avant qu'il mette le contact, j'entame un sujet critique en le fixant non sans crainte :

— Tu es toujours aussi autoritaire ?

Il ne daigne pas tourner la tête dans ma direction et arbore maintenant un visage tendu.

— Oui. Ça te pose un problème ?

Ses yeux se font plus durs, ses sourcils se rapprochent, et je recommence par la même occasion à avoir des palpitations.

— Je ne sais pas.

À cet instant, il plonge ses iris noirs dans les miens.

— Ce n'est pas une réponse. C'est oui ou non ?

Je me reprends comme je peux en haussant la voix :

— Alors c'est oui !

Il met le contact et démarre.

— Dommage pour toi, il va falloir que tu t'y habitues.

— Je ne vois pas pourquoi je devrais m'habituer à toi et à ton caractère !

Est-ce que je viens de lui répondre sur ce ton ? Je perds la boule ! Il m'a payé le plus grand restaurant de toute ma vie…

Il sourit, mais visiblement cela ne lui plaît pas, il crispe les mains sur le volant.

— C'est ce qu'on verra.

Il accélère et fait crisser les pneus.

21

Notre arrivée fait sensation. Un attroupement se trouve tout autour de nous, et j'ai l'impression d'être épiée comme une licorne en cage. Abel se gare en face du club, on dirait qu'il le fait exprès, et il sort en calculant chacun de ses pas. Je n'attends pas cette fois-ci qu'on m'ouvre la portière pour faire de même. Quand il active le verrouillage centralisé, la voiture clignote. On entend des « ouah ! ». Les gens restent à contempler le luxueux véhicule pendant que nous entrons dans l'établissement. L'agent de sécurité nous laisse passer facilement, ils semblent se connaître. Je me demande bien pourquoi il nous a amenés ici, c'est loin d'être intime. À cette heure, la musique est forte, et la boîte est bondée. Ce club est clairement le seul endroit à la mode à plusieurs kilomètres à la ronde.

C'est incroyable l'effet que fait Abel sur les femmes, il est observé ou littéralement dévoré des yeux. Lorsqu'elles me regardent, je sens toujours cette envie de m'éradiquer, elles semblent chuchoter « Mais que fait-il avec une fille pareille ? ». Je passe au second plan très largement. Il me prend la main et m'emmène vers une table réservée. Il a vraiment pensé à tout, c'est le meilleur endroit, il y a un somptueux canapé en cuir rouge tout autour. Nous sommes l'attraction de toutes les femmes, célibataires ou non, du club, c'est troublant. Il fait mine de ne pas les voir, mais je sens bien qu'il adore ça. Il demande encore une bouteille, mais cette fois-ci :

— Du whisky.

Mais comment arrive-t-il à boire autant et à rester sobre ?

La serveuse n'en peut plus, elle est au bord de l'apoplexie. Je la fixe, presque amusée, et en même temps, je suis envieuse, elle est vraiment jolie. Il le sait et en profite pour la regarder avec insistance. Elle va finir par se décomposer devant nous, puis elle retourne machinalement au bar pour en revenir avec cette fameuse commande.

Il remonte les manches de sa chemise avec sensualité, comme si chaque mouvement était mûrement pensé afin d'enflammer toute l'assemblée. Il saisit la bouteille et fait couler le liquide ambré dans les verres.

— Tu vas résister ?

Je suis hypnotisée par ses gestes, par ses doigts, par ses muscles saillants...

— À qui ?

Je viens encore une fois de parler sans réfléchir. Il éclate de rire.

— Non pas à qui : à quoi ? À ce verre que je te sers.

— Oui, je pense.

Il a l'air ravi et, tout en buvant une gorgée, contemple la piste. Il y a beaucoup de monde, et on peut dire qu'il y a de l'ambiance. Arrivée à la moitié de mon verre, je commence doucement à avoir la tête qui tourne, et je décide de calmer le jeu avec l'alcool.

Le temps passe, et nous observons le manège des couples, des célibataires...

Voilà maintenant des dizaines de minutes que je suis assise sur mon siège sans qu'il daigne m'inviter à danser, ou qu'il me propose autre chose.

Mais que cherche-t-il ?

Son attitude me met les nerfs à vif. Je tape du pied au rythme de la musique qui est vraiment bonne, puis me lève d'un bond afin de me trouver un chemin au milieu des gens. S'il ne veut pas venir, je ne vois pas pourquoi je n'en profiterais pas.

Quelques types s'approchent de moi, mais étrangement se ravisent en se retournant vers quelqu'un d'autre, on dirait qu'ils n'ont pas très envie d'être en ma présence. Tant mieux ça m'arrange, je suis là pour danser.

Abel est toujours assis et ne me quitte pas de son regard perçant. J'ai entrevu quelques filles un peu amochées venir vers lui, assez entreprenantes, mais bien vite, il a su se faire comprendre pour qu'elles tournent les talons.

Je fais mine de ne pas le voir, je ne voudrais pas qu'il croie que j'ai besoin de lui pour m'amuser. Les minutes passent, les succès musicaux s'enchaînent, et je suis maintenant en nage. Je retourne à la table, surexcitée par cette ambiance.

Il intervient au moment où je m'assois :

— Tu as l'air d'en profiter.

— Oui, c'est génial !

Nous arrivons à échanger quelques paroles sans intérêt, mais le bruit couvre la plupart de nos mots, et nous retombons finalement dans notre silence pesant.

Le temps passe, et il est tard maintenant, la boîte est de toute évidence plus que bondée. J'ai fait plusieurs allers-retours entre lui et la piste de danse quand une présence féminine se rapproche de nous.

— Alors, Urielle, tu ne me présentes pas ?

Natacha est ici, c'est un cauchemar... Sans crier gare, elle s'installe à côté d'Abel et l'aborde de façon très explicite :

— Je peux me joindre à vous ?

J'enrage, comment peut-elle être là ?

Je me souviens maintenant, je lui ai parlé d'un club cet après-midi. C'est donc bien le seul de la région... Je m'en veux, ce n'est pas possible. J'essaie de placer un mot.

— Natacha, je te présente...

Elle me snobe littéralement et se tourne pour tendre la joue à Abel.

— Je suis Natacha, et tu es le fameux « voisin » ?

Abel paraît surpris, mais joue le jeu.

— Oui, en effet.

— Je peux prendre un verre de whisky ?

Il la sert. Elle est sans complexes et, moi, je commence à être de trop. Il fallait s'en douter, un homme pareil avec une fille comme moi. Elle est sexy et féline, et fait mine de ne pas entendre la conversation pour se coller à lui. Elle glousse, rigole, la tête en arrière. Au fil des minutes, elle devient hystérique et délurée, sa jupe remonte de plus en plus, c'est un rôle qu'elle connaît par cœur. Finalement, je siffle mon verre d'un trait, ça me brûle la gorge, mais j'ai hâte de trouver le moyen de m'échapper.

Comment vais-je pouvoir supporter cette humiliation ?

D'un coup, elle le prend par le bras et l'emmène sur la piste de danse. Je reste là comme une plante verte. Je regarde à droite et à gauche, on dirait que les femmes ont bien saisi le manège, et je leur donne maintenant du grain à moudre. Ne sachant plus quoi faire, je sors mon portable et peste en envoyant des textos incompréhensibles à Mé.

Non, mais j'hallucine, il vient de me planter pour cette pétasse ! Il se retrouve au centre de la piste avec Natacha. J'ai juste la satisfaction qu'elle n'est pas la seule autour de lui, il y a clairement une nuée de filles qui se trémoussent comme des chattes en chaleur.

Je contemple la scène, je suis furieuse, mais je ne peux

m'empêcher de me demander ce qui manque à Abel, il bouge son corps avec une sensualité attractive. Je décide de ne plus le regarder, il m'exaspère, j'ai envie de les claquer tous les deux !

J'ai la tête rivée sur mon téléphone et le temps passe alors que je converse par texto avec Mé. Elle me dit de commander un taxi et de rentrer chez moi.

Facile à dire… je ne sais même pas où je suis.

Soudain, un homme se présente à moi et me demande si je veux bien danser avec lui. Je l'observe, hésite et accepte. J'en ai marre de faire la potiche toute seule dans ma coquille VIP.

Je me retrouve de l'autre côté de la piste avec mon cavalier, histoire de ne pas me faire voir d'Abel, qui à l'heure actuelle me sort par les yeux.

L'homme qui m'a invitée est plutôt sympathique. Au départ, je me mets à danser tranquillement en le regardant, puis, en confiance, je ferme les paupières, je me sens libre et désirable. C'est bizarre, je n'ai jamais dansé comme ça auparavant, je perds toute notion l'espace d'un moment, je ne sais plus avec qui je suis vraiment, cela doit être le whisky, les rythmes soutenus… Je suis dans un drôle d'état, je lâche prise et me contente d'onduler mon corps. Je passe les mains dans mes cheveux et, peu à peu, je tombe dans une forme de transe hypnotique où les sons résonnent comme des tam-tams.

Le temps ralentit, je n'entends presque plus la musique, je flotte…

Tout à coup, je sens plusieurs présences autour de moi, mais un peu trop proches à mon goût. Je sors de ma léthargie et je me rends compte que je ne suis plus sur la piste, mais coincée dans une sorte de couloir. Il y a des portes de chaque côté, ce sont des salles privatives. Je suis encerclée par plusieurs personnes qui veulent me toucher, elles sont étrangement livides et animées par un feu dangereux. Le souvenir de mon agression remonte à la surface, je panique et commence à en pousser un puis deux, mais on dirait qu'ils se multiplient. Je tente de sortir de ce cercle infernal, mais je suis retenue par les bras. Ils se rapprochent de plus en plus, ils se frottent contre moi et font des bruits de bêtes dans mon oreille. Je veux partir, m'enfuir, je les frappe et les roue de coups, mais ils sont trop nombreux. Puis ils me saisissent par tous les membres, me soulèvent et me font pénétrer de force dans une de ces pièces, je me débats, mais en vain. On me bloque sur une sorte de canapé, quand je vois devant moi un homme qui cherche à remonter ma robe pendant qu'un autre plonge ses mains dans mon soutien-gorge. Je lutte comme je peux, mais ils sont possédés, affamés. J'ai l'impression qu'ils vont me faire subir mille sévices avant de me tuer.

Soudain, je me mets à crier de toutes mes forces.

— Abel !

Ce son strident sort comme une alarme, puis plusieurs doigts se posent sur ma bouche pour m'empêcher de recommencer. Je pleure, je suis touchée, palpée de toute part.

La musique devient plus forte, le rythme est plus soutenu. Les hommes m'agrippent, c'est comme s'ils voulaient m'arracher les bras, on dirait qu'ils ne se contrôlent plus. Les mains courent le long de mon corps, je ne peux rien y faire.

J'ai mal. J'ai peur...

Soudain, l'homme devant moi disparaît d'un coup et, presque au même moment, j'entends un bruit de verres cassés à l'autre bout de la salle. Mes assaillants relâchent doucement leur emprise quand ils voient Abel dans une colère froide au centre de la pièce. Il est debout et les contemple de toute sa fureur. D'un geste, il agrippe un type à sa droite par le cou, le soulève et l'envoie contre le mur. Il ne s'arrête plus, il en tabasse deux, puis trois, et cogne les autres avec une force non contenue. Alors c'est la débâcle, certains veulent fuir, mais ils sont bloqués et reçoivent de violents coups au visage, aux jambes, on entend des os qui se brisent, des sons sourds. Il y en a qui tentent de se protéger ou de le supplier, mais en vain, Abel est déterminé et déploie une rage sans limites et sans failles, ses gestes sont sûrs et efficaces.

Je suis libre, mais terrifiée de le voir. Je rampe vers un angle de mur et me recroqueville au sol comme un oiseau blessé, les mains sur la tête. Je ne regarde plus la scène tant cette violence est incommensurable. J'ai perdu toute notion de temps, on dirait que je suis ici depuis des heures.

Puis, le silence s'installe, on entend juste la musique qui résonne au loin.

Je sens quelqu'un qui arrive vers moi, lentement. Je n'ose pas ouvrir les yeux tant je suis choquée et tant j'ai peur que ce ne soit pas lui. Mais il est maintenant à côté de moi, à ma hauteur, et doucement il se baisse pour me prendre dans ses bras. Il me soulève comme une plume et m'emporte, toujours en pleurs, vers la sortie.

Je tremble en me blottissant contre lui jusqu'au moment où il me dépose dans sa voiture.

Il démarre et pour une fois n'accélère pas. Le silence est lourd, il roule et consent au bout d'une bonne dizaine de minutes à me parler.

Son ton est anormalement sévère.

— Alors comme ça, tu ne pourrais pas t'habituer à moi ?

Je ne comprends pas son attitude et sa froideur. Je recommence à sangloter, j'ai les images de tout à l'heure qui sont encore bien présentes. Il stoppe violemment la Maserati et me prend le visage entre ses mains. Il me transperce de ses iris sombres. Il n'est qu'à quelques centimètres de moi, et je ne sais pas s'il veut m'embrasser ou me frapper tant sa bouche est serrée par la fureur.

J'essaie de reculer en lui lançant, effrayée :

— Arrête ! Tu me fais peur !

Il me lâche et soupire en tentant de se calmer.
— Je te ramène, il vaut mieux. Je ne pensais pas que ça irait si loin ce soir…

22

Il m'a ramenée, et nous n'avons pas échangé un seul mot. Je ne comprends pas ce qui s'est passé, c'était irréel, je suis choquée par le comportement de ces hommes, mais aussi par la violence d'Abel. Toutes mes angoisses sont revenues. J'ai eu peur d'être épiée, de retrouver le chauffeur de poids lourd, les regards lubriques des personnes dans la rue, de me faire violer…

Et si c'était Abel depuis le début ? Le coup de téléphone anonyme, mon sauveur à la force surdimensionnée, cette impression d'être suivie, le type du bar ?… Je deviens folle. Trop de questions se bousculent dans ma tête. Une chose est sûre, je ne souhaite plus le voir pour le moment, je dois avouer que son impulsivité m'a fait trembler et je ne me sens plus de l'affronter avant quelque temps, lui et ses nombreux mystères.

La nuit a été terriblement éprouvante et, en ouvrant les volets, je reconnais une voix bien connue.

— Ma fille, comment vas-tu ? Abel m'a tout raconté. Viens prendre le petit déjeuner avec nous.

— Non, merci, Rose, je vais rester chez moi aujourd'hui. Je ne veux voir personne.

— Attends, je vais t'apporter une part de gâteau, il sort du four.

— Non, vraiment, c'est gentil, mais je n'ai pas très faim.
— Tu ne vas pas te laisser aller, ma fille.
— Non, je t'assure, je n'y toucherai pas.
Elle se ravise, l'air contrariée.
— Je suis désolée, je viendrai ce soir, pour voir si tout va bien.
— D'accord.

Je coupe court à la conversation, car je ne me sens pas d'humeur à tergiverser.

Je passe la matinée à lire et, en début d'après-midi, je tourne la dernière page de mon bouquin. Je le repose dans la bibliothèque et entreprends d'en choisir un autre. Je tire sur un livre en particulier, et quelques feuilles tombent au sol. Je les ramasse scrupuleusement et je reconnais instantanément l'écriture. Il s'agit des mots d'Ézéchiel. Fébrilement, je m'assois sur le canapé et les lis à voix haute.

« Je pense à toi, ce soir particulièrement. »

« Tu me manques dès que je ne suis plus avec toi. »

« Tu es dans mon cœur éternellement, nos rencontres réchauffent mon âme. »

Je me surprends à pleurer, je suis vraiment hypersensible en ce moment.

Je me tourne machinalement vers la fenêtre et constate qu'il fait un temps magnifique, ce serait bien que je sorte un peu pour changer d'air. J'entends toujours cette petite voix intérieure qui me dit de ne pas m'en faire.

Alors je me chausse et m'habille. Je regarde bien si personne ne peut me voir quitter la maison et particulièrement Abel, je n'ai aucune envie de me confronter à lui.

Je me dirige rapidement vers la forêt. Au moins là, je ne risque pas d'être aperçue, la végétation masquera ma présence. Peu à peu, je reprends mes marques et je respire profondément, le contact de la nature est salvateur. J'occulte tout doucement la nuit dernière et je me perds dans mes pensées. Comme un automate, je continue à marcher tranquillement au hasard. C'est un enchantement, je me demande pourquoi je n'ai pas fait ça dès mon arrivée. Je me ressource et suis en train d'oublier ce qui me préoccupe, je suis bien et détendue. Les fleurs lancent de temps en temps des parfums suaves.

Ma voix intérieure chante et me rassure comme une amie proche pourrait le faire.

Je viens de passer un croisement, et j'avance toujours comme si je savais où j'allais. Quand une paroi de rocher me barre la route sur la droite, je continue vers la gauche et je pénètre encore plus profondément dans la forêt, qui se fait plus dense et plus humide. Je n'ai pas peur, je suis dans mon élément, j'aime ce contact avec elle et ses bienfaits.

Brusquement, je sors de cette méditation, car j'entends un petit bruit frétillant. Je m'avance et reconnais le ruisseau de mon enfance.

— Comment ai-je pu directement arriver sur le lieu de nos rencontres ?

Mon inconscient est si puissant que je cherche à retrouver ce temps de l'innocence dans ce moment si dur… ou bien ses lettres ont eu sur moi un effet narcotique, et mon corps s'est senti appelé.

Finalement, je souris, c'est comme un pèlerinage, et je m'approche pour accéder à la rivière, mais trouve, en chemin, des buissons et de petits arbres touffus. Tout a bien poussé depuis ces années, je me baisse pour ne pas m'exposer aux branches. Je passe difficilement, et pose les mains sur mes cheveux pour ne pas qu'ils s'accrochent. Je me relève, j'ai des pétales qui se déposent sur ma tête, et je tente de les enlever quand je sens soudain une présence.

Mes yeux ont du mal à faire la mise au point, j'ai l'impression de rêver quand je regarde en face de moi et le vois.

Ézéchiel…

Je suis sidérée. Il se tient en face de moi, les poings serrés, le visage grave. Il me fixe, mais ne dit rien, son corps est anormalement tendu, ce n'est plus le même homme qui m'a secourue. Maintenant, nous ne sommes qu'à quelques mètres l'un de l'autre, séparés par le ruisseau, et nous prenons un bref instant pour jauger la situation. Le malaise est palpable, et j'ai peur d'en connaître la cause.

Mon cœur cogne dans ma poitrine, je suis sur le point de perdre le peu de raison qu'il me reste… Je dois quitter cet endroit !

Alors, je me retourne, bien décidée à disparaître et à ne plus m'arrêter. Je commence à respirer plus vite, comme si je venais de sortir d'une apnée, j'ai besoin de partir le plus loin et le plus rapidement possible. Je suis devant les buissons et tente de les soulever quand on me retient par la taille.

C'est lui ! Il est collé contre moi, et je sens son souffle qui frôle mon cou. Je n'ose plus bouger, les mains arrêtées en pleine action sur les branches.

Nous restons comme ça, un temps presque trop long pour être anodin.

Alors, les larmes me montent aux yeux et, de son côté, il ne respire plus normalement, il pleure lui aussi.

D'un coup, il me serre plus fort contre lui, et mon cœur oublie de battre, il me serre si fort que je suis totalement lovée contre lui, je sens chaque partie de son torse. Je m'enivre de son parfum en reculant la tête. Au même moment, il inspire profondément l'odeur de mes cheveux, comme s'il souhaitait leur ôter toute essence. Le temps s'est arrêté, et je me surprends à vouloir mourir dans ses bras pour définitivement suspendre l'instant.

Un vent léger soulève les feuilles et nous réveille de notre extase. Calmement, il décide de commencer à parler.

— Il faut que tu partes maintenant, et je t'en supplie… ne te retourne pas.

Je commence à trembler, je ne peux pas croire ce qu'il vient de m'annoncer. Mes yeux se fixent sur lui, mon sang se glace, mon âme se fissure. Il desserre son étreinte, mais appuie ses paumes contre mon ventre. Je perçois qu'il veut me dire quelque chose, mais que cela lui est difficile, on dirait qu'il n'a pas le droit ou les moyens de le faire. Il semble souffrir quand il expire, cela paraît presque insupportable pour lui tant ces paroles lui brûlent la gorge. Je sens sa détresse, ses doutes, les soubresauts de son corps qui le trahissent quand il avance ses lèvres toutes proches de mon oreille et qu'il l'effleure en avouant péniblement :

— Je t'aime.

Je prends conscience peu à peu des mots qu'il vient de prononcer, je me raidis, et mon rythme cardiaque s'accélère. J'ai l'impression que je vais m'évanouir tant cette nouvelle je l'espérais et tant je ne comprends pas son attitude.

Dans une douloureuse résignation, il ajoute :

— Mais c'est trop tard.

Il lâche ma taille en prenant soin de le faire avec douceur et lenteur, comme s'il voulait toucher ce qu'il ne pourrait jamais avoir.

— Pars maintenant et ne cherche plus à me contacter.

Un éclair me foudroie, mes larmes redoublent d'intensité, mais je tente de les lui cacher. Je le sens dans mon dos, mais je ne suis plus en contact avec ce corps que je désire tant, avec le seul homme que j'ai aimé de toute ma vie. J'ai mal de ne pas pouvoir me retourner pour lui dire à quel point je suis folle de lui, mais j'exécute ses ordres en faisant un pas, puis deux… je n'entends plus rien, juste le rythme de mon cœur qui menace de s'arrêter pour toujours. Je suis hagarde et misérable, je viens de perdre mon âme, mon oxygène… Sidérée, j'avance tout droit comme un robot.

J'ai marché pendant des heures, sans doute en rond. Je suis maintenant à la lisière de la forêt, saine et sauve, mais détruite intérieurement. Je n'arrive pas à faire les derniers mètres qui me ramèneraient chez moi, frigorifiée, tremblante et spectrale. Je passe péniblement devant la maison de Rose, en étant bien moins consciencieuse qu'à mon départ.

Je n'entends rien ou je ne souhaite rien entendre.

Je traverse mon allée et ouvre la porte, mais Rose est derrière moi, car elle m'a vue. Elle me parle, mais je ne comprends pas ce qu'elle me dit, je la sens tournoyer devant moi comme une nuée de papillons. Je n'ai pas la patience de lui faire la conversation, je suis lasse et je veux rentrer.

Mais elle ne me lâche pas, alors j'ai l'impression d'étouffer, j'ai besoin d'air et surtout de personne autour. Soudain, elle m'agrippe le bras, et je me libère d'un geste impulsif et agressif.

— Laisse-moi, Rose !

Je viens de crier avec rage. Elle ne paraît pas surprise, mais son visage devient plus sévère, et elle retourne calmement chez elle, comme si rien ne s'était passé.

Je ferme la porte derrière moi et monte dans ma chambre. Je tombe au pied de mon lit et continue à pleurer. Puis je m'en veux, d'être allée dans la forêt, d'avoir mal parlé à Rose, de vivre encore et malgré tout. J'ai besoin de retrouver des repères, alors je téléphone à Mé et, tout en sanglotant, lui demande de venir. Elle s'inquiète, mais comprend que je ne veuille pas rentrer dans les détails. Elle me dit qu'elle arrivera demain matin, à la première heure. Je la remercie et sombre dans un sommeil trop profond pour être naturel.

23

Cette nuit, j'ai rêvé que je mourais...
J'avais le choix entre du poison et une lame aiguisée. Alors, j'ai pris la pointe et me la suis plantée dans le flan. Le sang coulait abondamment, puis je me voyais comme dans un miroir, la plaie ouverte. Samuel était en face de moi, il était bienveillant, puis changeait pour devenir presque satanique, comme s'il était possédé. Il a retiré le couteau pour me transpercer le cœur avec ardeur, la douleur était bien plus violente que la première fois. Ce n'était plus son visage, mais celui d'un monstre aux yeux sanguinaires que j'avais devant moi. Soudain, n'étant pas encore morte, je me suis mise à vomir un liquide noir comme du pétrole...
Je viens de me réveiller de ce cauchemar en respirant comme un animal à l'agonie. Je dois trouver des médicaments pour me calmer, mais il n'y a rien susceptible de m'aider dans la salle de bains. Tout à coup, je me souviens des plantes confiées par Rose. Elle ne cesse de me dire qu'elles sont bonnes pour le moral. Je descends faire chauffer de l'eau et regarde machinalement l'heure, il est 3 h 33. Je ne cherche pas à faire le rapprochement avec l'autre fois, bien trop occupée à retrouver un peu de sérénité,

car la nuit est éprouvante.

Je fouille dans les placards et trouve les tisanes de Rose ; pauvre Rose, j'ai été dure avec elle hier... J'en choisis une qui porte une petite étiquette où il est inscrit « Calme ». C'est tout ce qu'il me faut à l'heure actuelle.

Dès les premières gorgées, je me sens déjà mieux, c'est presque magique. Je me souviens que ma grand-mère aimait dire que son amie avait des dons de guérisseuse, elle lui confiait ses rhumatismes, qu'elle soulageait avec brio.

Je souris et, tout doucement, je finis la tisane.

Mon corps est peu à peu envahi par une chaleur intérieure rassurante, et je monte avec l'irrésistible envie de prendre un bain. L'eau et les parfums me font flotter dans une sorte de bien-être idéal comme si rien ne s'était passé. Ce précieux temps que je me suis octroyé a été rédempteur...

Je vais enfin me coucher et finis ma nuit avec douceur dans un voile lumineux.

Mé est arrivée vers 10 heures, je suis tellement contente de la revoir. On dirait qu'on ne s'est pas vues depuis des années. Tout en poussant le fauteuil roulant dans mon allée, je me mets à regarder en direction de la chaumière de Rose. Il semblerait qu'il n'y ait plus personne. J'ai dû lui faire de la peine, il faudra que je m'excuse.

Nous rentrons profiter de ce moment pour boire quelque chose et pour nous réchauffer. Je ne lui propose pas les tisanes de Rose, c'est un peu comme si je voulais les garder pour moi uniquement. Elle se contentera donc d'un thé à la menthe ! Pour ma part, et au vu du succès de celle de cette nuit, je me refais la même.

Je me sens encore mieux, quelles plantes utilise-t-elle pour que le résultat soit si impressionnant ? Maintenant, je ne sais même plus pourquoi j'ai demandé à Mé de venir en urgence et je regrette de l'avoir affolée, il n'y a rien de grave finalement. Mais tant mieux, nous n'allons pas nous apitoyer sur mon sort. Je ne désire pas parler de tous les détails. Pourquoi devrait-elle connaître l'histoire de la salle privée du club ou bien ma rencontre improbable d'hier ?

Je culpabilise néanmoins et me ferme un moment, elle le remarque.

— Qu'est-ce qu'il y a ?

— Rien.

— Comment ça rien ? Tu étais dans tous tes états hier soir, j'ai cru que tu allais faire une connerie.

— J'ai un peu exagéré…

— J'ai comme l'impression que tu me caches des choses.

— Non, je t'assure. J'avais simplement besoin de ta présence. C'était juste un méga coup de blues, mais maintenant tout va bien.

— J'ai un peu de mal à te croire…

Elle boit une gorgée, et ajoute :

— C'est en rapport avec le fameux Abel ?

— Non.

— Comment ça : non ? Tu te fous de moi ?

— Non, je t'assure. La soirée s'est terminée tranquillement, et il m'a juste ramenée en ami.

— Et toi ?

— Quoi, et moi ?

— Eh bien, tu es déçue parce que tu aurais voulu finir la nuit avec lui ?

— Arrête !

— Et c'est pour ça qu'hier tu avais ton gros coup de déprime.

Je réfléchis un petit moment et je sais qu'elle ne me lâchera pas tant que je ne lui aurai pas annoncé un truc croustillant. Un truc assez croustillant pour que je sois tombée au fond du trou l'espace d'une soirée... Alors je lui avoue :

— On ne peut vraiment rien te cacher. Oui, c'est ça.

— Ha ! J'en étais sûre. Tu vas le revoir ?

Je sors un « non » fort et direct.

Elle est surprise par ma réaction disproportionnée.

— Houlà... tout va bien. Je demandais juste comme ça...

— Et si nous parlions d'autre chose, je n'aime pas trop remuer le couteau dans la plaie, si tu vois ce que je veux dire...

Et j'avale d'un trait ma tisane magique en fermant les yeux de bonheur.

Nous reprenons des sujets beaucoup plus standards, et le temps passe à vive allure.

Elle occupera la chambre d'en bas, elle n'est pas très grande et est orientée au nord, mais compte tenu de son handicap, ce sera quand même plus simple. Elle s'installe comme si elle y restait indéfiniment. Cette perspective ne me dérange pas, bien au contraire, je ne serai plus seule...

24

La semaine commence sous les meilleurs auspices, je me shoote littéralement à la tisane, et plus rien ne semble m'effrayer ou me perturber.

Depuis l'arrivée de Mé, je me sens en sécurité. Nous sortons régulièrement, et je me retrouve comme avant. Je n'ai plus de problèmes, plus d'angoisses, en tout cas plus rien ne me pèse.

Je me surprends à prendre tout avec philosophie, Ézéchiel ne veut pas me voir ? OK, mais il m'aime... Cela ne doit pas être le bon moment pour lui, c'est tout. Je me dis qu'il doit être marié, fiancé, j'imagine tout ce qui peut nous séparer. Toutes ces choses paraissent réversibles, et je suis dans l'attente d'un heureux dénouement, un sourire aux lèvres.

Puis je repense à Abel, à cette soirée particulièrement agitée. À la manière dont il a réagi. Je finis tout de même par tressaillir avant de me resservir un verre de thé, il est si étrange.

Puis je regarde la tasse et songe à Rose, je dois lui parler.

— Mé ?
— Oui ?
— Je reviens, je dois aller voir ma voisine.

Elle passe la tête par l'embrasure de la porte de sa chambre, l'air canaille.

— Ton beau voisin, tu veux dire ?

— Non, je t'assure, il faut que je règle un truc.

Elle retourne dans sa chambre en disant :

— Pas de souci, je n'ai pas besoin de toi pour le moment. Prends ton temps, ma chérie.

— Merci, je reviens rapidement.

Je sors et espère voir Rose dans le jardin, mais il n'y a personne. Alors je me dirige vers sa porte d'entrée et décide de frapper. J'entends des pas, je prie pour que ce ne soit pas Abel.

— Ma fille !

— Rose, comme je suis soulagée.

— Pourquoi ?

Je ne vais certainement pas lui annoncer que je préfère la voir elle plutôt que son neveu ! Je réfléchis un quart de seconde et ajoute :

— Parce que tu ne me fais pas la tête.

— Mais non, pourquoi ?

— Il paraît que « ta fille » t'aurait mal parlé…

— Mais non, penses-tu. Tu veux rentrer ?

J'attends un bref instant avant de lui dire, un peu gênée :

— Abel est là ?

Elle me pose la main sur l'épaule.

— Non, il avait des choses à régler et va revenir dans quelques jours.

Je me sens soulagée, alors j'ai une idée.

— Et si pour une fois tu venais à la maison, j'ai quelqu'un à te présenter ?

Elle semble surprise.

— Si tu veux. Attends, je prends une veste.

Je me retrouve en mal de tisane et j'ose timidement.

— Rose ?

— Oui.

— Je suis désolée de te demander ça, mais aurais-tu encore un peu de ta tisane ?

Elle se retourne avec un évident sourire de joie qui illumine son visage, on dirait que je viens de lui annoncer une nouvelle incroyablement réjouissante.

— Mais bien sûr, tu as déjà tout fini ?

Je la regarde, embarrassée.

— Oui, mais elle est tellement bonne.

— Je n'en doute pas, c'est la meilleure sur terre.

Elle revient avec un sachet bien rempli.

— Et voilà, allons-y maintenant. Je suis terriblement curieuse de rencontrer cette personne.

Je suis la première dans la maison.

— Mé ?

Je perçois son fauteuil qui arrive vers nous.

— Je te présente Rose.

Elle vient vers elle, mais paraît un peu tendue. Tout en lui avançant la main, elle dit :

— Enchantée, Rose, j'ai beaucoup entendu parler de vous.

— Ha, vous êtes Mégane ?

— Mé, c'est suffisant.

— Enchantée.

Elles se serrent la main étrangement longtemps, elles ne se quittent pas des yeux comme si elles essayaient de se jauger. Voyant ces drôles de présentations, je propose d'aller nous asseoir au salon.

— Venez, on va s'installer confortablement pour faire connaissance.

Rose s'avance la première, mais reste debout et saisit un bibelot sur la cheminée.

— Tu as gardé pas mal d'objets de ta grand-mère. Tu ne

voulais pas faire le tri ?

Je suis surprise par cette question lancée sur un ton inhabituel.

— Non, j'aime bien me souvenir.

Elle le repose délicatement.

— Je comprends.

Puis elle se tourne vers mon amie.

— Alors Mé, que penses-tu de notre petit jardin secret ?

— C'est un bien bel endroit, je n'ai pas eu le loisir de m'aventurer trop loin par la force des choses. Mais je compte bien profiter de mes vacances pour visiter un peu la région.

— Tu restes combien de temps ?

— Je ne sais pas encore.

— Bien.

Silence. C'est bizarre, on dirait que le courant ne passe pas entre elles. Je ne comprends pas bien d'où vient le problème, alors j'interviens :

— Bon. Et si on déjeunait ensemble ?

Rose répond rapidement, toujours en fixant Mé :

— Non, ma fille, je suis désolée, mais j'ai autre chose de prévu.

Je suis surprise, c'est la première fois qu'elle décline quelque chose, mais je me persuade qu'elle n'a aucune obligation envers moi.

— D'accord, ce n'est pas grave.

Elle se dirige vers la sortie, tourne le verrou et, tout en me saisissant la main, ajoute :

— À bientôt, et n'hésite pas à revenir pour tes tisanes.

— Oui, merci.

Je la vois refermer la porte, c'est à n'y rien comprendre.

Mé se jette sur moi et me prend le bras.

— Qui est cette sorcière ?

— Pardon ?

— Mé, tu ne crois pas que tu exagères ?

— Certainement pas, je ne la sens pas du tout. C'est la Rose dont tu m'as parlé ?

— Oui, évidemment.

— Si tu pouvais éviter de la côtoyer, ce serait bien, je pense.

— Carrément ? Je ne vois pas pourquoi tu prends les choses comme ça. Elle est super gentille, serviable…

— J'espère que son neveu est moins louche. Et puis, c'est quoi cette histoire de « ma fille ».

Soudain, elle regarde le paquet de plantes. Elle le saisit avec frénésie.

— Qu'est-ce que c'est que ça ?

— De la tisane.

— Celle que tu bois en quantité depuis que je suis arrivée ?

— Oui.

— Fais-moi une tasse, je veux goûter.

— Non !

Elle lâche d'un coup le sachet comme si je lui avais fait peur.

— Fais-moi une tasse maintenant !

— Hors de question, ce n'est pas pour toi.

— Mais tu te rends compte de ce que tu viens de me dire ?

— Pas du tout.

— Qu'est-ce qu'elle met dedans, de la came ?

Alors je regarde les plantes qui sont encore au sol et commence à réaliser qu'effectivement il doit y avoir un produit qui me calme anormalement. Je reste muette.

— Tu as entendu ?

— Oui.

Je tombe sur le canapé, les deux mains sur la tête. Je ne la regarde plus.

— Tu sais ce qu'on va faire ?

Elle ramasse le paquet et se dirige vers la cheminée.

— On va brûler ça direct.

J'ai peur à l'idée de retourner dans mes angoisses.

— Non, ça ne doit pas être méchant.

— Oui, c'est le discours d'une junkie. Fais-moi confiance et écoute-moi cette fois-ci.

Elle jette les plantes dans la cheminée et va chercher des allumettes.

Celles-ci se consument dans une flamme étrangement bleutée et, tout en contemplant la flambée, elle ajoute :

— Il y en a d'autres ?

J'ai des sueurs froides, mais je décide de dire la vérité.

— Oui, dans la cuisine, placard du bas.

Elle prend tout ce qu'elle peut voir et lance le tout dans le feu.

— Voilà, là on va y voir plus clair. Et toi, particulièrement !

Je ne peux plus rien dire, je recommence à avoir peur…

25

Je suis dans la forêt, il fait nuit, et je cherche le ruisseau. Je ne reconnais pas le chemin, tout vibre et bouge comme si je n'étais pas seule. Il y a des sons d'animaux, des feuilles qui craquent sous mes pas, mais aussi sous les pas de quelque chose d'autre. Je n'ai rien pour m'éclairer, mais je vois presque comme en plein jour. J'avance, on me pousse dans le dos, et un vent puissant, froid et bruyant se fait entendre. Je tourne la tête de chaque côté pour trouver une route différente. Soudain, dans l'ombre, j'aperçois des yeux jaunes, perçants, menaçants. C'est plus fort que moi, je m'approche doucement et entends un grognement. Je recule, mais c'est trop tard. La créature sort du bois. C'est un chien, non ! Un loup noir et prêt à bondir sur moi. Alors j'entame une course effrénée à travers la végétation sans me détourner.

Il est derrière moi. Il est plus rapide. Tout à coup, il saute et me plaque au sol.

Il émet un feulement grave, comme s'il profitait de l'instant avant de me dévorer. Mais j'arrive à me retourner, il est pourtant toujours sur moi. Sa gueule est au niveau de mon cou. Sans crier gare, elle s'ouvre et le saisit avec nervosité. Ma tête est secouée de chaque côté. Il veut me décapiter. Mon sang est sur lui, je ne peux plus respirer, j'agonise, puis je meurs dans un souffle de douleur.

Encore un cauchemar... Je suis de nouveau emprise à mes angoisses. Cette nuit, comme la nuit dernière, je me mets à sangloter seule dans ma chambre. Cela recommence, ça fait trois jours que je ne prends plus aucune plante, et visiblement Mé avait raison. Quelque chose dans les préparations de Rose contrait mes peurs. Je n'en peux plus, comment vais-je pouvoir tenir sans cela ?

Je suis épuisée et j'attends avec impatience le petit matin.

Vers 9 heures, Mé, ne me voyant pas descendre, se met à hurler en bas des escaliers :

— Urielle ? Tu vas bien ?

— Non, j'ai mal dormi.

— Ne me demande pas de monter, ça va être dur.

Cette réflexion me fait sourire.

— Je viens.

— OK, je fais le café.

Je m'habille et arrive dans la cuisine. Évidemment, je suis loin d'être en pleine forme, et elle s'en aperçoit rapidement.

— Tu veux aller voir un médecin ? On ne sait pas ce que tu as ingurgité depuis tout ce temps. C'est peut-être du poison ?

— Non, je ne pense pas. C'est juste un trop-plein de trop de choses.

Alors je décide de tout lui raconter.

Elle m'a écoutée durant plus d'une heure. De temps en temps, sa bouche s'entrouvrait de surprise, et j'ai moi-même eu du mal à croire tout ce qui s'est passé depuis la mort de mamie. Il semble bien que le sort s'acharne contre moi.

Mon histoire finie, elle attend un peu avant de parler et dit :

— Bon, c'est glauque tout ça, et même complètement fou,

mais c'est clair, il ne faut plus que tu ne revoies ni Abel ni la sorcière. Tu as songé à vendre la maison ?

— Non, franchement, je n'en ai pas envie.

— Je comprends, mais ce serait le mieux.

— En même temps, regarde, ce n'est pas parce que j'ai fui Paris que les choses se sont arrangées. On dirait que je suis maudite !

— Et ce Ézéchiel ? Sais-tu où il habite ?

— Je ne sais pas.

— En tout cas dans le coin.

— Mais il ne veut plus me voir.

— Ce n'est pas tout à fait ça, il ne peut plus te voir, nuance. Il faut savoir pourquoi.

— Écoute, même si je pense à lui chaque seconde où je ne vais pas bien, c'est-à-dire presque tout le temps, je n'ai vraiment pas besoin de souffrir encore plus.

— Est-ce que tu l'aimes aussi ?

Cette question si simple me rappelle la manière dont il m'a prise par la taille, mes pleurs et les siens, ce rêve érotique où j'imaginais que c'était lui… J'ai le cœur qui bat à cent à l'heure.

— C'est évident maintenant, je n'ai jamais souhaité rencontrer personne d'autre que lui depuis toutes ces années. Je m'aventure toujours vers des hommes qui ne me donnent jamais ce que j'attends, comme si c'était lui et seulement lui depuis le début. Je l'aime, mais c'est illusoire.

— Non, moi je dirais que c'est le destin. Vous êtes faits pour être ensemble. Sinon pourquoi reviendrait-il dans ta vie maintenant ?

— Oui, en clamant que c'est trop tard !

— Rien n'est trop tard, tout évolue, tout se métamorphose.

Je reste un temps à méditer sur ce que vient de lancer Mé. J'aime l'idée de destin, d'un moment où les choses vont changer, pour que nous puissions être ensemble sans que personne nous sépare. Cela me donne de l'espoir même si pour l'instant il n'y a rien de concret...

26

La chambre est plongée dans cette lumière rouge sombre.

Je suis dans mon lit et j'attends quelque chose. L'atmosphère se réchauffe si bien que ma chemise de nuit me semble de trop. Je ne sais pas s'il est ici, s'il va venir, mais je bouge pour ressentir sur ma peau la douceur du tissu entre mes cuisses avant de me dévêtir totalement. Je pose les paumes sur mon ventre et entreprends de le caresser en imaginant que c'est lui. Mes mains se font plus téméraires et glissent vers ma poitrine. Je prends l'extrémité de mes seins qui sont déjà bien tendus et commence à les pincer jusqu'à ce que la douleur me fasse mordre les lèvres. Je me tortille comme si je cherchais une sensation forte, mais je ne la trouve pas.

Alors je décide de monter vers ma bouche pendant que mon autre main atteint rapidement mon sexe. J'écarte mon intimité comme si c'était lui, mais je n'ai visiblement pas la même passion, je n'éprouve pas le même plaisir, je suis en manque de lui. Mon corps le réclame si puissamment qu'il me prend l'envie de prier son retour. Je supplie à voix haute qu'il me vienne en aide. Je souffre de ne plus percevoir sa présence, sa sensualité irrésistible, car il m'a tatouée de son empreinte charnelle.

Imperceptiblement, une brise légère parcourt la chambre, comme pour annoncer sa venue.

Mais rien ne se passe, et je suis toujours en quête de sa peau. Je le désire si fort que mes doigts veulent se souvenir de ce qu'il m'a fait subir. Ils entreprennent de dévoiler mon plaisir intérieur. Ils s'aventurent comme les siens, mais les perceptions ne sont pas à la hauteur. Je suis frustrée et je me surprends à m'affoler à la seule idée de ne plus jamais éprouver cela. Mais je décide de continuer, car mes sens sont à l'agonie, je me remémore cette nuit-là pour oublier que mes caresses n'ont pas la même saveur… Mes mouvements sont rythmés par mon envie d'en finir au plus vite.

Quand soudain on me saisit le poignet, je suis si surprise qu'un petit cri sort de ma gorge.

Il est là… il est revenu…

Tout en posant une main sur mes yeux, doucement il retire mes doigts de leur écrin humide et les porte à sa bouche. Sa langue est si chaude. Je me souviens de cette sensation sur mon sexe. Je tressaille de volupté. Je tire le drap qui se plisse et manque de se déchirer sous la force de mon plaisir. Il avale mon nectar avec une délectation consciencieuse, puis il glisse délicatement ma main le long de son buste. Il est brûlant comme la première fois. J'arrive maintenant à entrevoir les parties de sa peau qu'il m'avait interdit de toucher.

La pulpe de mes doigts profite lentement de cette découverte jusqu'à ce qu'il les fasse descendre plus bas. C'est alors que je perçois son désir si intensément que j'en rougis. Il se penche vers moi et m'amène de nouveau les mains vers le haut du lit. Mes yeux sont clos quand son visage est proche du mien. Il écrase de son corps ma poitrine, il cherche à ce que ma peau soit totalement au contact de son épiderme de feu. Puis il remonte mes cuisses le long de ses jambes comme pour dévoiler le chemin qu'il va bientôt emprunter.

Il ne bouge plus, m'oubliant un moment dans cette situation d'attente interminable. Il souhaite jouer avec ma douleur, avec mon manque, comme si je n'étais pas déjà dans un état insupportable. Je veux le supplier de prendre pitié de moi, j'ouvre la bouche pour le lui dire, mais rapidement, ses lèvres se posent sur moi pour m'en empêcher. Son baiser est si passionné que je retiens ma respiration, je sens sa détermination, son envie, son besoin de me posséder, et une larme de bonheur coule sur ma joue.

Il aspire ma force vitale avec tant de virilité que je perds toute notion d'espace.

C'est au moment où je tente de reprendre mon souffle qu'il me pénètre lentement, me laissant juste le temps de courber mon buste vers lui alors qu'un plaisir intense m'enveloppe. Il sait exactement comment provoquer en moi le plus grand des désirs, et il semble profiter de chaque instant. Puis, dans une volupté infinie, ses va-et-vient s'harmonisent avec mes gémissements incontrôlables. Il voit avec clairvoyance les réactions violentes dont il est l'instigateur et il en tire une extase inouïe. Ses muscles se raidissent presque autant que son sexe quand je l'agrippe de toutes mes forces, c'est une manière de lui dire à quel point il me fait perdre toute raison. L'espace d'un instant, j'ai cru l'avoir blessé par cette irrésistible envie qu'il ne s'arrête plus jamais, mes ongles s'enfonçant dans sa peau... mais il aime cela.

Puis il accélère. Je sens que je ne vais plus pouvoir lutter, je tombe dans cette jouissance qu'il cherche à me procurer. J'ai peur que si le plaisir me submerge bien trop tôt, il disparaisse pour ne plus revenir. Soudain, les spasmes deviennent insurmontables, et il le sait. Il choisit de ne pas s'arrêter, de continuer au rythme de mes soubresauts tout en contrôlant son propre orgasme. Il s'applique à ce que ce moment soit idéal, le plus délirant de toute ma vie. J'ai les yeux fermés, la tête projetée en arrière, et je pose une main sur sa bouche qui me dévoile un sourire de satisfaction presque indécent.

Puis, tel un éclair dans mon ventre, comme une décharge électrique doublée d'une crispation délicieuse, l'euphorie me tire un cri mêlé d'un soupir. Je suis en transe, mon corps entame une vie parallèle dictée par des mouvements nerveux, il connaît dorénavant l'ultime plaisir charnel qu'on lui avait toujours refusé.

Je pourrais maintenant succomber dans les bras de mon amant.

Je ne bouge plus, je reprends mon souffle comme si je rentrais d'un séjour aux abîmes. Il se redresse et observe la scène, son œuvre. Je suis immobile, presque traumatisée. Puis dans un geste terriblement sensuel, il se met à promener sa langue délicatement de ma joue à mon oreille, pour enfin me susurrer :

— Tu vois. Je suis revenu.

J'ouvre les yeux, j'ai les bras en croix sur le lit. Je contemple le plafond. Plus de lumière rouge, et je suis habillée. Je me rends compte que j'ai fait un rêve, enfin il s'agit plutôt d'un tourment… Je perds la raison doucement. Je n'en peux plus. On cherche à me faire interner dans une maison de fous.

Tout à coup, je reconnais une odeur familière… je hume l'air pour être bien sûre de ce que je perçois.

Un parfum de rose.

Alors tout en me redressant, je dis à voix haute :

— Ézéchiel !

27

Je suis la première debout, et j'en profite pour préparer le petit déjeuner. Je repense à mon rêve tellement réel de cette nuit. Je suis certaine d'avoir senti cette odeur de rose, et la chaleur me monte au visage quand je songe à Ézéchiel. C'était si sensuel, si incommensurablement charnel et puissant.

Je suis perdue dans mes souvenirs si voluptueux.

— Alors, la nuit fut intense ?

Je sursaute, je n'avais pas vu Mé arriver.

— Ho ! Tu m'as fait peur…

— J'ai compris assez vite que tu ne gémissais pas de douleur…

Elle me donne un coup de coude, et je me sens la main prise dans le sac.

— Non, ce n'est pas ce que tu crois.

— Pfff, on s'en fout, je préfère te voir comme ça que comme ces derniers jours. J'ai l'impression que les plantes de Rose commencent à ne plus te manquer, c'est bien.

— Sans doute.

Elle ajoute, la bouche pleine :

— Tu avais laissé une fenêtre ouverte en haut ?

— Non, pourquoi ?

— J'ai senti un courant d'air cette nuit.

Je frémis autant que je suis surprise.

— Tu es sûre ?

— Oui, ça m'a glacé le bout de mes orteils. Du coup, j'ai mis une bonne paire de chaussettes.

Elle éclate de rire tout en avalant une gorgée de café bien chaud. Beaucoup trop de hasard pour que cela paraisse naturel, et je me demande tout à coup si cela s'est déroulé au même moment que les autres soirs.

— Tu as regardé l'heure ?

— Non, pourquoi ?

— Pour rien.

Je suis déçue, j'ai l'intime conviction qu'on veut me faire passer un message. Mé fronce les sourcils et voit que j'y tiens.

— Attends, j'ai envoyé un SMS à Ben.

— En pleine nuit ?

— Oui, il est insomniaque.

Elle va chercher son téléphone et me le tend.

— Vas-y, tu connais le code.

Je lis rapidement son petit SMS d'amour nocturne et reste intriguée par l'heure : 3 h 33.

Je la fixe de travers.

— Qu'est-ce qu'il y a ? Tu crois que j'y suis allée un peu fort ?

— De quoi parles-tu ?

— De mon SMS ?

— Je n'ai pas tout lu.

— Qu'est-ce qui te tracasse alors ?

— C'est l'heure.

— L'heure ?

— 3 h 33.

— Oui, et bien ?

— Comme toutes les nuits…

Nous avons beau tourner les événements dans tous les sens, ça fait beaucoup de coïncidences. Finalement, on tente de tout noter dans un cahier pour voir s'il n'y a pas d'autres éléments troublants. On en oublie le temps qui passe, si bien qu'il est bientôt midi.

Mé décide alors de sortir faire un tour dans le petit jardin, elle me dit qu'elle a entendu le facteur. Je la suis du regard depuis la fenêtre de la cuisine et la vois éviter les pierres comme elle peut pour atteindre la boîte aux lettres, elle a vraiment beaucoup de tempérament. Puis elle bloque sur quelque chose en particulier chez ma voisine, elle a le courrier toujours à la main.

Elle fait demi-tour avec son fauteuil et accélère comme si elle avait aperçu un fantôme.

Je suis surprise et lui ouvre la porte tout de suite pour la faire entrer.

— Qu'est-ce qui t'arrive ?

— Lui.

— Le facteur ?

— Mais non, bécasse ! Abel ! Un canon, en effet. J'ai eu une montée d'adrénaline…

Elle fait mine de s'éventer le visage avec le revers de sa main.

— Tu étais au courant ?

— Non, que crois-tu ? Je t'en aurais parlé…

— … ou tu m'aurais présentée ?

Elle me lance un clin d'œil ravageur, mais voyant ma tête déconfite, elle se ravise.

— Mais non, je plaisante. Il faut maintenant passer à un plan d'attaque…

Elle me regarde en me prenant les deux mains.

— Plan A, ne rien faire.

— OK, et le plan B ?

— Ne rien faire non plus. C'est un beau mâle, mais un peu

dérangé, non ?

J'opine de la tête.

— Alors on est d'accord.

— Tu as vu Rose ?

— Non pas de « sorcière » en vue.

— Tu ne penses pas que tu abuses un peu là ? C'est une vieille dame qui a l'expérience des plantes et qui cherchait à m'aider. C'était l'amie de ma grand-mère depuis tant d'années que je n'ose pas imaginer qu'elle puisse me vouloir du mal.

— Crois-moi !

— Oui, comme quand tu étais sûre que tes voisins avaient posé des micros dans la cage d'escalier ?

Elle prend un peu de distance et s'offusque :

— Alors rien n'a prouvé le contraire jusqu'à aujourd'hui.

— Non, mais tu as quand même quelques tendances paranoïaques.

Le ton monte, elle n'apprécie pas ce genre de réflexions, surtout venant de ma part.

— D'accord, tu sais quoi ? Va lui rendre visite et demande-lui de s'expliquer. On verra bien ce qu'elle va raconter pour sa défense !

— OK, je ferai ça dès qu'elle sera dans le jardin.

— Avoue quand même que depuis l'autre jour, plus de nouvelles ! Ce n'est pas une preuve ça ?

— C'est vrai que tu n'étais pas très avenante non plus. Elle doit vouloir rester discrète pour ne pas me poser de soucis.

Elle lève les yeux au ciel en signe d'abdication.

— Bon, fais comme tu l'entends ! Je m'en lave les mains.

— En effet.

Je ne compte plus les jours depuis quand Mé est avec moi. Nous profitons des après-midis pour sortir en ville ou faire de petites promenades sur la route qui mène au village. Je n'ai pas revu Abel, en fait non, j'évite consciencieusement Abel ! Il n'a pas daigné m'envoyer de messages ou me contacter. Et je ne m'en porte pas plus mal.

Mes nuits se passent plutôt bien, je n'ai plus fait de cauchemars ou de rêves érotiques, mais je continue à penser inexorablement à Ézéchiel.

« Ne cherche plus à me contacter. »

Cette phrase résonne chaque fois que je prends mon téléphone pour lui envoyer un SMS et que je me ravise, ou lorsque je veux le rejoindre dans la forêt en espérant le retrouver. De temps en temps, je tente de supprimer son numéro, mais je n'y arrive pas. Chaque message reçu, chaque coup de fil me fait en premier lieu penser à lui, puis comme toujours, une constante déception m'envahit. J'entends son « je t'aime » qui heurte toutes les parties de mon être. Il y a toujours été mystérieux, il y a toujours eu des secrets entre nous. Mé le dirait encore, c'est la fatalité, mais en attendant que je connaisse le dénouement de cette histoire, je me convaincs chaque jour qu'il finira bien par me contacter.

Quant à Rose, elle a comme disparu. C'est à n'y rien comprendre. Pourtant, je regarde souvent dans son jardin, guettant le moment où elle s'affaire à ses plantations, mais je n'ai plus aucune nouvelle.

Aujourd'hui, je m'inquiète, je ne sais pas comment la joindre. J'ai beau tourner l'histoire dans ma tête dans tous les sens, je ne vois que son neveu qui puisse me donner des informations rassurantes. J'hésite tout de même tant je sens qu'il est dangereux pour moi, mais j'apprécie trop Rose pour rester sans rien faire.

Alors, je me résigne à écrire un message à Abel. Tant pis, il faut que je sache.

« Bonjour, est-ce que Rose va bien ? »

Pour une fois, pas de réponse immédiate, il ne m'a pas

habituée à ça. Je reste un certain temps à attendre, mais au bout de quinze minutes, je décide de vaquer à d'autres occupations, ce n'est pas plus mal en fait.

Je patiente comme ça toute l'après-midi, mais ce n'est qu'à 22 heures qu'il consent à m'écrire.

« Oui, ça va. »

Cette simple phrase a le don de m'énerver, il me cherche de nouveau ! J'avais pourtant juste commencé à digérer la soirée qu'on avait passée ensemble en oubliant les détails sordides... Je fulmine intérieurement.

« Merci de ta réponse loquace ! »

Pas de retour. Décidément, il a le don de me hérisser le poil. Je pianote nerveusement sur mon téléphone.

« Tu lui diras que je m'inquiète de ne plus la voir. »

« OK. »

Ça y est, je suis à deux doigts d'aller lui mettre une baffe. Il m'a gonflée. Je me couche en rageant et en pestant contre moi-même d'avoir envoyé ces textos.

28

J'ouvre les yeux et je reconnais cette lumière.

J'ai le cœur qui s'accélère, je sais qu'il va venir. Je suis fébrile, et mes mains sont moites. L'attente est interminable. Je cherche le moindre souffle glacé qui n'arrive pas. Je frotte mes jambes l'une contre l'autre comme pour inviter mes sens à le réclamer. Je suis comme un oiseau affolé tant j'ai peur de m'être trompée.

Enfin, je m'assois face à la porte et prie pour qu'elle s'ouvre, mais rien. Mes lèvres sont gonflées de désir, mes joues sont chaudes et mes seins sont tendus. Je saisis les draps et les repousse, puis je retombe sur le lit, les yeux fermés, la tête en arrière. Je n'en peux plus, j'ai besoin de lui, je crispe les bras sur ma poitrine, mes ongles s'enfonçant dans ma peau.

Il ne viendra pas, une solitude émotionnelle m'envahit, je suis au bord des larmes, et mon cœur va exploser en un million d'étoiles. Ma détresse charnelle est insupportable. Je veux mourir, je ne peux pas vivre sans ses caresses, sans lui, sans ce qu'il fait de moi. C'est un supplice.

Je tombe dans une léthargie morbide quand soudain la lumière rouge s'abaisse jusqu'au néant. Je me reprends et cherche la preuve de sa présence. Ma respiration s'accélère, je tâtonne à l'aveugle en posant les mains partout sur le lit. Alors je me lève en quête de lui. La moquette est fraîche et semble engloutir mes pas. Je suis debout et, comme une infirme, je touche nerveusement tout ce qui est à ma portée.

Il joue avec mes émotions, je sais qu'il est là.

Soudain, mon pied bute contre quelque chose, et je perds l'équilibre vers l'avant. Alors, une force retient ma chute. Une main est posée sur mon ventre pendant qu'une autre me saisit l'avant-bras.

Il est derrière moi.

Je soupire de soulagement, et il me retourne avec fermeté. Je suis nue contre lui, je sens l'odeur de sa peau. Il plonge son visage dans mon cou, dans mes cheveux, tout en descendant doucement ses paumes dans mon dos. D'un coup, il pose les mains sur mes fesses et me soulève contre lui, mes jambes l'encerclent, et je me retrouve à sa hauteur, les bras autour de ses épaules. Son souffle est aussi rapide que le mien. Nos bouches offertes se frôlent comme pour retenir le moment avant de passer à l'étape charnelle suivante. Il ne fait rien, il attend, j'hésite, mais décide, dans un élan presque sauvage, de saisir sa tête pour l'embrasser avec fougue. Il me répond immédiatement, nos langues entament une danse sensuelle. Je sens qu'il sourit lorsque je reprends ma respiration. Je suis toujours dans ses bras, les jambes croisées fermement derrière lui, car je ne veux pas le lâcher.

Il commence à marcher et m'allonge délicatement sur le lit. Il me rejoint et profite de mon corps offert pour descendre. Il souhaite goûter mon plaisir, voir si je suis folle de lui, si je lui appartiens totalement. Il se montre entreprenant et a maintenant plus de mal à se contrôler. Je pose les mains sur sa tête tout en gémissant, mes doigts plongent dans sa chevelure, et mes jambes se resserrent, mais il les repousse. Ma respiration haletante rythme les mouvements de mon buste pendant qu'il cherche à connaître les secrets profonds de mon sexe. Je suis définitivement à lui, je suis persécutée par ses caresses érotiques et j'aime ça...

Mais je ne peux pas jouir tout de suite, c'est bien trop tôt. Je chuchote dans un soubresaut :

— Non...

Il s'arrête, m'observe un temps, puis, comme si je souhaitais prendre le contrôle de mon orgasme, je le pousse sur le côté. Il joue le jeu et retombe sur le lit. J'entreprends de me lover sur lui, d'essayer de l'envelopper de mon corps frêle. Il accepte sans me toucher. Je l'embrasse férocement tant j'ai besoin moi aussi de le goûter. Je rampe doucement vers le bas, en léchant chaque morceau de peau se découvrant sur mon passage, il frissonne. Ma langue se réchauffe à son contact, enfin, je trouve l'objet de mon délire. Je n'hésite pas une seconde à lui rendre ses caresses intimes, et je prends plaisir à le voir vibrer sous ma bouche. Son corps me répond, il est à ma merci cette fois-ci et il semble accepter cette épreuve avec beaucoup de délectation...

Soudain, sentant lui aussi la montée de son euphorie, il me saisit par les cheveux et me couche sous lui pour venir en moi voluptueusement. Son visage est devant moi, il m'embrasse encore plus passionnément. Il a du mal à résister à cette force vitale qui nous anime. Je devine sa folie, sa perte de contrôle tant il veut un plaisir intense maintenant. Je suis terriblement excitée, il est en moi, il me possède comme personne ne l'a jamais fait. Ses muscles sont fermes et épousent mes mains qui fourmillent à leur contact, elles voyagent sur tout son épiderme. Il m'englobe, nous ne faisons plus qu'un, nos sueurs se mélangent, nos peaux s'attirent, nos baisers deviennent brûlants, et cette bestialité me fait frissonner d'exultation. Nos corps s'harmonisent dans ce rythme soutenu si bien que chacun cherche maintenant l'extase la plus puissante...

Puis, d'un accord sensuel, nous ralentissons pour profiter de cet orgasme fusionnel. Cette décharge électrique nous transperce en même temps comme si nous étions liés l'un à l'autre par un câble. C'est sublime, intense et déroutant et, dans une lamentation mutuelle, nous attendons la fin de notre jouissance.

Je suis comateuse depuis quelques secondes quand il tombe sur moi comme s'il venait de mourir. Je sens toujours les spasmes nous parcourir, et sa respiration ne décélère pas, il a la fièvre et moi aussi. Sa tête est tournée vers moi, juste à côté de la mienne, et je profite de toutes ses odeurs. Je reconnais les miennes mêlées aux siennes dans un incroyable parfum érotique…

J'ai du mal à reprendre mes esprits et je ne le veux pas. Son corps chaud m'enveloppe et me protège. Je suis rassérénée et bientôt envahie par la fatigue. Il est la meilleure partie de mon âme maintenant. Alors que j'ai le sourire aux lèvres, ma lutte prend fin quand je sombre dans ses bras.

29

Le lendemain matin, je trouve sous ma porte un petit mot de Rose.

« Ne t'inquiète pas, ma fille, on va se revoir bientôt, j'ai été un peu souffrante, mais ça va mieux. »

Je suis rassurée.

J'entends Mé qui s'affaire dans la salle de bains du bas. Elle va se préparer pour aller voir mes amis Emma et Lionel. Nous sommes invitées pour le déjeuner, je suis ravie de les lui présenter. Nous décidons de partir à deux voitures, car j'en profiterai pour rendre la Clio qui m'a bien servi. Nous sortons pour rejoindre nos véhicules respectifs quand je retrouve Rose dans son jardin. Elle a une petite mine, mais m'adresse un signe de main. Je demande à Mé de me suivre pour la saluer, je sens bien qu'elle le fait uniquement pour me faire plaisir.

— Rose ? Alors comment vas-tu ?

— Couci-couça, ma fille.

— Mince, tu as besoin de quelque chose ?

Elle ajuste son gilet en laine comme si elle avait froid.

— Non, ça va, Abel me fait les courses et la cuisine.

Je suis surprise. Entre nous, j'ai beaucoup de mal à le croire, mais soit. Elle est toute mignonne, on dirait une enfant qui vient de faire une bêtise, les yeux presque fiévreux. Mé reste en retrait et esquisse un petit sourire crispé, elle n'a toujours pas décidé de faire la paix. Qu'est-ce qu'elle m'énerve quand elle fait sa mauvaise tête !

Nous lui donnons congé et nous nous dirigeons vers nos voitures.

À notre arrivée, nos hôtes étaient vraiment heureux de nous voir. Emma avait véritablement préparé un festin de roi, et nous avons passé l'après-midi à faire connaissance. Mé les adore, et c'est réciproque. Vers 16 heures, nous sommes allés faire une petite promenade dans les environs. C'est une région si charmante et propice à la nostalgie.

La journée se termine bientôt, et le temps a filé sans que l'on s'en aperçoive. Une rafale fait claquer un volet. Apparemment, la météo a évolué, il pleut, et les cieux sont menaçants.

Vers 20 heures, il est clair que cela s'est considérablement dégradé. Je regarde à travers la baie vitrée du salon, je suis inquiète, il y a des éclairs toutes les minutes, mais pour le moment la pluie est modérée, alors je m'avance.

— Je pense qu'il ne va pas falloir traîner, l'orage vient vers nous.

Emma fronce les sourcils.

— Vous êtes sûres que vous ne voulez pas rester ?

— Non, merci, c'est gentil de ta part, mais si nous partons tout de suite, nous n'en aurons pas pour trop longtemps. Juste une bonne demi-heure, nous passerons par le raccourci.

En se levant, Lionel prend la parole :

— Ha oui, vers les champs de colza ?

— C'est ça. Mais il faut qu'on y aille maintenant.

Nous sommes rapidement dans le véhicule équipé de Mé.

Quand je la vois au volant, cela me fait chaud au cœur, elle a toujours adoré conduire, car cela lui donne des ailes.

Nous sommes déjà en voiture et faisons des signes de main à nos amis en sortant de leur propriété. Nous les quittons sous une pluie qui redouble.

Les phares éclairent bientôt la route, et les essuie-glaces travaillent à toute allure. Les éclairs sont de plus en plus rapprochés. On ne croise presque personne, pourtant nous sommes encore sur la nationale. On dirait que les gens se sont tous mis à l'abri. Nous nous engageons dans le fameux raccourci, je commence à ne plus être très tranquille tant la pluie et les vents sont forts. Mais mon amie a l'air de bien maîtriser son véhicule.

Nous roulons quelques minutes quand soudain nous percevons des phares au milieu de notre chemin. Un homme nous fait signe, il est en ciré jaune. Mé s'arrête pour lui parler et baisse sa vitre.

— Bonsoir, qu'est-ce qu'il y a ?

— Un arbre est tombé sur la route. Vous ne pouvez pas passer, il faut tourner à la déviation.

— Laquelle ?

— Vous devez rebrousser chemin et prendre à droite dans quatre kilomètres, il y a un panneau temporaire.

— OK, merci.

On n'arrivait presque pas à le comprendre tant l'orage couvrait les voix. Mé fait demi-tour. Le temps qu'elle ferme la fenêtre, son bras est déjà tout trempé.

— Zut, il ne manquait plus que ça.

— Comme tu dis.

Plus nous avançons, plus c'est infernal, nous sommes dans une sorte d'ouragan. La visibilité est réduite à son minimum. Nous roulons péniblement et guettons la déviation. Au bout de quatre kilomètres, nous ne voyons toujours pas le panneau en question, mais la voiture qui est devant nous prend sur la droite.

— Il a l'air de savoir où il va lui, ça doit être ici, me dit Mé.

— Oui, vivement qu'on soit rentrées. Je suis terriblement stressée.

Elle tente de me rassurer.

— T'inquiète, regarde, il n'y a pas d'arbres le long de la route. Ce n'est pas dangereux, et c'est tout plat.

Je lui fais confiance. Nous continuons quelques kilomètres en suivant le véhicule d'en face, on passe sur un pont, et nous arrivons dans un petit hameau. La voiture tourne pour rentrer chez elle. On se rend compte en même temps de notre méprise.

Tout en cognant le volant de sa main, Mé lâche avec rage.

— Merde !

On se regarde, on a parcouru tout ce chemin pour rien, c'est une calamité. Je suis plus affolée que jamais.

— Ce n'est pas vrai. Il faut retourner en arrière et revenir sur la nationale.

— Mais tu l'as vu ce foutu panneau toi ?

— Non, évidemment ! Quelle question !

La route est complètement inondée, et Mé perd patience. Elle roule un peu plus vite, comme si elle était pressée d'arriver.

Je m'accroche au siège, je ne vois rien. On dirait qu'on est au cœur de l'orage, les éclairs nous éblouissent. Les essuie-glaces font leur maximum, mais ce sont maintenant des trombes d'eau qui s'abattent sur nous.

Je commence à avoir très peur et partage mon angoisse.

— Mé, tu devrais ralentir.

— Écoute, on ne va pas y passer la nuit quand même, en plus, regarde.

Elle me montre son tableau de bord, un voyant vient de s'allumer.

— Je suis sur la réserve.

Ce n'est pas possible, on va finir par rester sur le bas-côté de la route ! J'ai peur et je lance :

— Je t'assure, tu roules bien trop vite.

Un coup de tonnerre retentit encore et me faire sursauter, elle ne m'a pas entendue.

— Quoi ? Qu'est-ce que tu viens de dire ?

Elle penche machinalement la tête vers moi pour que je répète quand soudain je crie :

— Attention !

Un animal nous coupe la route, on dirait un gros chien au pelage noir.

Mé est surprise et freine, contre-braque, mais la voiture dérape et part en glissant de biais.

Tout semble être au ralenti.

Puis elle percute une rambarde et se retourne presque tout de suite dans un vacarme incroyable. Je m'accroche à tout ce que je trouve, je hurle. Elle ne s'arrête plus de faire des tonneaux. Je suis balancée de gauche à droite, puis de haut en bas. J'ai du verre dans les cheveux. Mé crie presque plus fort que moi, et rapidement il ne reste plus que moi qui lance des sons aigus.

Je ne sais plus dans quel sens je suis. La voiture n'est toujours pas stoppée dans sa course folle et finit par défoncer une autre barrière de sécurité tout en étant sur le toit.

Je sens que nous tombons de haut, comment cela se fait-il ? Je regarde à peine par la vitre quand je vois de l'eau tout autour de moi. Malheureusement pour nous, nous étions sur le pont et nous avons chuté dans une rivière déchaînée.

Je prends peu à peu conscience de ce qui vient de se passer. La voiture est maintenant à moitié engloutie. Mes jambes se refroidissent au contact de l'eau gelée. J'essaie d'évaluer les dégâts, et c'est apocalyptique. Le toit est enfoncé et nous empêche de garder la tête droite. Le pare-brise est fissuré de toute part et surtout l'eau continue de monter dangereusement dans l'habitacle. Le bruit est assourdissant, et la rivière rugit. Je détache nos ceintures de sécurité quand je tape sur l'épaule de mon amie.

— Mé ? Mé ? Tu m'entends ?

Son visage est penché sur le côté gauche, et je vois du sang couler sur son pull. Je panique et tente de sortir de la voiture, mais nous sommes incarcérées. Je me rends compte que je ne peux plus bouger le pied droit, il est pris en étau au niveau de la cheville.

Rapidement, des vagues commencent à s'engouffrer par l'arrière, j'ai de l'eau jusqu'au ventre maintenant. Je hurle :

— À l'aide !

En guise de réponse, j'entends des branches et des troncs d'arbres qui percutent la voiture. J'ai froid, je tremble de peur et j'essaie toujours de réveiller Mé. Je sens que nous allons mourir dans quelques minutes, noyées sans pouvoir sortir de là. Je ferme les yeux, j'attends la fin comme une fatalité. L'image d'Ézéchiel est devant moi, et je suis en train de lui dire au revoir à jamais...

... Quand soudain quelque chose se pose au-dessus de nous. D'un coup, la carapace d'acier cède et se déchire pour disparaître de mon champ de vision. La pluie tombe sur mon visage, et je vois en contrejour des éclairs, une silhouette masculine par intermittence. Un bras se dirige vers moi, et j'entends presque immédiatement.

— Donne-moi ta main !

C'est Abel. Je vais pour la lui tendre quand je me ravise.

— Non. Mé est inconsciente.

Il s'énerve et se met à fulminer :

— Donne-moi ta foutue main !

L'eau continue sa course et commence à arriver à mon cou. Je crie à mon tour plus fort pour qu'il m'écoute enfin :

— Non, Mé d'abord, j'ai enlevé sa ceinture de sécurité.

Il est dans un état de colère incommensurable. Il descend dans l'habitacle et, en un quart de seconde, soulève Mé et disparaît avec elle dans la nuit. C'est alors que la voiture décide de s'enfoncer d'un coup, une déferlante rentre à la vitesse de la lumière et projette ma tête vers l'avant. Le temps de lutter, je suis engloutie. Je me débats pour retrouver un peu d'oxygène, mais je suis toujours retenue par la cheville.

En moins de temps qu'il n'en faut pour le dire, je suis immergée, je panique et n'arrive plus à respirer. Impuissante, j'aperçois la lisière brillante entre l'eau et l'air sans pouvoir l'atteindre. Je tente de garder mon souffle, mais cela devient de plus en plus dur.

Alors je vois une ombre au-dessus de moi, c'est lui. Il s'approche pour me sortir de là, mais en tirant mon bras, il se rend compte que je suis prisonnière. Rapidement, il descend à ma hauteur. Je sens qu'il cherche à quel endroit je peux être retenue. Puis, comme un réflexe, je me mets à inspirer de l'eau. Mes poumons souffrent, et je commence à gesticuler dans tous les sens pour retrouver de l'air. Mes mains saisissent machinalement tout ce qui est à leur portée, et je me coupe avec l'acier cisaillé. Plus rien ne compte à part cette respiration.

Quelques secondes interminables passent sans que je puisse avoir accès à de l'oxygène. Je n'ai plus la force de bouger. Bien vite, je ne me bats plus, mes membres pendent comme des chiffons, et je finis par sombrer dans le néant.

30

J'ouvre les yeux dans un calme presque étrange.

Je suis couchée sur un lit muni d'un édredon blanc. Très vite, je me rends compte que je ne suis pas dans ma chambre. Je contemple le plafond, qui est éclairé par une petite lampe de chevet. Les ombres font des dessins géométriques étonnants, et j'ai l'impression d'avoir dormi une bonne semaine.

Puis, comme un flash, je me souviens de l'accident. Je me redresse avec vivacité en lançant :

— Mé !

Une voix masculine me répond :

— Elle va bien, juste un traumatisme crânien. Elle est à l'hôpital.

Je me tourne, et c'est Abel. Il est assis dans un petit fauteuil voltaire à l'autre bout de la pièce, les coudes posés sur ses genoux.

— Où suis-je ?

— Chez moi, enfin plus précisément chez Rose.

Je ne porte que ma culotte sous une chemise d'homme évidemment un peu trop grande pour moi, et j'ai des bandages aux deux mains.

— C'est ta chemise ?
— Oui.

C'est étrange, mais la première chose à laquelle je pense est : M'a-t-il vue toute nue ?

— Tu m'as déshabillée ?

Il ne répond pas et se lève, visiblement très agacé.

— Qu'est-ce que tu faisais dans cette voiture ?
— Pardon ?
— Ma question est claire, non ?

Je ne vois pas le rapport. De plus, je n'ai aucune envie de m'expliquer, car son ton m'insupporte.

— Je ne pense pas que ce soit d'une priorité absolue en ce moment.
— Si, au contraire.

Il s'avance et me hurle dessus tout en tapant sur la commode qui manque de tomber sur l'avant :

— Réponds !

Je sursaute, il me fait peur, et je parle machinalement, comme un robot :

— Nous sommes allées voir des amis, il y a eu l'orage, et nous avons eu un accident.
— Où est la Clio ?

Pourquoi toutes ces questions ?

— Chez Lionel, c'est la sienne, je la lui ai rendue.

Il se retourne, les mains sur la tête, comme s'il pouvait s'arracher les cheveux.

Puis, en me dévisageant froidement, il ajoute :

— La prochaine fois, tu me feras le plaisir de faire ce que je te dis.
— Je ne vois pas ce que tu veux dire.

Il s'avance vers moi, plus menaçant que jamais.

— Quand je te tends la main pour te sortir de ce merdier, tu me prends la main. Ce n'est pas très compliqué.

Là, je ne me démonte pas, des larmes me montent aux yeux, j'ai la bouche serrée.

— J'en ai marre de toi, de ta façon de me parler, de ton autoritarisme maladif et du plaisir que tu as à me faire peur. OK, mes priorités ne sont pas les tiennes. Mais tu peux comprendre qu'en te voyant, j'ai préféré que tu t'occupes de Mé. Ça s'appelle l'empathie ! Elle est paraplégique et était inconsciente ! Et moi, je n'avais rien et je maîtrisais la situation.

Il rit nerveusement et avance les mains sur le lit, comme s'il allait me sauter à la gorge. Il se positionne à quelques centimètres de mon visage.

— Attends, tu peux répéter ? Tu maîtrisais la situation ?

— Oui, enfin, ce n'est pas tout à fait ce que je voulais dire.

Il recule, les bras croisés, en vociférant :

— Tu serais morte si je n'étais pas intervenu !

Il est furieux. C'est vrai qu'il nous a sauvé la vie, je ne vois plus comment prendre les choses avec lui. Je ne comprends pas pourquoi je ne suis pas à l'hôpital, pourquoi je suis dans sa chambre. D'un coup, je me souviens des détails et de certaines évidences. C'en est trop, je veux savoir !

— Pourquoi tu nous as suivies sans nous aider ? Tu voyais bien qu'on prenait une mauvaise route ?

Il est agacé par ma question, qui semble sans intérêt pour lui.

— Mais de quoi tu parles ?

— C'est bien toi qui nous as sorties de la voiture, non ? Donc tu nous suivais.

— Ce n'est pas comme ça que ça s'est réellement passé.

— OK, je t'écoute ?

— Je ne vous suivais pas, dit-il avec aplomb.

J'attends la suite, qui ne vient pas. Il reste dans le vague, je suis épuisée de tous ses mensonges.

— Très bien. Je n'ai rien à faire ici.

Je sors du lit et vais pour me lever, mais lorsque je pose le pied droit au sol, une douleur aiguë me fait plisser les yeux.

— Recouche-toi, tu as une grosse entorse et des coupures aux mains.

— Non, je veux rentrer chez moi.

— Hors de question.

— Pourquoi ?

— Parce que maintenant tout a changé.

— C'est quoi tous ces mystères ? Qu'est-ce que tu dissimules ? Qui es-tu ? Je ne te connais pas et je te fais confiance juste parce que tu es le neveu de Rose. C'est visiblement une grossière erreur !

— Je te cache des choses, c'est vrai, mais je ne suis pas sûr que tu puisses les entendre.

Il se calme et ajoute :

— De plus, je n'ai pas, en théorie, l'autorisation de t'en parler.

Je rêve ! Il se moque de moi.

— C'est nouveau ça ! L'autorisation de qui ?

— Mon souverain.

Un rire nerveux sort de ma bouche, je suis surprise et reste un moment sans dire un mot, puis je pense au toit de la voiture.

— Par exemple, tu peux m'expliquer comment tu as arraché la tôle.

— Comme tout le monde, je l'ai saisie et soulevée.

— Tu me prends pour une imbécile ?

Il se met à réfléchir, je sens qu'il va enfin me parler. Tout en soupirant, il vient se planter devant moi.

— OK, il va falloir que tu m'écoutes attentivement si tu veux connaître la vérité. On est d'accord ?

Je croise les bras et lui fais un signe de tête affirmatif. Il inspire et commence :

— Tu dois prendre sur toi, car tu n'y es pas préparée.

L'espace d'un moment, je pense qu'Abel est en train de péter les plombs. Cela me rappelle vaguement tous ces tarés persuadés de l'existence d'une vie extraterrestre que j'étais obligée d'interviewer. Genre, moi, je suis au courant, et tu ne devrais pas le savoir, mais voilà, il faut que la vérité éclate, bla, bla, bla… Tout se bouscule dans ma tête, je perds le fil de la discussion.

La voix d'Abel me fait sursauter :

— Tu m'écoutes là ? Ou pas ?

— Oui.

— OK. Tu es allée au catéchisme ?

Sa question est complètement ahurissante. J'écarquille les yeux, sidérée.

— Hein ? Tu plaisantes ?

— Réponds.

— Non.

— Tu aurais dû y aller, ça nous aurait fait gagner du temps.

Je me lève d'un bond, et même si j'ai mal, je suis bien décidée à rentrer chez moi à quatre pattes s'il le faut. On nage dans le grand n'importe quoi là… J'avance avec conviction, mais Abel comprend vite que je vais partir, et il recommence à me menacer en criant :

— Assieds-toi ! Je vais finir par te casser l'autre jambe pour que tu restes ici !

Sa voix a résonné différemment, elle est beaucoup plus forte et déterminée. On aurait dit un gong. Je m'exécute, mais je me mets à sangloter et à trembler, j'ai froid d'un coup. Il lève les yeux au ciel en baissant le bras avec résignation.

— Non, tu ne vas pas recommencer. Si tu savais à quel point ton humanité me gonfle… Tu veux boire un verre d'eau ?

Je fais oui de la tête. Il se dirige vers la porte et va m'en chercher un dans la cuisine. Je reste seule un bref instant tout en me disant qu'il faudrait que je parte en catimini, mais j'ai juste le temps d'y songer qu'il est déjà revenu.

— On peut reprendre calmement ? Bon, alors, tu ne trouves pas que depuis la mort de ta grand-mère, il t'est arrivé pas mal de trucs anormaux ?

Je renonce pour le moment à ma fuite. Finalement, ma curiosité est piquée, je sens que je vais avoir les moyens de comprendre que je ne suis pas folle.

— C'est Rose qui t'a parlé.

— Bien sûr que non. J'étais déjà au courant.

Il se lève et commence à marcher dans la chambre.

— Je te résume rapidement : le mec du métro, ta tentative de viol à Paris, ce tocard de l'autoroute, l'accident d'hier soir et le meilleur pour la fin, tous les pervers de la boîte... Je t'ai épargné les détails, mais l'essentiel est là, non ?

Je crois que je viens de bloquer la bouche ouverte. En s'asseyant nonchalamment dans le fauteuil, Abel ajoute :

— Tu as le droit de poser toutes les questions que tu veux.

Je suis en état de choc, et il le voit.

— Allô ?

Il croise les jambes.

— Parfait. J'ai tout mon temps, tant que tu restes dans mon champ de vision...

Je fixe une horloge devant moi, on dirait que les minutes passent comme des secondes. Je suis muette depuis une vingtaine de minutes. Abel n'intervient plus et attend une réaction de ma part.

Alors je sors avec un calme étonnant et presque effrayant :

— Abel ? C'est toi le type qui a fracassé mon agresseur à Paris ?

— Oui.

— Est-ce que tu me suivais ?

— Oui.
— Est-ce que c'est toi qui étais dans la brasserie ?
— Oui.
— Les deux brasseries ?
— Oui.
— Est-ce que c'est toi qui...
— ... a fait peur à cet abruti qui voulait te choper sur l'autoroute ? Oui. Mais comme je savais que tu avais senti ma présence, je m'en suis occupé après ton départ.

Il a l'air fier de lui et arbore un sourire malicieux, ses iris deviennent plus sombres. Je continue :
— « Occupé » comment ?
— Comme cet obsédé de prêtre.

Un sabre vient de me transpercer, je prends maintenant conscience qu'Abel est un meurtrier. Je me lève d'un bond, affolée, je cherche à m'enfuir pour de bon. L'adrénaline aidant, j'oublie complètement la douleur de ma cheville. Le temps que je me retrouve face à la porte de la chambre, il est devant moi et avance pour me faire reculer.
— Calme-toi. J'étais obligé de le faire.

Je suis en panique. Il ajoute en pesant chaque mot :
— Certaines personnes sont attirées irrésistiblement par ce que tu représentes.

Je ne sais plus si je vis un de ces nombreux et étranges rêves ou si je suis éveillée. Suis-je avec un genre de serial killer ? Je cherche quelque chose qui pourrait me servir d'arme, mais il s'en rend compte comme s'il lisait dans mes pensées.
— Ce n'est pas une bonne idée. De toute façon, tu ne pourrais pas me faire grand-chose et tu finirais par te blesser.

Là, clairement, je cède à la panique. Je regarde la fenêtre et me demande si je me ferais mal si je sautais.
— N'y pense pas.

Je suis piégée comme une souris face à un chat, alors je tente les supplications.

— Abel, laisse-moi partir, s'il te plaît.

— Non, pas encore. Tu dois savoir d'autres choses. Je ne suis pas un meurtrier comme tu pourrais le croire. Je leur ai juste montré leur vrai visage, et ils ont préféré se suicider. Comme je viens de te l'avouer, ils sont attirés par toi, la plupart désirent ton corps, mais les plus résistants souhaitent autre chose. Toutes ces personnes qui veulent te posséder d'une manière ou d'une autre l'espèrent pour négocier avec ton père et atteindre leurs objectifs. Ce sont des damnés.

Je ne comprends rien à ce qu'il dit. Il voit que je réfléchis, il recule d'un pas, me laissant libre, mais je n'ose plus partir.

— Mon père ? Mais qu'est-ce qu'il vient faire là-dedans ce type ?

— Un peu de respect, je te prie, pour notre souverain.

— Quoi ?

— Non, la question est : Qui ?

Je suis toujours effarée, mais ma curiosité est bien trop grande.

— Qui ?

Il s'approche et me chuchote à l'oreille :

— Lucifer.

C'est une blague, ce n'est pas possible. Comment peut-il imaginer que je vais gober un truc pareil ?

— Tu peux répéter ?

— Tu as bien entendu.

— Désolée, je ne te crois pas.

— Tu sais qu'il y a des gens qui pactisent avec le diable ?

— Ne me prends pas pour une dégénérée !

— Ta mère ne pouvait pas avoir d'enfants. Elle a prié Dieu en vain puis elle a fini par se tourner vers notre roi. Tu es née mi-femme, mi-démone, ma chère, tu es le fruit d'un pacte avec le diable !

Étrangement, je viens de comprendre une chose aux inepties d'Abel, mais j'ai besoin d'une confirmation.

— Quand tu dis « notre roi », ça veut dire quoi au juste ?

— Alors là, c'est bien toi qui te prends pour une dégénérée. Non ?

— Tu es quoi ? Qui ? Un genre de…

— … non pas un genre, je suis le suiveur. Le deuxième de la révolte. Mon vrai nom est Késabel.

31

Je suis finalement restée. Abel est allé chercher une bouteille de whisky et nous a servi deux verres. Je contemple l'alcool brun et le fais tourner mécaniquement. J'ai besoin de preuves, car quelque chose en moi me dit que son histoire semble plausible.

— Qu'est-ce qui me prouve que ce que tu m'as avoué est vrai ?

— Tu veux que je fasse un tour de magie, c'est ça ?

Il me sourit et ajoute :

— OK.

Il s'approche de moi, mais je recule en même temps.

— Viens, je ne vais pas te manger.

Je me fige sur place. Il arrive à ma hauteur et me prend la main. Tout à coup, mes yeux ne voient plus la pièce. Je suis dans une brasserie, il y a du monde autour de moi. Je regarde mes bras, mais ce ne sont pas les miens. Alors je me souviens de cet endroit, je comprends qu'il faut fixer le fond de la salle. Je me perçois maintenant comme si j'étais dans un miroir. Je suis subjuguée, car je sens ce qu'Abel a ressenti avant de partir précipitamment.

Il me lâche la main et, d'un coup, je me retrouve devant lui. J'ai la tête qui tourne, le retour est assez étrange en fait, comme si je venais de descendre d'un manège.

— Tu me crois maintenant.

— Tu es télépathe ?

— Entre autres.

— Tu es un démon des enfers ?

Il éclate de rire. Visiblement, j'ai tapé à côté de la vérité.

— Non, très chère, je suis un ange déchu, ce n'est pas tout à fait la même chose...

Sa voix devient plus douce, et il plonge ses yeux dans les miens.

— Il faut que tu saches que je ne peux pas te faire de mal. Je t'assure, j'en suis incapable.

La tension est descendue, et j'aimerais en savoir davantage.

— Pourquoi es-tu là ?

— J'ai été envoyé par ton père pour te protéger et le protéger.

— Depuis combien de temps me suis-tu ?

— Le jour de la mort de ta grand-mère, car plus rien ne pouvait justement te protéger.

Je reste surprise et attends qu'il continue.

— Elle était au courant du pacte et a elle-même demandé de l'aide. Tu étais sous la protection de la Vierge Marie. Tous les anges déchus, les démons et les âmes damnées ne pouvaient plus t'atteindre. Sauf qu'à sa disparition, tout s'est remis en place. C'est pour cette raison que Lucifer m'a incarné. Il avait peur de perdre le trône si tu te faisais posséder par quelqu'un ou quelque chose, car il y a de lui en toi, et ça le rend vulnérable.

— Comment ça ?

— Lucifer a fait une sorte d'erreur stratégique. Il n'aurait jamais dû te créer, il a été manipulé par quelqu'un.

— Qui ?

— Lilith. C'est la main de Lucifer. Elle est l'arme qu'il utilise pour atteindre ses objectifs. C'est elle le serpent du jardin d'Éden.

Elle a de grands pouvoirs, et nous sommes tous placés sous ses ordres.

Il me dévisage plus intensément.

— Enfin, peut-être pas tous maintenant…

Il vient de se servir un autre verre de whisky et le porte à sa bouche. Je le regarde faire, il est très séduisant, mais je chasse vite de mes pensées cette attraction hors de propos. Il continue en souriant :

— Tu veux savoir qui est Lilith, car tu la connais.

J'opine de la tête.

— C'est Rose ! ajoute-t-il.

— Quoi ? Ce n'est pas possible.

— Eh oui, la reine des démons, c'est elle.

Je n'en reviens pas, Mé avait raison.

— Elle a tout fait pour te contraindre à être de son côté. Tu es l'objet qu'elle voulait posséder totalement, elle aussi, pour prendre la place de Lucifer plus tard. C'était son plan depuis le début, elle s'est servie de lui. Lilith a toujours cru que j'étais dans son camp, elle m'a également demandé de te protéger pour ses intérêts. Elle ne s'est jamais méfiée de moi. Et pour en revenir à cet accident, c'est elle qui l'a provoqué. Elle avait dans l'idée de se débarrasser de ta copine, mais tu ne devais pas être dans la voiture avec elle. Quand j'ai senti que tu avais un problème, je suis venu. Étant au courant des desseins de Lilith, je ne devais pas sauver Mé, mais tu connais la suite. Je lui ai donc désobéi et j'ai attisé sa colère. Dorénavant, elle a compris que je suis du côté de Lucifer depuis le début.

Il avale une gorgée bien tassée.

— Je suis maintenant seul.

Il sourit dans le vide.

— Le révolté jusqu'au bout. C'est dans ma nature, on dirait…

Il est plus grave et semble se perdre dans des pensées

lointaines.

Je prends la parole :

— Que risques-tu ?

— Rien de spécial. À part que tous les démons de l'enfer viennent me détruire.

— Mais en choisissant ton camp, tu es toujours du côté de ton roi, non ?

Il est surpris de ma déduction et s'approche de moi, les yeux rivés sur les miens. Je suis intimidée.

— Figure-toi que j'ai aussi désobéi à Lucifer récemment, chuchote-t-il lentement.

Il prend de la distance.

— Alors oui, je suis seul. En attendant, je ne pense pas que Rose revienne ici de sitôt. Elle doit préparer sa vengeance contre moi, car elle se doute que je t'ai parlé.

Avec toutes ces informations, je me retrouve à le plaindre.

— Je ne sais pas quoi te dire.

— Il n'y a rien à ajouter. On fera ce qu'il faut en temps et en heure.

— On ?

— Oui, on va être plus que jamais le centre de toutes les attentions démoniaques.

Il m'adresse un clin d'œil.

— Tu devrais te reposer maintenant. Inutile de te dire de rester ici.

Je le regarde fermer la porte derrière lui.

32

Étrangement, en connaissant cette vérité, je me sens plus apaisée. Je suis rassurée qu'Abel soit proche de moi, mais je me demande bien quelle guerre nous allons devoir mener. Si l'enfer est contre nous, je ne vois pas ce que je pourrais faire. Peut-être faudrait-il que je combatte ma partie démoniaque ?

Je ne suis jamais allée à l'église, mais je sais qu'il y a des moyens d'affronter le diable et ses possessions. J'avais fait un article sur les exorcistes à l'époque et j'ai toujours pensé que c'était une manière de contenir les fidèles dans la peur. Maintenant, je n'en suis plus sûre. Si l'on accepte l'évidence qu'il peut exister un enfer et des démons, on est bien obligé d'imaginer qu'il y a également un paradis et une armée céleste. Je pourrais me faire exorciser, me faire « déposséder » de ce qu'il y a de mauvais en moi. Mais soudain, je comprends aussi que je serais contre Abel, et cela me provoque un coup au cœur…

Je me suis mise à dormir par intermittence pendant plus de deux jours. Je ne l'ai pas vu. De temps en temps, je me réveillais et j'avais à ma disposition de quoi me restaurer et me rafraîchir. Au troisième matin, je suis toujours chez lui et je retrouve dans la salle de bains des vêtements m'appartenant. Je n'ai plus mal aux mains, si bien que je retire les bandages. Les coupures ne saignent plus et guérissent vite. Ma cheville a presque totalement dégonflé, et il y a juste une petite douleur qui me rappelle à l'ordre lorsque je tourne le pied. Je me prépare et je descends, mais je ne vois personne. En revanche, il y a un mot sur la porte d'entrée.

« Ne sors pas, je reviens avant la nuit. »

Bien entendu, je décide de sortir...

Je regarde bien si personne ne me surveille, ni homme, ni animal ou encore démon... A priori, rien. Je passe par l'arrière de la maison et arrive devant ma réserve pour enjamber ma bicyclette. Si je reviens avant midi, il ne s'en apercevra pas.

Je suis rapidement sur la route en direction du village. Je cache mon vélo dans une petite ruelle derrière l'église et trouve la porte latérale du bâtiment centenaire. Je frappe, une voix féminine répond et on m'ouvre. Nous ne sommes pas directement dans la maison de Dieu, on dirait juste une sorte de local poussiéreux. Il y a des aubes, une table, des livres et des bancs en chêne. Une femme est devant moi, elle doit avoir une soixantaine d'années et est habillée de vêtements plus que vieillots. Elle me salue.

— Bonjour.

— Bonjour, madame, est-ce que je peux voir le prêtre, s'il vous plaît ?

— Il ne va pas tarder, il est allé donner l'extrême-onction.

Je ne comprends rien à ce qu'elle me dit, et elle s'en rend compte.

— Une personne est en train de mourir et a souhaité une bénédiction. Vous pouvez attendre ici.

— Oui, merci.

— Je vous laisse, je vais fleurir les tombes.

Quelle drôle de vie : toujours parmi les morts, les cérémonies, les chandeliers et les grenouilles de bénitier… Je me demande si cette aversion pour la religion ne vient pas de mon côté démoniaque.

J'éclate de rire.

Je vais peut-être m'enflammer au contact de l'eau bénite ? Il vaut mieux prendre les choses avec philosophie ! Comme tout est plus clair en moi, je ne pense plus que tout soit figé et je trouve une certaine excitation face à tout ce monde surnaturel. En parcourant la pièce des yeux, je tombe sur une bible. Je m'approche et la saisis, j'entreprends ma lecture par la fin.

« Et quand les mille ans seront arrivés à leur terme, Satan sera relâché de sa prison, il sortira pour égarer les gens des nations qui sont aux quatre coins de la terre, Gog et Magog, afin de les rassembler pour la guerre ; ils sont aussi nombreux que le sable de la mer. Ils montèrent, couvrant l'étendue de la terre, ils encerclèrent le camp des saints et la Ville bien-aimée, mais un feu descendit du ciel et les dévora. Et le diable qui les égarait fut jeté dans l'étang de feu et de soufre, où sont aussi la Bête et le faux prophète ; ils y seront torturés jour et nuit pour les siècles des siècles… »

Passionnée par cette lecture, je suis toujours penchée sur les textes, lorsque je perçois une présence au-dessus me moi. Je lève les yeux, et il rompt le silence :

— Urielle ? Qu'est-ce que tu fais ici ?

Je reconnais cette voix. Mon cœur s'emballe, mon imagination doit me jouer des tours, ce n'est pas possible. Je me mets debout rapidement et fais tomber le livre. Je suis troublée par cette vision ; comme sous forme de flashs, je me remémore tous les moments que j'ai ressassés depuis des semaines.

— Ézéchiel ?

Il ne répond pas. Il est tendu comme l'autre fois dans la forêt, mais dit d'une voix glaciale, la bouche crispée :

— Je t'avais demandé de m'oublier.

Il est magnifique et tellement magistral. J'ai les joues empourprées par le souvenir de ces nuits torrides et de son « je t'aime » si sensuel. Je suis folle de cet homme et si heureuse de le retrouver enfin. Je lance d'un air enjoué :

— Je ne savais pas que je te trouverais ici.

Il s'approche et me prend par le bras. Je comprends par la virulence du geste qu'il désire me faire sortir de la pièce rapidement. C'est inexplicable, je me débats, car je veux rester avec lui. C'est alors que mon regard se pose sur ses vêtements. Je remarque un col blanc et une croix. Il s'apprête à me pousser vers l'extérieur, mais je referme la porte d'un coup. Je percute enfin...

— Tu es le prêtre !

Il se recule, livide, et esquisse un tremblement comme si je venais de lui envoyer une décharge électrique. Il finit par avouer d'une petite voix :

— Oui.

C'est la douche froide, une trahison. Je passe du brûlant au glacé en un instant. Je commence à ne plus me maîtriser et lui crie avec rage :

— Tu t'es bien foutu de moi !

Il est là à attendre que je m'acharne sur lui, comme une punition. Il reste stoïque, mais ne voyant pas de réaction de sa part, je serre les poings et frappe son torse, une, deux, trois fois avant de tomber à genoux, car je suis incapable de taper plus fort, et mes jambes ne me soutiennent plus. Il m'a suivie dans ma chute et est au même niveau que moi.

Puis contre toute attente, il me saisit par les épaules et me serre contre lui pour m'apaiser. Désespérée, j'ai le front contre lui et les mains qui agrippent son pull de désespoir. Je verse des larmes amères, mon cœur saigne, et je comprends maintenant ses mots :

« Il est trop tard ».

33

Nous sommes restés un bon moment l'un contre l'autre, puis sans bruit je me suis levée. J'ai ouvert la porte et je suis partie. Il n'a pas essayé de me retenir. J'ai tourné deux fois sur place tant je ne savais plus où était mon vélo, puis je l'ai retrouvé et je suis rentrée chez moi. Plus rien n'a d'importance maintenant, je suis l'ombre de moi-même... Allongée sur la moquette de la chambre, je souffre comme jamais. Alors, comme si je souhaitais mourir à petit feu, je me remémore le passé, mes sensations, et ces trois nuits incroyables.

Ce n'était donc que des rêves, pourtant cela semblait tellement réel.

En disant ces paroles en mon for intérieur, j'ouvre les yeux comme si j'avais reçu une gifle. Comme un éclair, je fais un évident rapprochement. Je me redresse et je sens en moi de la colère. Une fureur délirante, car je viens de comprendre une chose capitale quand soudain j'entends quelqu'un qui monte les escaliers trop rapidement pour être humain. Abel entre dans la chambre sans crier gare, et ma rage redouble.

Il est maintenant face à moi. Il est lui-même très énervé, mais pas autant que moi...

— Merde, Urielle ! S'il faut que je t'attache, je vais finir par le faire !

Je m'approche de lui doucement. Je perds le contrôle et lève mon bras pour lui asséner un coup de poing au visage.

Il m'empoigne avant que ma main n'atteigne sa cible.

— Tu peux m'expliquer ce que tu fais là ?

— Ferme-la, espèce de salopard !

En moins de deux, je suis en train de gesticuler pour recommencer. Il me retourne contre lui et me serre fort. Je ne sens même pas qu'il vient de me soulever par la taille, car je tente de donner des coups de pied dans tous les sens.

— Lâche-moi, que je te défonce la tronche. Tu es vraiment un pourri !

Il me jette sur le lit, mais je me relève comme si j'étais possédée par un animal féroce. Je lui saute dessus comme une furie et commence à le frapper de toutes mes forces. Il se laisse faire sans broncher et, visiblement, je n'ai pas l'avantage. Puis épuisée, je redescends. Je continue à le regarder méchamment tout en reprenant mon souffle.

Comme si de rien n'était, il remet les manches de sa chemise en place.

— C'est bon, tu es soulagée ?

— Je vais te fracturer ta petite gueule d'ange déchu de merd...

— OK, tu n'es donc pas soulagée...

Son flegme est insupportable, et je suis dans un état de nerf incontrôlable. Comment a-t-il pu me faire ça ?

Je pousse un hurlement de rage et j'ajoute en serrant mes dents :

— Tu as couché avec moi, espèce de...

Il me coupe la parole.

— Oui, et alors ? Ose dire que tu n'as pas apprécié.

Je m'avance vers lui avec la ferme intention de recommencer

à le frapper.

Il lève les bras vers moi pour m'arrêter net.

— Ça va... on ne va pas en faire une affaire d'État.

— Tu aurais pu me demander l'autorisation avant de profiter lâchement de moi.

Il s'approche et me prend la main. Elle est brûlante. Je suis décontenancée et je commence à me souvenir de nos ébats sensuels. Je rougis comme une adolescente qui regarde un film érotique. Il plaque ma main contre son torse en feu, tout mon corps se met à trembler. Il arbore maintenant un sourire de contentement.

— Lâchement ? Crois-moi, tu me l'as donnée cette autorisation. Je ne fais jamais rien sans en avoir la permission.

Je la retire comme si je venais de me faire piquer par un frelon. Je m'assois, la tête vidée, toujours sous l'influence de mon désir charnel pour lui.

Il prend la parole tranquillement :

— En revanche, j'ai une question qui me brûle les lèvres depuis pas mal de temps...

Je le regarde, muette.

— Qui est Ézéchiel ?

Les bras croisés, il attend depuis un bon moment ma réponse. Mais je ne sais pas quoi lui dire. En fait, je n'ai « rien » à lui dire, je n'ai pas à me justifier !

— Alors ?

— Personne.

— C'est ça, oui, tu pensais que j'étais lui !

— Je ne vois pas ce que cela peut changer maintenant.

— Tout, au contraire.

Il se penche vers moi.

— Et si je te disais que j'ai fait ma petite enquête.

Mon cœur commence à me trahir en battant à cent à l'heure, je baisse le regard. Il continue :

— Le seul « Ézéchiel » dans le coin, c'est le prêtre du village !

Il se rapproche de moi et murmure :

— Je ne te pensais pas si dépravée, ma chère démone, mais… il y a néanmoins une chose qui me dépasse.

Il recule de quelques pas et ajoute, l'air mutin :

— Comment as-tu pu croire que j'étais lui ? Je suis nettement supérieur au pieu qu'un pauvre être humain…

Je m'enflamme d'un coup.

— Tu ne peux pas garder tes petites réflexions pour toi là !

Il savoure ma réaction avec joie.

— Tu n'as donc pas couché avec lui…

— Barre-toi de cette chambre !

Son regard devient sombre, puis il entreprend de déboutonner lentement sa chemise. Un instant, je le contemple dans ses gestes terriblement sexy, j'ai des frissons dans le bas du dos et je commence à me mordre la lèvre inférieure.

Il profite de l'occasion.

— Et si je restais ici cette nuit ? Les choses sont claires maintenant.

J'ai un demi-temps d'hésitation, mais je lui lance, le doigt en direction de la sortie :

— Dégage de là !

Il se ravise et me dit d'un ton amusé :

— OK. C'est toi qui décides… mais je suis en bas si tu changes d'avis.

Il tourne les talons et ferme la porte derrière lui. Je respire enfin, car je me rends compte que j'étais en apnée. Je suis troublée, ne sachant plus ce que je veux. Il faut que je retrouve la raison.

Je saisis mon ordinateur portable et commence une recherche sur Internet : « Késabel. »

Je trouve des centaines de pages de résultats. En effet, c'est le deuxième ange après Lucifer à s'être rebellé contre Dieu. Il est accusé de beaucoup de maux, mais le principal étant d'avoir incité les êtres angéliques à coucher avec des humains.

— Comme par hasard…

Il a une fâcheuse tendance à considérer les autres comme des êtres inférieurs. Il a un orgueil surdimensionné et profite de chaque occasion pour pervertir le cœur des hommes et ceux des êtres célestes.

— Sans compter les femmes…

À l'évidence, je ne suis qu'un jouet pour lui. Ça doit l'amuser de me soumettre et de voir que je tombe dans ses filets comme une pauvre fille que je suis.

Ce soir, j'ai du mal à m'endormir tant la journée a été encore une fois difficile. Dans ma tête, tout se bouscule, j'aime Ézéchiel, mais je ne peux pas être avec lui. Je suis terriblement attiré par Abel, mais je ne dois pas être avec lui. Comme le dirait Mé, me voilà encore dans une histoire impossible. Sans compter tout ce qui risque de se passer avec Lilith… Il va falloir qu'on en discute sérieusement, je suis dans le flou le plus complet, et ce n'est pas mon monde.

Puis, je me mets à analyser la situation de mon propre point de vue. Si je suis bien la fille de Lucifer, ne devrais-je pas avoir un certain pouvoir ?

Abel m'a dit que les âmes damnées voulaient me « posséder » pour négocier avec le roi des enfers, puis les autres pour le détrôner. Autant de questions que je dois poser à ce cher ange noir qui passe sa nuit sous mon lit, à moitié nu, et qui ne demande qu'à me réchauffer de son corps diaboliquement divin…

Je dois arrêter ce délire, je me mets la tête sous mon oreiller et finis par m'endormir.

34

Finalement, je me suis levée en pleine forme et je suis bien décidée à trouver des réponses à toutes mes questions.

Je me prépare à vitesse grand V et descends.

Abel est devant un gargantuesque petit déjeuner.

— Bien dormi ?

— Oui.

Je me dirige vers la table et ajoute :

— Merci.

— Pour quoi ?

— Pour tout.

Il arbore une mine plus que réjouie et s'adosse à sa chaise nonchalamment.

— Ha, enfin !

— Ne rêve pas ! Pour la majorité des choses, en effet, mais je n'ai toujours pas encaissé le coup...

En me fixant d'un regard lubrique, il me coupe la parole :

— ... tu veux dire : les coups.

Il m'agace, mais je ne relève pas.

— Il faut qu'on parle sérieusement. C'est possible.

— OK.

— J'ai bien réfléchi. Si je suis la fille de ton roi, alors je suis ton chef, non ?

Il éclate de rire.

— Tu voudrais bien, hein ?

— Ce n'est pas la question.

— En théorie, tu n'as pas tort. Mais plus maintenant.

— Comment ça plus maintenant ?

— Depuis que je me suis révolté contre Lucifer.

— Tu peux être plus explicite.

— Il m'a demandé de protéger ses intérêts, puis de ne pas faire une chose… une chose qui ne va pas te plaire…

— Dis toujours.

Il s'approche et me susurre à l'oreille :

— Il ne voulait pas que j'aie des relations sexuelles avec toi.

Je le regarde de travers en me reculant.

— Si je comprends bien, tu as Lucifer et Lilith à tes trousses.

— C'est ça.

— Et moi, je suis au milieu de tout ça.

— C'est ça.

— Donc, c'est toi qui me mets en danger.

— Oui et non. Tu vas avoir besoin de moi quand Lilith va revenir. De plus, je jouis d'une certaine renommée en bas.

Je le nargue avec joie, affichant un sourire mutin.

— Et tu crois que c'est avec tes exploits sexuels que tu vas nous sauver.

Ça y est, j'ai réussi à le vexer.

— Ne me rabaisse pas, s'il te plaît. Je te rappelle que je suis le numéro deux !

Je soupire et continue de me moquer de lui :

— Visiblement, tu étais…

— Ne me provoque pas ! En attendant, il va falloir te préparer et surtout m'écouter. J'ai une certaine expérience que tu n'as pas sur le sujet.

— Justement, si je suis la fille de Lucifer, quels sont mes dons ?

— Je ne sais pas.

— Je dois bien avoir des capacités. Il n'y a rien dans ta bible ou dans un de tes bouquins infernaux ?

— Lucifer a déjà eu quelques enfants avec des humaines par le passé. Ils sont, pour la plupart, tous morts avant d'avoir 14 ans et, pour les rares survivants, ils ont subi tant d'exorcismes qu'ils ont péri juste un peu après.

— Morts ?

— Oui, soit par des âmes damnées, soit par Lucifer lui-même ou ses sujets.

— Mais pourquoi voudrait-il tuer ses enfants ?

— Ma pauvre, tu es bien naïve. Ce sont ses talons d'Achille… Être la progéniture de Lucifer n'a pas de valeur à ses yeux. Quand ils survivent, ils deviennent dangereux et ne doivent pas tomber dans n'importe quelle main.

— Et moi, j'ai survécu, car ma grand-mère m'a mise sous la protection de Marie. Mais pourquoi Lucifer t'a-t-il envoyé pour me protéger ? Il aurait juste pu t'imposer de me supprimer.

Il affiche un sourire de surprise.

— Tu apprends vite. Oui, effectivement, il m'a demandé d'espionner Lilith. Pour être crédible, je devais te protéger, mais une fois son plan découvert, je devais te tuer. Quand j'en ai eu l'occasion, je n'ai pas pu le faire… Et ça n'était absolument pas prévu, tu aurais dû périr comme tous les autres.

Il boit une grande tasse de café fort. J'ai du mal à manger, mais je me force. Je prends le temps de la réflexion, je pense à Mé, à l'accident, et finis par sortir :

— En gros, si je meurs, il n'y aura plus de problèmes, et tout reviendra dans l'ordre.

Il pose sa tasse avec nervosité. On entend un crac et le liquide commence à s'écoule dans la coupelle.

Abel me parle avec une énergie déterminée :

— Je t'interdis de dire ça !

— C'est pourtant évident, non. Lilith et tous les autres ne me voudront plus, tu seras pardonné de tes désobéissances, et Lucifer ne se sentira plus en danger !

Je lève les yeux au ciel comme pour annoncer un événement des plus graves.

— Mais il faudrait que ce soit moi qui mette fin à mes jours…

Il est furieux et, d'un coup, me prend le poignet.

— Si tu fais ça, je promets de te pourchasser en enfer pour te coller une raclée magistrale durant des millénaires.

— C'est pourtant la seule solution.

Il me lâche et se ravise.

— Non, il y en a d'autres.

— Visiblement, nous ne sommes pas faits pour rester ici. Qu'on retourne là-bas, c'est notre place !

Il se rembrunit et prend un ton sérieux :

— Tu n'as aucune idée de ce que peut être l'enfer…

Je le regarde, attendant la suite. Il se lève et commence à marcher dans la cuisine.

— Tu crois que c'est des vacances. Tu penses vraiment que tu pourrais supporter ça ! Mais ma pauvre, tu serais en bas de l'échelle, torturée avec tant de perversité que tu sombrerais dans une folie éternelle ! Quant à moi, je ne serais sans doute plus à la même place, tu vois… Ton sacrifice n'aurait aucun intérêt.

Il vient de poser les mains sur la table en l'ébranlant.

— Alors, hors de question !

Il se rassoit devant moi, et je me sers une autre tasse de café tout en disant :

— J'ai besoin de toi aujourd'hui.

Son visage s'illumine.

— Oui.

— Il faut que tu m'emmènes voir Mé.

— Ça ne m'enchante pas.

— OK, pas grave, je ferai du stop.

Il se lève avec nervosité en manquant de faire basculer la table.
Il va chercher ma veste, et, tout en me la lançant dessus, ajoute :

— Habille-toi ! On part dans cinq minutes !

Je lui souris.

35

— Je suis heureuse de te voir, ma chérie !
Mé est plutôt en forme malgré son bandage sur la tête.
Je m'approche d'elle pour la prendre dans mes bras. Tout en me serrant fort, elle regarde Abel entrer dans la chambre.
Elle me chuchote à l'oreille :
— Qu'est-ce qu'il fait là, celui-là ?
— Ne t'inquiète pas, c'est une longue histoire.
Nous nous lâchons, et je tire une chaise pour être proche du lit. Elle semble troublée par la présence de mon séduisant compagnon et lui tend le bras.
— Bonjour, Abel, on ne s'est pas présenté.
Mais il reste là sans bouger, les mains dans les poches.
Mé se ravise, elle vient de se faire ignorer.
— OK, super.
Elle le méprise en se tournant vers moi et commence à me parler de l'accident.
Quand tout à coup Abel lui coupe la parole, sa voix sonne comme un glas.
— Urielle, je t'attends dehors, ne traîne pas !
Je lui réponds sur le même ton :

— Va boire un café, ça va te détendre !

Il lance un râle et sort en claquant la porte.

Mé semble étonnée et presque amusée.

— Ben, dis donc, c'est électrique entre vous. Vas-y, je veux tout savoir.

— Il n'y a rien.

— C'est ça oui !

— Écoute, je n'ai franchement pas envie d'aborder le sujet. C'est assez confus dans ma tête comme ça. Parle-moi plutôt de toi, comment te sens-tu ?

— Bien, il paraît qu'on est tombées du pont et que quelqu'un nous a sortis de la rivière. C'est une chance.

— Oui, en effet.

— La police a refusé de me dire qui c'était. Tu es au courant toi ?

— Non, bien sûr.

— Je pensais que tu allais rester à l'hôpital toi aussi, mais visiblement tu n'as rien eu du tout.

— Tu as raison.

— Quelle histoire ! Tu sais qu'Emma et Lionel sont venus. Ils m'ont dit qu'ils s'inquiétaient pour toi. Ils sont allés te voir...

Elle lève les yeux au ciel.

— Mais je comprends mieux maintenant.

— Quoi ?

— Abel les a jetés dehors de façon très charmante, il paraît !

Je souffle, mais ne relève pas en décidant de changer de sujet.

— Tu dois rester ici combien de temps ?

— Je ne sais pas, vu mon état général, ils préfèrent me garder encore un peu.

Soudain, j'ai l'irrésistible envie de lui parler d'Ézéchiel.

— J'ai revu Ézéchiel.

Elle affiche une mine réjouie.

— Non ? C'est merveilleux.
— Pas vraiment en fait.
— C'est-à-dire ?
— Tu ne vas pas le croire.
— Allez ! Accouche !
— C'est le prêtre du village...

Elle ouvre la bouche de surprise et reste muette quand je continue :

— On comprend mieux pourquoi il ne voulait pas me contacter.
— Oui, c'est une tragédie.
— Le mot est fort, mais je suis d'accord avec toi.
— Et toi, tu te sens comment ?
— Mal. De le revoir, ça a été un choc. J'essaie pourtant de le chasser de ma mémoire.
— Mais il t'aime lui aussi ! Non ?
— Être avec lui, c'est illusoire.
— Je suis atterrée. Pourquoi il ne te l'a pas dit tout de suite ?
— Je n'en sais rien.

Elle me rassure en me prenant délicatement les mains.

— Des prêtres qui renoncent à la religion, ça existe.
— Je n'y avais pas pensé.
— Écoute, si vous devez être ensemble, ça se fera avec ou sans sa robe !

Elle éclate de rire. Je ne suis pas du même avis qu'elle.

— Arrête !
— Pourquoi ? Il est jeune, et s'il est fou de toi, il trouvera les moyens de changer les choses.

Étrangement, les mots de Mé me donnent de l'espoir. Nous restons un temps à parler de banalités quand la porte s'ouvre sans qu'on ait frappé.

C'est Abel, toujours aussi agréable...

— Tu viens !

Je lui lance un regard incendiaire.

— C'est bon, j'arrive !

Mé me contemple avec un sourcil vers le haut. Je lui mime avec la bouche un « stop » qu'Abel ne peut pas voir.

Elle se ravise et se tourne vers lui.

— Abel, j'ai été ravie d'avoir pu faire plus ample connaissance avec toi. Un vrai plaisir, il faudra qu'on se refasse ça très vite tant on a de choses en commun…

J'ai envie d'éclater de rire. Il la regarde en biais, les bras croisés, puis il me fait signe de me lever.

J'embrasse Mé et lui dis que je reviendrai bientôt. Je m'avance vers lui, et il me prend le bras pour me faire accélérer le mouvement. Je me retourne une dernière fois pour saluer à mon amie alors qu'il me tire vers l'extérieur.

Puis la porte à peine refermée, je fais un geste pour me libérer.

— Ça ne va pas, non ?

— On est pressés.

— Tu es pressé, pas moi !

— On a autre chose à faire, on doit aller voir quelqu'un.

36

La Maserati arrive en trombe dans un chemin sinueux. Abel stoppe la voiture devant une petite maison à la cheminée fumante.

Il sort et me dit de le suivre. Il frappe à la porte. Un vieil homme nous ouvre et nous invite à rentrer.

— Bonjour, je vous attendais. Prenez place, je vais me préparer.

Abel m'avance une chaise et s'assoit à côté de moi en face d'une table où je distingue des instruments que je reconnais.

Je me penche vers lui.

— Tu m'as emmené chez Madame Irma ?
— Pas Madame ! Monsieur. Maintenant, concentre-toi !

Avec le temps, je me rends compte que plus rien ne me paraît étrange. Notre voyant arrive avec des tarots et des herbes qui sont en train de brûler.

Leur odeur est âcre, je me mets à tousser.

Il prend la chaise en face de nous puis commence :

— Je demande aux esprits de venir à moi, je demande à ce qu'il n'y ait plus ni présent ni passé ou futur !

Il fait des ronds avec ses mains au-dessus de la fumée. On

attend un certain temps qu'il revienne vers nous quand il dit :

— Parlez, ils sont ici.

Son regard bleu est vide, comme s'il n'était plus dans son corps.

Abel se penche vers moi et me fait signe de poser une question.

— Quoi ? Mais qu'est-ce que je demande ?

Il chuchote, la bouche serrée :

— Demande-lui ton avenir.

— Mais je n'ai pas envie !

— On s'en fout, je ne peux pas le faire à ta place, et on en a besoin.

Je prends la parole plus fort :

— Bonjour, je souhaiterais connaître mon avenir.

Je n'ai pas de réponse immédiate, mais l'homme semble perdu dans une transe.

Il saisit des osselets, les lance et annonce :

— Vous êtes en danger. Je vois une forêt, une rencontre qui sera votre fin. Vous allez devoir vous battre et faire un choix. Une malédiction est sur vous. La lune noire viendra bientôt et vous emmènera dans les profondeurs de la terre. Vous allez devoir trouver des alliés inattendus qui pourront vous aider. Je vois le feu, je vois les flammes de l'enfer, un trône fait d'ossements.

Il semble percevoir des choses plus sombres encore. Des perles de sueur sont sur son front, il pâlit, balbutie des mots dans une langue inconnue et se met à hurler en tremblant :

— Vous avez la marque du diable sur vous. Vous êtes la catin des enfers et vous avez forniqué avec les démons !

Puis, dirigeant son doigt vers moi, il ajoute :

— Vous êtes une souillure !

Abel se lève d'un bond, je crois qu'il va le frapper. Instinctivement, je place une main sur son torse pour l'empêcher d'avancer.

Le vieil homme saisit un crucifix et le pointe vers lui, il a repris ses esprits.

— Allez-vous-en, Ange de la mort, vous et votre prostituée humaine...

Il recule devant l'objet en argent. Je le regarde sans trop savoir ce qui se passe et sans prendre bien conscience de ce que le médium vient de dire. Il me tire par la main et me fait sortir à toute vitesse.

La voiture démarre et quitte rapidement le chemin dans une marche arrière impressionnante. J'essaie de me remémorer les paroles du voyant. C'est vraiment terrifiant, et je me sens sale, personne ne m'a jamais traitée comme ça. Je suis toute blanche, affligée, et Abel le ressent.

— Je me doutais que ça allait dégénérer. Mais, au moins, on a quelques maigres informations.

Les mots se percutent dans ma tête : catin, souillure, prostituée... et je suis atterrée.

— Je suis désolé de ce qu'il t'a dit.

— Je suis donc une pute.

— Il a vu en toi la partie de ton père...

Je commence à crier :

— Mais aussi ta partie à toi !

Il conduit à vive allure puis, au bout de quelques secondes, ajoute simplement :

— Si j'avais pu imaginer toutes les conséquences, j'aurais tenté d'éviter de le faire.

— Oui, tu aurais pu te contrôler !

Alors son visage devient plus sérieux.

— J'ai quelque chose à t'avouer.

Il hésite un bref instant, puis continue :

— C'était plus fort que moi, lorsque je t'ai vue la première fois, j'ai eu terriblement envie de te posséder, avec ou sans ton autorisation. Ensuite, j'ai voulu te tuer, plus pour moi que pour Lucifer, pour me débarrasser de cette obsession qui me dévorait. Mais je me suis rendu compte que la seule idée de te perdre m'était insupportable. Quand je t'ai croisée chez Rose, j'ai senti que j'avais une emprise sur toi. Alors je suis venu à toi et j'ai délibérément choisi de trahir la promesse que j'avais faite à Lucifer parce que j'étais moi-même possédé par toi. Depuis, je te désire à chaque instant…

Il tourne son regard d'acier vers moi et me transperce.

— … tu es devenu mon supplice et j'ai tout perdu pour toi.

Je prends conscience peu à peu de cette déclaration et je baisse la tête, avouant doucement :

— Mais Abel, je ne t'aime pas.

Il freine brusquement et lance avec rage :

— L'amour n'a rien à voir là-dedans. C'est bien au-delà de ça !

— Je ne comprends pas.

— J'ai besoin de toi pour exister !

Alors tout paraît clair, son égoïsme me percute d'un coup.

— En fait, tu n'en as rien à faire de moi. Ce n'est que ta personne qui compte ! Ton plaisir, tes désirs, ta pauvre subsistance !

— Je suis ce que je suis. Je ne donne que lorsque j'y vois un intérêt propre.

— Je comprends maintenant pourquoi tu l'as fait.

Je me prends la tête et soulève mes cheveux vers l'arrière.

— Mais pourquoi je ne m'en suis pas rendu compte plus tôt ?

— De quoi tu parles ?

— Tu veux m'utiliser comme les autres, tu veux le trône de Lucifer !

Il ne dit plus rien et redémarre dans un crissement de pneus.

37

Ce soir, nous mangeons chez moi, l'un en face de l'autre, sans dire un seul mot. Il a besoin de moi pour le pouvoir, et j'ai besoin de lui pour me protéger. J'avoue avoir eu du mal à accepter le fait qu'il ne tenait pas à moi comme je l'imaginais.

À l'évidence, il semblerait qu'il y ait deux femmes en moi, mon côté démone est terriblement attiré par Abel, et mon côté humain aime profondément Ézéchiel. Je prends ma tête en coupe, car je suis perdue, et il faut que je me concentre sur autre chose.

Je tente d'entamer une conversation.

— Abel ?

— Oui.

— Tu peux me dire ce que tu as compris du message du médium.

— Il a prédit une rencontre dans une forêt qui va mal se passer.

Je me demande si c'est le bon moment pour lui parler d'Ézéchiel. Dans tous les cas, il vaut mieux jouer franc-jeu maintenant, je décide finalement de lui dire :

— Il faut que je te parle d'une chose que tu ne sais pas.

Il se cale au fond de la chaise et attend avec impatience la suite, les bras croisés.

— Le prêtre, Ézéchiel...

J'hésite un moment puis il s'approche, les yeux plus perçants que jamais.

— Continue, tu m'intéresses là !

— Je le connais depuis des années, mais je n'étais pas au courant qu'il était entré dans les ordres. Depuis que je suis ici, je l'ai vu à trois reprises. Une fois devant la maison, l'autre avant-hier à l'église...

Son visage se crispe, je sens qu'il va me crier dessus, mais j'ajoute :

— Laisse-moi finir... Et une dernière fois dans la forêt, il...

— Il quoi ?

— Il m'a dit qu'il m'aimait...

J'attends une réaction de sa part, il semble réfléchir.

— Et tu veux être avec lui, je suppose.

Mon silence est un aveu. Il se lève et me toise de son courroux.

— Alors je sais ce qu'il me reste à faire.

— Quoi ?

— Le supprimer de l'équation.

Je lui prends le bras et commence à hurler :

— Si tu fais ça, je te jure que je me suicide !

Il attend quelques secondes puis se rassoit en me souriant nerveusement.

— Bon, on a un problème là !

— Oui.

— Tu peux me dire pourquoi c'est lui ?

— Je ne sais pas, c'est comme si c'était écrit.

Son visage semble tout à coup se contracter.

— Tu viens bien de dire « comme si c'était écrit » ?

— Oui.

— Alors je te confirme, on a un problème...

Abel est resté silencieux pendant plus d'une heure, il envoyait des textos, il en recevait.

De mon côté, je me suis demandé s'il ne fallait pas qu'il me prépare à cette lune noire. Quitte à combattre, autant être entraînée ! Je fixe le calendrier, et je me rends compte que la prochaine sera là dans sept jours.

Je m'approche de lui et le sors de ses messages.

— Peux-tu m'apprendre à me battre ?

Il me regarde comme s'il venait d'entendre une insulte, puis me toise avec arrogance en esquissant un petit rire mesquin.

— Non, ce n'est pas possible.

— Pourquoi ?

— Parce que tu as beau être mi-démone, tu n'en restes pas moins mi-humaine. Tu n'as visiblement aucun don. Tu es faible et inefficace ! De toute façon, ce soir on a rendez-vous. Je cherche des alliés de taille pour nous aider.

— Comment ça, il y a d'autres démons sur terre ?

— Évidemment, c'est leur terrain de chasse, mais je ne crois pas qu'ils soient de notre côté.

— Alors là, je ne comprends pas.

— Ils vont de toute évidence s'en prendre à nous.

— OK, tu penses à qui pour nous venir en aide ?

— À des mages noirs.

— Des quoi ?

— Il n'y a pas que les exorcistes qui peuvent blesser les démons.

Il se met à rire.

— Tu vois l'ironie de l'affaire, c'est que pour avoir le pouvoir d'atteindre un démon sur terre, il faut faire un pacte avec Lucifer.

— C'est étrange.

— Oui, en échange de quoi, ils perdent leur âme et finissent en enfer avec ceux qu'ils ont anéantis. Une âme prise par Satan est une âme volée à Dieu. Peu importe les moyens pour y arriver.

— Mais la magie blanche alors ?

— Foutaises ! Et la rouge n'en parlons pas, c'est du pain bénit pour lui. Je dois rencontrer trois mages assez puissants ce soir, tu vas venir avec moi.

— Où ?

— Au club.

Je me mets à rire à gorge déployée, ne le prenant pas au sérieux. Tout en pouffant, j'ajoute :

— C'est quoi, une sorte de temple de la débauche pour anges déchus et mages noirs ?

— Tu ne crois pas si bien dire. Le patron est un de ces mages noirs en question, je le connais bien et il connaît aussi très bien Lilith, figure-toi !

Je m'arrête instantanément.

— Pourquoi m'as-tu amenée là-bas la dernière fois ?

— J'avais besoin qu'il m'aide à supprimer le contrôle de Rose sur toi, mais elle est trop puissante. Va t'habiller, je reviens dans trente minutes.

Je lui fais un signe de tête et monte dans ma chambre.

Tout en me maquillant, je me demande bien comment va se passer la soirée, si je vais me retrouver au milieu d'un rituel magique sacrificiel avec bougies et autres joyeusetés.

De toute façon, ai-je le choix ? Dans sept jours, nous allons affronter Lilith, et elle ne sera sans doute pas seule.

Je suis prête, j'ai enfilé une jupe moulante courte en cuir et un haut rouge sang qui dévoile les courbes de ma poitrine. J'observe mon œuvre, je me trouve de circonstance, et je suis curieuse de savoir comment Abel va se présenter. Inutile de dire que j'ai choisi avec une forme d'ironie mes habits, j'ai même pensé à sa tête quand il me verra. Je mets mes talons aiguilles vermillon et me demande s'il ne manquerait pas des bas résille à cette tenue provocante ! Ce serait tout de même un peu trop... mais j'éprouve maintenant un certain plaisir à le défier.

Quand on parle du loup, le voici en train de maugréer au rez-de-chaussée.

— Urielle ! Tu te bouges !

— J'arrive !

Je le vois déjà pester, et ça me plaît. Je me contemple une dernière fois dans le miroir et commence ma descente vers le salon. Il est en bas des escaliers et porte un costume gris anthracite. Il est monstrueusement séduisant, son regard est d'un noir brillant. Il a les mains dans les poches de sa veste. Je prends mon temps à chaque marche, et je me dis que cette tenue est une mauvaise idée lorsqu'il me dévisage avec envie.

Je sens que sa respiration est plus lente, plus profonde. Arrivera-t-il à se contrôler finalement ? Il ne me quitte pas du regard et je me surprends à faire de même tant cet homme m'hypnotise.

Je suis à sa hauteur, il n'ouvre pas la bouche et me présente son bras. Nous sortons sans prononcer un mot, et je me demande si je ne devrais pas remonter pour enfiler un jogging tant je suis cramoisie maintenant.

Une fois que nous sommes dans la voiture, il fixe la route sans se tourner vers moi. Comme à son accoutumée, il roule à grande vitesse, mais je n'ai étrangement plus peur, connaissant sa nature. Nous arrivons rapidement au club, et j'éprouve une pointe d'excitation lorsque nous y pénétrons. Il y a toujours cette hystérie autour de lui. J'hésite un temps, car je me souviens de ces hommes qui ont cherché à m'agresser. Abel le pressent, se penche et me chuchote au creux de l'oreille :

— Je suis là.

Son souffle effleure ma nuque comme de la soie. Cette promiscuité me procure des sensations incroyables, je me remémore cette dernière nuit quand il est tombé à côté de moi pour ne plus se relever, nous étions ivres l'un de l'autre.

Je ferme les yeux… je ne me rends pas compte que je respire son odeur comme une drogue depuis quelques secondes.

Il me murmure avec sensualité :

— Calme-toi, ce n'est pas le moment…

Cette phrase me réveille d'un coup, et je m'en veux d'être tant attirée par lui.

Je me concentre sur les gens et attends ses instructions, puis il me fait signe de le suivre. À la table de la dernière fois, il y a deux autres personnes. Une femme grande et magnifique, ses cheveux blonds ondulent de chaque côté de son visage. À sa droite, un homme de large stature affiche une décontraction évidente. Abel me présente, et les deux mages se lèvent pour nous saluer.

— Urielle, voici Morgane et Ténébram.

Je leur tends la main à tour de rôle.

— Enchantée.

Ils me font un signe de tête et se rassoient.

Le mage appelle sa serveuse d'un geste.

— Une bouteille de whisky.

C'est la même que la dernière fois, elle est toujours déstabilisée quand Abel joue avec elle, et je n'apprécie pas du tout ça.

Le patron nous sert généreusement tout en parlant.

— On va boire avant de passer aux choses sérieuses. Nous avons besoin de clarifier quelques points.

Abel acquiesce tout en avalant sa première gorgée. Morgane est très sensuelle, et je pressens bien qu'elle aimerait conclure rapidement avec lui, si ce n'est pas déjà fait ! Ses genoux se frottent à lui, ses regards sont explicites, et il paraît apprécier en lui rendant ses œillades. Dans cette ambiance très curieuse, je commence à perdre pied. Et si je m'étais mise dans une mauvaise situation encore une fois ? Si je m'étais fait manipuler ? Je ne me sens plus vraiment en sécurité dans cette atmosphère.

Tout à coup, le whisky me laisse un goût étrange dans la gorge.

Une sueur froide perle sur mon front quand une main se pose sur mon épaule. Je sursaute.

C'est Natacha. On dirait qu'elle passe toutes ses soirées ici ! Très bizarrement, je suis heureuse de la voir tant j'avais besoin de trouver une forme de normalité. Je me lève.

— Salut, Natacha, comment vas-tu ?

— Bien, et toi ? On ne te voit pas souvent en ce moment ?

— Non, c'est vrai.

Elle me prend la main.

— Viens, je vais te présenter à mes amis.

Je la suis et les quitte sans remords. Je sens bien que dans cette future conversation je serais de trop.

J'avance entre les personnes qui dansent. J'arrive à l'opposé de la salle et une table pleine d'invités m'accueille. Natacha prend la parole :

— Chers tous, voici Urielle, une amie d'enfance.

Je suis surprise par le mot « amie ». Mais j'accepte sans m'en préoccuper, trop heureuse de changer d'air à vrai dire. Elle me donne les noms des personnes présentes, mais je les oublie aussi vite. J'apprends que c'est son anniversaire ce soir, ce qui explique ce regroupement festif.

Quelques minutes passent, et je suis en train de faire connaissance. Un jeune homme trinque avec moi, visiblement en mode séduction, quand Abel s'avance devant nous. Il est très déroutant, vu d'en bas, il semble irrité et paraît encore plus sexy.

Il est froid quand il me lance avec autorité :

— Urielle, viens !

Son ton est si sec que toutes les personnes se taisent pour voir ma réaction. Comme un fait exprès, un stroboscope se met en route au moment où je me lève pour lui dire fermement :

— Non !

Il s'approche de moi, il veut m'impressionner.

— Je ne te demande pas ton avis, tu viens, c'est tout !

Mais je ne me démonte pas.

— Je reste ici ! Je crois que tu dois parler sérieusement et comme je suis « infirme et inefficace », je préfère profiter de la soirée avec mes amis.

Natacha sirote son cocktail, les yeux écarquillés, comme si elle attendait un moment croustillant. La tension s'élève dangereusement entre nous. L'espace d'un instant, je perçois sa colère, mais il sait qu'il ne risque pas de me faire changer d'avis.

Je jette un rapide coup d'œil à Morgane et Ténébram, qui patientent en bas d'un escalier menant à l'étage. Ils lui font signe de venir, le temps presse pour eux. Il hésite clairement à me forcer, mais se ravise, sentant probablement que cela ne servirait à rien, mis à part de faire un esclandre en public.

Il se penche vers moi, la mâchoire plus que jamais serrée.

— À quoi tu joues là ?

Je lui réponds du tac au tac :

— Le même jeu que toi !

Il comprend que je parle de Morgane, mais ne veut pas rentrer dans la discussion, alors il me menace :

— Tu as intérêt à rester dans les parages. Je risque d'en avoir pour un bon moment.

Je croise les bras et le toise avec une moue provocatrice.

— Oui, j'imagine…

Il ne relève pas, tourne les talons, puis se dirige vers les escaliers. Morgane me jette un dernier regard satisfait avant de fermer la porte derrière eux. Je souffle, mais je suis terriblement énervée, il ne faut sans doute pas s'attendre à autre chose d'un ange noir. Chassez le naturel, il revient au galop… et après ce qui s'est passé entre nous, je ne vois pas pourquoi je me gênerais pour le remettre à sa place.

Je ne suis pas sa chose !

38

Je décide de passer une bonne soirée et j'avoue qu'un peu d'humanité me fait le plus grand bien. Natacha est plutôt sympathique, ses amis célibataires sont prévenants avec moi. Nous dansons, et je tâche de ne pas partir en transe comme la dernière fois. Pour l'instant, tout se déroule à merveille, et pas de nouvelles d'Abel.

Je profite, je bois, j'en oublie presque tous mes problèmes, le principal étant lui d'ailleurs…

Cela fait trois heures que je suis avec le groupe, quand Natacha me parle d'un feu d'artifice qui sera lancé de chez elle. Elle me propose de venir avec eux et de finir la nuit dans sa grande maison. Elle n'habite qu'à deux kilomètres. J'hésite, mais prise par la folie de tous les autres et tout de même un peu saoule, je lui dis :

— Attends, je vais prévenir Abel. Je reviens.

Je me retrouve devant les escaliers, mais un vigile m'empêche de passer.

— Non, désolé, c'est privé.

— Mais je connais un ami qui est monté tout à l'heure.

— J'ai des ordres.

Ce n'est pas vrai, je regarde le groupe, et ils sont déjà en train de sortir.

— Pouvez-vous lui donner un message quand il descendra ? Dites-lui que je suis chez Natacha.

Je prends un papier et note l'adresse.

Je crois qu'il ne va pas apprécier, mais la lune noire ne sera là que dans sept jours… autant que j'en profite avant. D'autant que je suis sûre qu'il ne se gêne pas !

Je quitte la boîte et monte dans le coupé de Natacha. Je me rends compte qu'on est tous bien amochés, c'en est presque limite, les véhicules klaxonnent, on rit pour un rien.

Nous arrivons rapidement chez elle, et c'est une sublime maison en effet. Je sors de la voiture, je manque de tomber et me rattrape en éclatant de rire. J'ai, semble-t-il, un peu abusé. Des artificiers nous attendent pour lancer le feu. On chante des « joyeux anniversaires », un DJ est là pour finir la soirée jusqu'au bout de la nuit.

Natacha a tout prévu, il y a une piste de danse, je suis légère et je profite de ce moment de normalité.

Puis le jeune homme de la boîte me propose de le suivre. Je suis euphorique et me retrouve rapidement devant un lavabo. Il me fait une ligne de poudre blanche et me tend une sorte de paille. Je le regarde en lui disant non de la tête. Il essaie de me forcer, mais je n'en ai aucune envie, je quitte la pièce, le laissant seul. J'ai du mal à faire la mise au point, il faut que je boive un verre d'eau. Je prends à droite et arrive dans la cuisine, où un couple s'embrasse, elle est en soutien-gorge. Je renonce à me désaltérer, referme la porte et continue mon parcours jusqu'à sortir à l'extérieur. Je suis dans une petite cour qui mène à une sorte de parc arboré. Je respire profondément, l'air frais me fait du bien. Je m'avance doucement, car il me semble percevoir une lumière, c'est à cet instant que Natacha apparaît avec un flambeau, il y a trois personnes avec elle.

Elle titube.

— Venez tous, je vais vous montrer notre labyrinthe !

Un labyrinthe ? Je m'approche de cette petite lumière que je voyais, elle marque l'entrée. Je n'ai jamais fait ce genre d'expérience. Tout le monde se précipite, et Natacha en profite pour ajouter :

— On a caché un objet au centre, le premier qui le trouve remporte un joli cadeau !

Toute l'assemblée pousse des cris de joie et commence à entrer dans les allées. Les téléphones servent de torches.

Alors je me prends au jeu, je fonce et décide de partir à droite. Nous sommes nombreux, mais rapidement tout le monde s'éparpille.

Je ne vois maintenant que des lumières de temps en temps, il y a occasionnellement de petits gloussements. Je ne me doutais pas que c'était si grand. Lorsque je n'entends presque plus personne, je commence à regretter de n'avoir pas suivi les autres. La peur prend possession de mon corps, je ralentis et suis à l'affût du moindre bruit suspect. Je ne suis vraiment pas à l'aise toute seule ici...

Soudain, j'aperçois une lampe et, rassurée, je me mets à courir dans sa direction. Je m'approche, mais elle ne bouge pas et semble au sol. Quelqu'un est bien là, mais il est allongé sur le côté, le téléphone dans sa main éclairant vers le haut. C'est une fille, je m'accroupis et la regarde. Elle a les yeux fermés et paraît être inconsciente. Je la secoue en lui parlant quand j'entends comme un grincement derrière moi.

Mon cœur tape plus fort lorsque je me retourne lentement, il y a quelque chose d'anormal. Je pointe le faisceau dans cette direction, mais la lumière est absorbée. Je ne suis pas seule, mais l'ombre ne bouge pas. Je tente d'habituer mes pupilles à l'obscurité en baissant légèrement la torche. Je ne perçois rien, mais j'entends une sorte de respiration rapide. Alors, nerveusement, je monte le rayon vers l'avant, j'ai le cœur qui va exploser.

Je vois tout doucement une forme se dessiner et le temps de comprendre qu'il s'agit d'un animal au pelage noir, je cours dans l'autre sens. Je sens qu'il est sur mes pas, il est véloce. Je suis toujours dans le labyrinthe, je vais au hasard, tantôt à gauche, tantôt à droite, il faut que je sorte d'ici. On me pourchasse et on dirait qu'il n'y a plus personne…

Au fil des secondes, je perds de la vitesse. Je suis tombée dans un piège et je n'arrive pas à trouver l'issue, c'est infernal. Je ralentis dangereusement, car je suis à bout de souffle.

Soudain, je prends une autre direction et me retrouve devant une sorte de crypte ronde en pierre. Cela doit être le centre, et je me précipite à l'intérieur en descendant quelques marches. Je ne suis pourtant pas à l'abri, car malheureusement pour moi, il n'y a pas de porte. Je cherche de quoi me protéger, lorsqu'un grondement s'élève derrière moi. Je fais volte-face et, de frayeur, je lâche mon téléphone qui tombe et s'éteint immédiatement.

Je suis dans l'obscurité la plus totale, dos au mur de pierre, et l'animal arrive vers moi en crachant quelques feulements menaçants. Je suis perdue, il va me tuer.

Je me mets à trembler comme une feuille des pieds à la tête, les pas continuent à avancer avec lenteur dans la nuit du petit édifice. Je regarde la porte que je ne peux atteindre et pense à mon ange. Dans un sanglot de peur, je murmure :

— Abel, j'ai besoin de toi.

Je reste comme cela en attendant que la bête termine son travail. Elle est devant moi et semble énorme, sa tête arrive au niveau de la mienne. Au même moment, je perçois une autre

présence, tapie dans le noir. Elle est plus humaine qu'animale…
C'est Lilith !
Le fauve s'approche encore plus, je tourne mon visage en fermant les yeux. Je sens son museau à quelques centimètres de ma joue. Il attend quelque chose, un ordre. Le temps passe, je suis toujours face à lui, il me garde à sa merci comme un cerbère, quand soudain j'entends un cri féminin venant du fond du labyrinthe :
— Urielle !
L'espoir me fait instantanément répondre :
— Je suis là !
J'ai réveillé la bête, qui me saute dessus et me fait basculer. Ses crocs sont aiguisés, son haleine sent la mort. Elle est sur moi et s'apprête à me mordre à la gorge comme dans mon cauchemar.
Je hurle de terreur en essayant de la repousser.
Tout à coup, une force soulève l'animal et le projette vers l'arrière. Je comprends que c'est lui, dans cette obscurité on entend des coups violents, des craquements, des objets qui se cassent. L'affrontement est délirant et semble ne jamais s'arrêter. Je reçois des morceaux de bois, des pierres que j'évite comme je peux. Les deux assaillants sont rapides et veulent combattre jusqu'à la fin. Des corps percutent les murs, le sol, des roches se brisent. C'est interminable, je tente de regarder, mais je ne vois rien, j'entends juste les collisions et imagine la scène qui est sauvage.
Soudain, la bête hurle comme un loup, le son est assourdissant, si bien que je plaque les paumes sur mes oreilles. Puis plus rien, je ne sais pas qui a réussi à vaincre l'autre. Ce calme revenu est angoissant, et nous sommes toujours dans l'obscurité.
Quand une main vacillante me saisit, je pousse un cri de panique. À ce moment-là, deux personnes arrivent en éclairant la crypte. Ils sont en contre-jour, mais je reconnais Morgane et

Ténébram. Mon cœur s'apaise lorsque je vois le visage d'Abel qui me sourit, il est face à moi et reprend sa respiration. Il me protège de son corps. Je le contemple, il est en sueur et ne semble pas avoir été blessé, mais il est clairement épuisé. Il me regarde avec insistance, mais ne paraît pas en colère. J'ai si honte de l'avoir mis dans une telle situation…

Je vais pour me jeter dans ses bras quand soudain, une forme sort de l'ombre.

Elle s'est déplacée dans une vitesse prodigieuse et se propulse sur lui. Je n'ai pas le temps de le prévenir.

Une fine lame vient de lui transpercer l'épaule et s'arrête à quelques centimètres de mes yeux. La tête d'Abel est catapultée vers l'arrière.

La dague ressort presque instantanément alors qu'un rire machiavélique s'élève.

Son corps chancèle, il commence à trembler, il va s'écrouler. L'expression de douleur est visible sur son visage.

C'est Lilith, je la vois, elle n'est plus une tendre et touchante petite vieille. Elle est sauvage et venimeuse comme un serpent. Abel me regarde en souffrant, je suis désespérée, je pose la main sur sa plaie ouverte couverte de sang, la sienne est maintenant accrochée sur le mur pour qu'il ne chute pas. Il tente encore de me protéger d'elle.

Puis il ne peut plus résister, il commence à glisser, j'essaie de le soutenir comme je peux, mais il est trop lourd pour moi, il tombe à genoux.

J'entends alors les deux mages invectiver la sorcière et entamer des incantations en langues inconnues. Ils ferment les yeux en continuant à descendre tranquillement devant elle, les bras formant des cercles. Elle réagit brutalement et recule. Elle s'approche d'eux pour les déstabiliser puis, voyant qu'ils ne lâchent rien, les insulte avant de les pousser dans un geste violent.

Elle franchit la porte pour disparaître dans un hurlement de rage.

Tout devient calme, et je regarde au sol. La bête a changé maintenant, on dirait un chien. Il est beaucoup moins impressionnant et gît dans une mare de sang.

Abel semble gravement blessé, il est toujours à genoux devant moi. Je tombe à sa hauteur, j'ai peur pour lui et m'en veux terriblement. Je lui prends le visage entre les mains, nous nous regardons comme dans une inquiétude mêlée de soulagement. Je mets mes bras autour de lui et murmure :

— Pardon ! Pardon ! Pardon !

Il esquisse un sourire néanmoins et me répond avec douceur :

— Je ne peux vraiment pas te faire confiance.

— Je ne pensais pas qu'elle allait venir.

— Tu ne m'écouteras donc jamais.

Il s'assoit, dos au mur de pierre, en soupirant pour atténuer son mal, il a la main droite sur la plaie.

Les deux mages accourent et constatent les dégâts.

Ténébram est tourmenté.

— Il faut l'emmener tout de suite ! Il a été touché par une lame de l'enfer.

Morgane intervient en me regardant droit dans les yeux :

— Urielle, Késabel t'avait demandé de rester au club ! Tu nous as tous mis en danger par ta négligence et ton irrespect.

Je me lève et me plante devant elle.

— Quoi ? Tu peux répéter ?

Le mage se place entre nous.

— Du calme, ce n'est franchement pas le moment. Aidez-moi, ma voiture est garée derrière.

Je me tourne vers lui.

— Il faudrait savoir juste comment sortir de là rapidement !

Elle lance, sûre d'elle :

— Suivez-moi !

39

Abel arrive à se lever et à marcher presque tout seul, mais sa blessure semble anormalement ouverte. Il perd beaucoup de sang.

Nous avançons dans les allées et, de temps en temps, nous voyons des corps allongés, ils sont juste assoupis. Morgane avait raison, nous sommes sortis du labyrinthe rapidement. On a entendu des voix presque au même moment, tous se demandaient ce qui s'était passé. Des rayons lumineux commencent à bouger, et les invités continuent leur quête comme si de rien n'était.

La voiture est spacieuse, et il est assez aisé de placer Abel à l'arrière. En peu de temps, nous nous retrouvons derrière le club. Ténébram ouvre une porte de service et, après avoir vérifié qu'il n'y a personne, nous fait signe. Nous descendons dans une sorte de cave. Le propriétaire des lieux allume, il y a un autel, des bougies, un pentagramme au sol...

— Viens t'allonger ici, que je puisse regarder.

Abel avance péniblement et s'affale sur une banquette rouge.

Morgane commence à lui enlever sa chemise, ce qui ne me plaît pas du tout. Sa plaie est devenue bleue tout autour, on dirait que ses veines se gorgent d'un poison.

Ténébram prend le temps de l'observer et va chercher un grimoire avec de deux serpents qui s'entrelacent. Il lit en tournant les pages rapidement, puis fait non de la tête.

— Je n'ai jamais fait ça.

Abel trouve la force de parler, il transpire à grosses gouttes.

— Essaye, on n'a pas le choix.

— Oui, mais je ne sais pas si j'en suis capable.

— Vas-y !

Il va chercher des ustensiles, des potions, des objets de culte et commence un rituel.

Morgane me pousse vers la sortie et me demande de venir avec elle. Je n'ai absolument pas envie de les laisser, mais son regard est si menaçant que j'obtempère. On se retrouve à l'extérieur, je sens qu'elle a besoin de vider son sac.

— Urielle, j'ai accepté ce job pour Késabel et non pour ta petite gueule, alors reste à ta place !

— OK. Le message est passé.

— Parfait !

— En revanche, je t'interdis de me reparler sur ce ton ! Tu ne sais pas qui je suis…

Elle éclate de rire.

— Bien sûr que je sais qui tu es. S'il ne tenait qu'à moi, je me débarrasserais de toi, vite fait.

— Tu signerais ton arrêt de mort, ma belle !

Elle me scrute de toute sa hauteur, et je ne la quitte pas des yeux.

— Viens boire un verre d'eau, ça va nous calmer, ajoute-t-elle.

Nous nous retrouvons dans le club, il est maintenant fermé. L'ambiance est particulière quand il n'y a plus personne et, tout en buvant une gorgée fraîche, je me demande comment se passe le rituel.

— On ne pourrait pas descendre pour voir.

— Non, on attend.

Nous restons encore quelques minutes lorsque je décide de m'allonger. Je m'assoupis comme un enfant.

40

Quelqu'un me sort de mon sommeil. J'ai dû dormir au moins deux heures. Morgane est là avec Ténébram, ils paraissent déroutés. Le temps de reprendre mes esprits, je sais qu'il y a quelque chose qui ne va pas.

— Qu'est-ce qui se passe ?
— C'est Késabel.
— Quoi ?
— Je n'arrive pas à retirer la malédiction. Son corps terrestre est en train de mourir.
— Je ne comprends pas.

Morgane me dévisage comme si j'étais une idiote.

— Il va retourner en enfer dans quelques heures.

Je viens enfin de percuter, alors je cède à la panique.

— Non ! Il faut trouver une solution. Un médecin ?
— C'est au-delà de toute médecine. Le mal n'est pas d'ici.

On se regarde tous les trois. Je suis livide, ils sont inquiets et cherchent comment endiguer le processus. Je ne peux pas le perdre, je dois le voir tout de suite ! Je me mets à courir pour descendre le rejoindre. C'est un cauchemar, il ne peut pas mourir. Dans ma frayeur, je prends conscience que j'ai terriblement besoin de lui…

Quand je m'approche d'Abel, il est presque dans le coma. Je pleure tant cette vision est tragique. Il a un bras qui pend, sa paume sur la moquette. Il est blanc, ses veines sont saillantes, sa respiration lente et difficile. Il est en train de partir à petit feu.

Je viens vers lui et lui prends cette main pour la redresser. Il ouvre les yeux, ils sont injectés de sang, et il murmure péniblement :

— Ne t'inquiète pas, on se retrouvera. Mais j'espère, pas trop tôt pour toi…

Je suis en larmes, je me blottis contre lui.

— Non, tu ne peux pas me laisser comme ça !

— J'ai demandé aux mages de te venir en aide quand Lilith sera là.

— Je t'en supplie, tu ne dois pas mourir.

— Ténébram a tout essayé, il faudrait maintenant un miracle.

Soudain, je me redresse, et mon visage s'illumine. Tout en me dirigeant vers la sortie, je lance :

— Je reviens !

Je bondis hors de la cave et entre dans le club.

— J'ai besoin d'un chauffeur, tout de suite !

Quatre yeux se retournent vers moi. Sans la moindre hésitation, Ténébram se précipite pour prendre sa veste et ses clés. Nous montons dans la voiture, à peine ai-je le temps de fermer la portière qu'il démarre.

Il roule à vive allure, et je le guide. Je sais où je vais, et nous sommes rapidement au centre du village. Je lui demande de s'arrêter et de rester dans le véhicule.

Je me dirige avec hâte devant une maison et commence à tambouriner. On dirait qu'il n'y a personne, aussi je frappe plus fort. Je suis essoufflée, puis j'entends quelqu'un qui arrive précipitamment, mon cœur s'emballe dans l'instant. La porte s'ouvre, et je lance comme un éclair :

— Ézéchiel !

Il est déstabilisé par ma présence, alors j'ajoute, sans lui laisser le temps de réfléchir :

— C'est le prêtre que je viens voir…

Il est surpris, mais ne cherche pas à en savoir plus. Il me suit en courant vers la voiture. Durant tout le trajet, personne n'ose parler. Je sens bien qu'ils se connaissent, mais que tout un monde les sépare. Sa présence à côté de moi est presque douloureuse, mais j'évite d'y penser. Je crois qu'il ne cherche pas à me regarder pour la même raison. Je serre mes mains entre elles, j'ai tellement envie de le toucher.

Ténébram n'a pas traîné, et nous arrivons déjà devant le club. Nous sortons de la voiture et courons en direction du sous-sol.

Quand Ézéchiel pénètre dans la salle, il marque un temps d'arrêt. Il regarde tout autour de lui, cela devient clair pour lui. Il n'est pas du tout à sa place, mais il comprend l'enjeu de sa présence lorsque ses yeux se posent sur le corps mourant d'Abel.

Alors il s'avance lentement et le dévisage de toute sa hauteur. Son visage se ferme, et il se tourne vers moi dans un geste sec. Il est plus beau que jamais, mais ne cache pas sa colère.

— Tu crois que j'ai envie de lui sauver la vie !

Je m'approche.

— Je t'en supplie, ne te fie pas aux apparences.

— Il est tout ce que je combats depuis tant d'années.

Il est grave, et ses yeux vairons semblent briller de l'intérieur. Alors je me mets à genoux et lui prends les deux mains. Abel regarde la scène, il respire plus fort, je sens qu'il n'apprécie pas que je sois obligée de me rabaisser comme cela.

— S'il te plaît, tu ne connais pas les vraies raisons. Aide-le.

Je suis à ses pieds comme si je lui demandais de venir à moi pour me sauver de moi-même. Ses yeux font des allers-retours entre Abel et moi. Il comprend qu'il s'est passé quelque chose entre nous. Puis il finit par diriger ses pupilles vers les deux mages noirs qui sont au fond de la pièce. Je suis toujours à genoux, il hésite et inspire profondément en plongeant ses iris dans les miens.

— Lève-toi. Je vais voir ce que je peux faire.

Il examine la plaie et demande à Ténébram de venir.

— Dites-moi ce qu'il s'est passé.

— C'est une lame forgée dans les enfers. Il a été transpercé cette nuit par Lilith.

Il affiche sa surprise.

— Lilith ? Elle est là ?

— Elle est ici depuis des années, elle attend de pouvoir agir.

— Je vois que vous avez essayé de faire quelque chose.

— Oui, un rituel noir.

Il sourit en coin en glissant un regard méprisant sur lui.

— Évidemment... des résultats ?

— Aucun. La puissance de Lilith est trop forte.

Il ne semble pas surpris et ajoute :

— Voyons ça. Amenez-moi de l'eau, du sel, de l'huile et un pic à glace !

Il retire sa croix pour la prendre dans la main gauche.

Cette vision est tellement étrange. Je contemple Ézéchiel dans sa préparation et je suis envahie de sensations contradictoires.

On lui donne ce dont il a besoin, et il commence à bénir les objets. Il connaît les textes par cœur, ils sont en latin. Il les récite très vite, si bien qu'il est difficile de comprendre quoi que ce soit. Les mages restent éloignés pendant que je suis sur le côté, moi-même à bonne distance.

Puis il se tourne vers nous et annonce avec détermination :

— Je vais commencer, cela risque d'être violent. Surtout, n'intervenez pas quoiqu'il arrive...

Alors il entame l'exorcisme par quelques prières, et le corps d'Abel réagit tout de suite : des soubresauts, des tremblements, des mouvements nerveux. Ézéchiel sait ce qu'il fait, il brandit la croix, puis il prend de l'eau bénite et asperge la blessure.

D'un coup, Abel se relève, il a les yeux exorbités et saisit le prêtre par la gorge.

Ce dernier continue avec un sang-froid incroyable :

— Quel est ton nom ? Je te l'ordonne !

L'ange noir se crispe et lâche son emprise comme s'il venait de recevoir un coup virulent.

— Non, saleté d'esclave. Je te hais.

— Quel est ton nom ?

Dans un râle de bête, il répond :

— Je suis Késabel, le deuxième de la révolte.

Ézéchiel est impressionnant et imperturbable.

— Késabel, je te demande de glorifier notre Dieu.

— Jamais, espèce de pourriture humaine ! Je vais te faire souffrir. Je vais manger tes entrailles et brûler tes églises !

Le prêtre ne relève pas et continue ses prières en ne le quittant pas des yeux. Il est face à Abel, qui se tord, hurle comme un animal.

Je le regarde en frémissant d'angoisse, c'est inouï. On ne dirait plus la même personne tant il est devenu diabolique. Il est comme possédé, et crache des injures à tout va. Quand il cherche à saisir Ézéchiel, celui-ci parvient à le repousser par des mots criés avec puissance et détermination.

Puis Abel se place au sol comme une araignée et commence à changer d'attitude. Il est plus calme et reste un moment silencieux, comme pour préparer une riposte. Soudain, il le provoque tout en rampant comme une bête.

— Je sais ce que tu caches, prêtre !

Il hurle en se relevant doucement tout proche de lui. Les deux hommes sont l'un en face de l'autre. Abel toise Ézéchiel de toute sa haine et ajoute, assez fort pour que tout le monde puisse entendre :

— Tu as trahi ta parole, tu es un mensonge, tu as rompu tes vœux ! Tu aimes une femme !

Je frémis, je regrette maintenant de lui avoir parlé. Le coup fait son effet, Ézéchiel semble perdre pied en reculant d'un pas. Alors, Abel ne s'arrête pas, vocifère et continue à vouloir le soumettre :

— Tu es faible comme un vermisseau. Tu ne peux rien contre la grandeur d'un ange ! Prosterne-toi devant moi, homme d'Église !

Il s'approche de lui et le fixe droit dans les yeux, ils ne sont qu'à quelques centimètres l'un de l'autre. J'ai peur de ce qu'il pourrait se passer tant il n'est plus lui-même. La tête penchée vers lui, il continue avec une joie non dissimulée :

— Je connais cette femme que tu convoites ! Je l'ai prise, je l'ai goûtée, je l'ai possédée comme personne ne l'a jamais fait. J'ai fait tout ce que tu ne feras jamais avec elle. Elle a aimé cela et en a redemandé tant elle me voulait en elle !

Ézéchiel devient livide d'un coup, son visage change, le doute est en lui. Ces paroles le déstabilisent. Il recule encore quand Abel recommence plus fort, les bras menaçants :

— Prosterne-toi devant moi !

Le temps paraît suspendu. Ils se jaugent, ils attendent le bon moment pour attaquer.

L'ange serre doucement les poings et se prépare pour frapper, quand dans un geste venu de nulle part, Ézéchiel enfonce le pic à glace recouvert d'huile bénite dans la plaie béante. Un assourdissant grondement sort de la gorge d'Abel, son corps se plie vers l'arrière comme un arc avant de s'effondrer sur le sol. Il est inconscient.

Plus rien ne bouge.

Je suis mal à l'aise dans ce calme subitement revenu. Morgane et Ténébram sont comme moi, la bouche ouverte, incapables de dire un mot. Ézéchiel est debout et contemple Abel un bon moment, impassible.

Puis il se met à respirer avec force et lance :

— Ténébram, venez ici et enlevez ce pic à glace ! Je n'ai aucune envie de le faire moi-même… s'il ne tenait qu'à moi, je le laisserais en place !

Il se retourne vers moi, furieux.

— Urielle, il faut qu'on parle !

Voyant que je reste figée, il hurle :

— Maintenant !

Il me prend le bras et me tire vers l'extérieur. Nous sommes dehors, et il s'apprête à me sermonner. Il tourne autour de moi comme un électron autour d'un atome.

— Explique-moi, ce que tu fais avec eux…

Il s'arrête de marcher et me percute de son regard.

— Et particulièrement avec lui !

Je suis comme une petite fille, je ne sais pas quoi lui dire, j'ai honte.

— Ce n'est pas de ma faute.

— Bien sûr que si, puisque tu es au courant de sa nature !

— Ce n'est pas si simple. Je dois t'expliquer.

— Je t'écoute !

Il croise les bras et me fixe de toute sa hauteur, les jambes profondément ancrées dans le sol. Je commence à lui parler de ma grand-mère, du pacte, de Rose, de Lilith, des accidents, des agressions, d'Abel en omettant les passages les plus intimes, évidemment.

Au bout d'une demi-heure, il n'a pas bougé d'un pouce. Je ne dis plus rien depuis quelques minutes quand il sort de son silence.

— Je comprends mieux. Il faut avouer que c'est bien déroutant, même pour un homme comme moi.

— Qu'est-ce que tu veux dire ?

— Je ne suis pas un prêtre comme les autres, je suis exorciste. Tu ne pouvais pas le savoir, c'est vrai… En revanche, je viens de saisir pas mal de choses maintenant.

Il me prend la main.

— Suis-moi !

Il redescend dans la cave, je suis derrière lui. Quand il voit Abel assis en train de discuter avec Morgane et Ténébram, il leur coupe la parole en avançant vers eux :

— Laissez-nous, je dois parler en privé à Késabel et Urielle.

Ils obtempèrent en courbant la tête en signe de soumission, puis ils disparaissent dans les escaliers en fermant la porte derrière eux.

Ézéchiel ne cache pas son envie de le défier.

— Alors, Késabel ! Remis ?

Abel paraît effectivement sorti d'affaire. Il se lève, n'aimant visiblement pas être en dessous de lui. Il répond avec un sourire mutin, presque aussi provocateur :

— Il semblerait que vous ayez fait un miracle… « mon père ».

— Vous avez de la chance de connaître Urielle. Sans elle, vous ne seriez ni ici ni en bas…

Ézéchiel s'avance vers lui.

— … je vous aurais réservé un bien meilleur destin.

— Je vous trouve bien sûr de vous !

— Je le suis. Vous êtes encore là, non ?

Ils se cherchent un temps du regard, puis Abel finit par éclater de rire.

— Urielle vous a parlé de « notre » problème, je suppose.

— Je n'ai pas eu autant de détails subtils qu'avec vous, mais oui, dans les grandes lignes !

Je suis vraiment dans une position inconfortable.
— Une alliance, ça vous tente ?
Il paraît surpris.
— Je ne sais pas.
— Allons, vous êtes trop sûr de vous pour refuser…
— Ne me flattez pas, ça ne marche pas avec moi.

Abel se lève, vient vers moi et met un bras autour de mon cou tout en se tournant vers lui.

— OK, si ce n'est pas pour la gloire, faites-le pour elle…

Ézéchiel nous regarde, et je sens que cette vision ne l'enchante guère. Je baisse les yeux et repousse Abel en faisant un pas de côté.

Alors, il fait un infime hochement de tête dans ma direction et ajoute :

— Elle a clairement besoin de moi.
— Parfait.

41

En rentrant chez moi, je suis tombée tout habillée sur mon lit. Ce n'est que le soir, une fois bien reposée, que j'ai enfin compris la tournure que prenaient les événements. Comme c'est étrange de penser qu'un prêtre et un ange déchu puissent s'allier contre des ennemis communs. Je me sens un peu le centre de l'univers en ce moment, c'est assez stressant. Quand je suis allée me coucher, les deux hommes continuaient leur discussion au salon. On aurait dit qu'ils cherchaient un terrain d'entente pour mieux appréhender ce qui allait arriver. Et même s'ils sont dans leur monde, ils ont en commun bien plus qu'il n'y paraît. Lorsque je décide de descendre le soir venu, je ressens un certain stress. J'ai beaucoup de mal à oublier la fureur diabolique d'Abel. Toutes ces images me trottent dans l'esprit et me font occulter les bons moments que j'ai passés avec lui. Je ne vois plus qu'un être démoniaque, dangereux. Quant à Ézéchiel, il est revenu dans ma vie comme un être irréel, il semble être intouchable.

J'arrive en bas des escaliers avec une sorte de peur contenue. Mais à première vue, il n'y a personne. Je me sens quelque peu rassurée quand je me retourne, j'aperçois sur mon canapé Ézéchiel endormi, la tête posée sur sa main. Je m'autorise à m'asseoir pour profiter de cette vision.

Rien ne montre qu'il est prêtre, il semble être un homme comme les autres. Je reste comme ça quelques minutes, et je me dis qu'il m'est interdit. Je ne pourrai jamais ni toucher ni embrasser son visage empreint de lumière. C'est cruel en somme, car à le voir ici maintenant il y a toujours cette passion qui m'anime pour lui. Lorsqu'Abel lui a tout avoué avec tant de violence, je me suis sentie tellement désemparée, comme si je l'avais trompé.

Je le contemple depuis un certain temps déjà quand mon téléphone sonne. Mince, j'aurais dû le mettre sur silencieux…

Je bondis pour répondre avant qu'il ne se réveille et sors de la maison.

— Allô ?

— Urielle.

Je reconnais la voix d'Abel. Elle est douce et enveloppante.

— Oui ?

Il est embarrassé et ne sait pas trop par où commencer.

— Je suis désolé que tu m'aies vu comme ça. Je n'étais pas dans mon état normal, et il n'y a aucune raison que les choses changent entre nous. Tu dois me faire confiance.

Je reste silencieuse, toutes les images et les paroles de son côté démoniaque m'ont effectivement refroidie.

— Tu es toujours là ?

— Oui.

Je commence à marcher dans le jardin au hasard, la tête penchée vers le sol.

Il continue :

— Je dois te voir et te parler en face.

— Je ne sais pas, c'est un peu tôt.

— On ne peut pas attendre.

— Si, au contraire, je n'ai rien à te dire pour le moment.

— J'ai... j'ai besoin de toi, Urielle.

À ces mots, je repense à tout ce que l'on a vécu, je suis perdue. Il s'amuse avec moi et mes sentiments. Il a besoin de moi ? Oui, mais pas comme je peux l'interpréter. Alors je me raisonne et décide de vider mon sac.

— Puisqu'on n'a pas le temps, je vais te le dire au téléphone. Tu t'es joué de moi pour servir tes intérêts et comme tu me l'as si bien affirmé, tu es incapable de faire les choses sans que tu en retires un bénéfice. Tu es un calculateur, et si tu es encore là, c'est parce que tu me manipules...

Il est maintenant silencieux, mais j'entends son souffle. Puis il dit lentement :

— Non. Si je suis encore là, c'est que tu tiens à moi.

À cette simple phrase, j'ai une bouffée de chaleur. Je reste muette, et il continue en épelant chaque mot :

— Pourquoi as-tu demandé à ton prêtre de venir ? Si tu te sentais en danger avec moi, tu aurais pu laisser faire les choses.

Alors, je me justifie :

— J'avais besoin de toi contre Lilith, c'est tout !

— En es-tu persuadée ?

Je ne sais plus quoi dire, il raccroche, et j'entends une voix derrière moi.

— Tu devrais être claire avec ce que tu ressens, Urielle. Tu es bien plus semblable à moi que tu ne le penses.

Il était là depuis le début. Je ne veux plus rien dire et me retourne pour rentrer chez moi quand je perçois quelqu'un dans l'encadrement de la porte. Ézéchiel s'est réveillé et a entendu toute la conversation. Un temps, les deux hommes se regardent, puis Abel rebrousse chemin en esquissant un sourire en coin. Je me retrouve devant Ézéchiel, puis sans un mot il se pousse sur le côté pour que je puisse entrer dans la maison.

Comment ai-je pu être aussi stupide ?

Nous pénétrons dans la cuisine, et je me sers un verre d'eau. Il ne dit rien, c'est pénible. Je ne cherche pas à croiser ses yeux, mais je sais qu'il me scrute en s'asseyant sur une chaise.

— Bien reposée ?

Sa voix m'a fait légèrement sursauter.

— Oui, merci, et toi ?

— Oui.

Il ajoute en s'avançant :

— Je pense qu'il faut que je te fasse un cours.

Je le regarde, un peu étonnée.

— De quoi ?

— De religion.

Il me sourit délicieusement, je le trouve sublime.

— Maintenant ?

— Pourquoi pas.

— Je vais commencer par le jardin d'Éden. Ça te parle ?

— Oui. Il y avait un couple : Ève et Adam.

— Sais-tu qu'avant Ève, Adam avait eu une autre femme ?

— Non.

— Dieu lui a donné Lilith, mais Adam ne semblait pas s'en satisfaire. Alors Ève a été créée à partir d'une de ses côtes, et Lilith s'est retrouvée seule. Elle n'a pas accepté d'être rejetée de la sorte. Ainsi, elle a pris l'apparence d'un serpent pour tenter Ève et elle a réussi.

Je le regarde, intriguée.

— Je ne savais pas.

— Lucifer a particulièrement apprécié Lilith, qui était une femme rebelle envers toute autorité divine ou non. Il en a fait une de ses reines des enfers, lui accordant pouvoir sur des légions démoniaques. Mais elle demeurait éternellement sous ses ordres, ce qu'elle avait de plus en plus de mal à supporter. Alors, elle a décidé en secret de préparer une révolte, attendant son moment pour le faire.

Il se lève.

— Lucifer n'a rien vu venir. Il continuait à lui faire confiance tant il se savait supérieur. L'orgueil… un vrai fléau, même pour Satan ! Il était malgré tout prévoyant et dès que ses enfants mi-hommes, mi-démons arrivaient sur terre, il s'arrangeait pour les supprimer. Mais Lilith a eu l'idée de s'incarner juste après le pacte que ta mère a fait avec lui. Elle s'est liée d'amitié avec ta grand-mère et l'a aidée. L'une te protégeait des humains damnés quand l'autre empêchait les démons de venir te détruire. Quand elle est décédée, tu es devenue vulnérable. Lucifer a décidé d'envoyer quelqu'un de confiance : Késabel. Leur lien est indéfectible, et ils sont loyaux l'un envers l'autre. Il devait se faire passer pour un allié aux yeux de Rose, afin de vous anéantir toutes les deux le moment opportun. Mais ça, je crois que tu le sais…

Il s'approche de moi et me transperce de son regard aux couleurs déstabilisantes. Sa voix est plus forte.

— Un ange déchu, c'est un traître, un menteur, un manipulateur, un séducteur, qui est capable de tout pour arriver à ses fins… Connaissant cela, j'ose espérer que si tu m'as demandé de le sauver, c'est pour une simple et bonne raison.

Je le regarde, inquiète.

— Quoi ?

Il se recule en disant.

— Que tu préfères mourir par la main de Késabel plutôt que par celle de Lilith !

Je suis stupéfaite, il reste silencieux et attend une réaction de ma part. Je réfléchis un moment, puis je sors avec rage :

— Si j'avais su que tu étais un prêtre, et de surcroît « exorciste », tu crois vraiment qu'on aurait cette discussion !

Il est décontenancé, et j'en profite pour ajouter :

— Tu me reproches mes choix, mes faiblesses, mais toi, qu'as-tu fait quand Lilith était ici hier soir ? Où étais-tu ? N'est-ce pas ton rôle de nous protéger des serviteurs de l'enfer ? Abel était là, lui, pour me venir en aide ! Sans lui, je ne serais pas ici ! Tu t'es défilé depuis le début, tu n'as pas été honnête avec moi alors que je pouvais avoir besoin de toi plutôt que de lui !

Il se referme sur lui-même, sa bouche ne bouge presque pas lorsqu'il me dit :

— Tu fais erreur, j'ai toujours été honnête avec toi, c'est avec moi que je ne le suis pas…

42

Depuis cette nuit-là, Abel est plus discret. Quand il a fallu que je décide qui devait rester avec moi, je n'ai pas hésité une seconde, j'ai préféré Ézéchiel.

Je suis tiraillée entre deux mondes... Je n'appartiens ni totalement à l'un ni totalement à l'autre. C'est cruel de m'avoir créée, j'en veux maintenant à ma mère, à ma grand-mère, je suis une erreur et j'aurais dû disparaître depuis longtemps. Il y a trop d'enjeux autour de moi, et trop de gens qui sont persuadés que je pourrais être utile à leur conquête de pouvoir. Pourtant, j'ai beau chercher, je ne vois pas dans quelle mesure je suis si importante, ce qui se cache en moi pour que tout le monde s'attarde sur moi.

J'ai souvent des sensations d'étouffement, je pense aux autres, aux personnes normales, j'envie leur simple vie comme jamais.

Un jour, je suis allée fouiller dans la pharmacie pour éviter l'affrontement final, la prise de médicaments me paraissait une bonne idée, mais je suis lâche et j'ai peur de mourir.

Alors je pleure, je me recroqueville sur mon lit que je ne quitte presque plus. Je souffre quand je suis face à Ézéchiel. J'imagine qu'après avoir entendu toutes les révélations d'Abel ses sentiments envers moi ont bien changé. Et même dans le cas contraire, il est un combattant de l'Église, je ne vois pas comment nous pourrions avoir un avenir ensemble.

Il nous reste trois jours avant la lune noire, et nous devons nous retrouver dans un endroit particulier. Je descends, sachant que je vais tous les revoir, j'ai préparé une petite valise, car nous allons y demeurer. Cela ne m'enchante guère. Arrivée en bas, je me rends compte qu'Ézéchiel n'est plus là, je suis inquiète, lorsqu'on frappe à la porte. C'est Abel, il est devant moi, plus fascinant que jamais. Son regard est intense et pénétrant. Son corps est subtilement mis en valeur par des vêtements qui lui vont à ravir. Je suis troublée par cette vision. J'en oublierais presque les images qui hantent ma tête depuis la fameuse nuit. Il doit sentir mon émoi quand il me prend dans ses bras comme pour apaiser tout mon être, ou peut-être pour me tester… Le contact de sa peau me rappelle certains souvenirs dont j'aimerais tant faire abstraction. Je suis si surprise que je ne le repousse pas. Il est si brûlant, si attractif, c'est comme si je lâchais prise et que j'oubliais tout l'espace d'une seconde. Mais je finis par le refuser de toutes mes fortes. Je me libère et me poste devant lui comme si de rien n'était, mais c'est trop tard, il rayonne de plaisir.

— Je dois t'emmener, viens, ils doivent nous attendre.

— Où est Ézéchiel ?

Il change d'expression, ce prénom lui remémorant probablement sans cesse son ou ses échecs.

— Il est retourné chez lui. Il avait besoin de matériel.

Il continue, visiblement très agacé :

— Si tu pouvais avoir la délicatesse de ne pas parler de lui en ma présence.

— Je croyais que vous aviez fait une alliance.

— Alliance ne veut pas dire « amitié ». Il n'en reste pas moins pour moi un ennemi !

Nous sommes maintenant devant la Maserati, et tout en

ouvrant la portière de la voiture, il ajoute :

— Quand les choses seront terminées, je m'occuperai de son cas personnellement.

Il claque avec force la porte sans que je puisse lui répondre.

Ce n'est que lorsqu'il met le contact que je lui lance avec désinvolture :

— Bon courage !

Il ne relève pas, mais sa mine furieuse en dit long.

Nous arrivons devant une grande maison en pierre. C'est véritablement une sorte de petit château, sur le côté il y a une chapelle et un cimetière comportant quelques vieilles tombes en mauvais état. Je suis surprise.

— Qui est le propriétaire ?

— Ténébram.

Il nous attend devant la porte principale, qui est assez imposante. Morgane est également là, mais je ne vois pas Ézéchiel. Abel sait que je le cherche, il sort en hâte sans doute pour prendre l'air, avant d'exploser. Tous se saluent, et nous décidons d'entrer. C'est une magnifique demeure, on sent qu'il a les moyens de l'entretenir avec goût. Il y a des œuvres d'art de prix partout, Abel se penche vers moi, je suis ébahie.

— Tu vois qu'on peut être riche en faisant des pactes avec moi...

Je comprends maintenant, Ténébram lui est redevable, c'est pour cette raison qu'il accepte de l'aider malgré le danger. Quant à Morgane, qui se trémousse du haut de ses talons hauts, je me demande bien quel est le genre d'accord qu'ils ont pu faire ensemble.

Nous nous dirigeons vers un salon magnifiquement meublé, il est plus grand que le rez-de-chaussée de ma maison. Il y a une cheminée en pierre de taille et un sublime piano à queue. Morgane me regarde et semble percer mon secret. Elle croise les bras et adopte une attitude dominatrice.

— Le prêtre va bientôt arriver...

Elle se moque de moi avec joie, je la déteste. Une bouteille de whisky hors d'âge est posée sur la table. Ténébram me tend un verre, puis il prend la parole :

— Puisque nous sommes encore seuls. Profitons-en ! Morgane et moi nous demandons ce que nous allons retirer de cette affaire périlleuse.

Abel avale sa première gorgée et répond :

— Tu lis dans mes pensées. En premier, vous serez démis de votre dette envers moi. Puis si nous réussissons sans encombre, vous aurez un petit supplément...

— C'est-à-dire ?

— Faites-moi confiance, vous serez largement récompensés. Je n'ai qu'une parole.

Leurs visages m'indiquent qu'ils sont satisfaits.

— Marché conclu !

Je reste un moment dans un curieux doute. Comment a-t-il les moyens de leur accorder de telles choses ?

Quand on frappe à la porte, mon cœur s'emballe d'un coup, cela doit être lui. Je me raidis, ce qui amuse beaucoup Morgane, mais beaucoup moins Abel.

Je le vois apparaître devant moi, il est magistral, il porte une sorte de sac à dos qu'il dépose dans un coin, puis il appréhende le lieu et ses résidents.

Morgane se lève pour aller le saluer. Elle est féline, il semble qu'elle se fait un malin plaisir à le séduire pour le tester. Il ne paraît pas du tout dupe de cette attitude, mais ne réagit absolument pas. Ténébram lui propose :

— Vous voulez du whisky ?

— Pourquoi pas.

Je suis étonnée par cette réponse, les prêtres ont-ils le droit de boire ? Il s'assoit en face de moi et d'Abel, se cale au fond du siège et amène le liquide à sa bouche.

— Désolé du retard. J'ai raté quelque chose.

Morgane intervient rapidement :

— Nullement, nous venions de commencer.

Elle croise les jambes lentement, elle est indécemment sensuelle, mais Ézéchiel se met à parler d'une voix claire et déterminée :

— J'ai des choses à mettre au point avec vous. Je ne tiens pas plus que vous à cette alliance. Je condamne tout ce que vous faites ou…

Il se tourne vers Abel.

— …ce que vous êtes ! En revanche, nous avons la volonté commune d'empêcher Lilith d'agir et de la renvoyer d'où elle vient.

Il se lève et me regarde fixement. La couleur de ses yeux semble évoluer à la lumière et suivant son humeur.

— Nos raisons diffèrent néanmoins… Sachez qu'il n'y a rien de personnel pour moi ! Je ferai mon « travail » d'exorciste comme je l'ai toujours fait jusqu'à présent.

Un grand froid intérieur vient de me parcourir à l'annonce de ces dernières paroles : « Il n'y a rien de personnel pour moi. » Ces mots tournoient en boucle dans ma tête, si bien que je commence à avoir des vertiges. Abel affiche un sourire de satisfaction.

— C'est noté, « mon père ». En attendant, comme de nous tous, c'est moi qui connais le mieux Lilith, écoutez-moi attentivement. Il est clair qu'elle souhaite détrôner Lucifer, et donc se servir d'Urielle. Son plan est simple, elle veut nous la subtiliser pour procéder à un rituel. En le faisant, elle invoquera Lucifer dans le corps d'Urielle…

En dévisageant Ézéchiel, il ajoute :

— Pour accomplir ce que vous vouliez me faire, « mon père ». Je commence à comprendre ce qui va se passer, c'est effrayant.

L'exorciste écoute attentivement.

— Je vous suis, continuez.

— Elle doit attendre la lune noire pour le faire, mais avant, Urielle doit être préparée, droguée pour qu'elle oublie son côté humain. Elle va ordonner un culte d'invocation très précis pour incarner Lucifer afin de le rendre vulnérable. Puis Lilith anéantira Urielle et empêchera Satan de redescendre en enfer. Comme vous me l'avez si bien dit, « mon père », ni ici ni en bas. Il ne lui restera qu'à s'emparer du trône…

Dans un calme empreint de prétention, il ajoute :

— Il est facile de comprendre qu'il ne faut pas que Lilith capture Urielle. Alors nous allons simplement continuer à nous relayer.

Ézéchiel ne se contente pas de ces derniers mots.

— J'ai appris une chose essentielle dans mon activité, c'est qu'un démon est obstiné, bien plus qu'il n'est orgueilleux… Je vous conseille, Késabel, de ne pas sous-estimer les pouvoirs de Lilith… par orgueil !

Il vient de le moucher, et cela ne lui plaît pas.

— Je vous conseille également, « mon père »… de ne pas oublier d'où je viens.

— Vous n'êtes plus un archange aux dernières nouvelles.

— Certes, alors méfiez-vous de mon imprévisibilité !

Ténébram intervient pour détendre l'atmosphère qui s'est rapidement enflammée :

— Messieurs. Ne nous éloignons pas de nos objectifs.

Abel se ravise en portant le verre à sa bouche.

— Maintenant que vous savez tout, je pense qu'il faut se concentrer sur la manière d'empêcher le rapt. Elle doit être en train de préparer depuis quelques jours son lieu de culte, ce qui explique son silence, mais je sens que plus on va se rapprocher de la lune noire, plus elle risque de se dévoiler. Il n'y a plus qu'à attendre. Pour le moment, il n'y a rien à faire.

Morgane se met à parler :

— Si nous devons la combattre malgré tout, a-t-elle une faiblesse ?

Abel soupire, regarde Ézéchiel et, tout en faisant un signe de tête dans sa direction, dit :

— Lui !

43

Ils ont tous d'un commun accord décidé de rester chez Ténébram. La maison est grande, confortable, et Lilith ne doit pas savoir que j'y suis. Chacun a sa chambre, et je me sens bien entourée.

Il n'y a qu'Ézéchiel qui profite de la petite chapelle pour régulièrement s'isoler. Je ne connais pas ses ressources, mais je sais que s'il y a un affrontement, sa présence sera déterminante. Abel a demandé de rester avec moi dans ma chambre, mais je m'y suis opposée fermement. Quant à Morgane, lorsque je la croise, elle est toujours collée à lui. La première nuit s'est bien passée, chacun a pu se reposer en vue des événements à venir.

Dans deux jours, la lune noire sera là dans les cieux.

J'ai regardé toute la journée à travers la fenêtre du premier étage, je comptais les allées et venues d'Ézéchiel entre la chapelle et la maison. Ce soir, je suis encore à le contempler, ces paroles sont toujours dans ma tête. « Rien de personnel », il ne m'aime plus, la chose est maintenant d'une clarté absolue.

J'ai terriblement peur, je suis inutile et je fais courir à tout le monde les pires dangers. Les larmes commencent à me monter aux yeux et à couler sur mon visage. Je pose la main sur la vitre froide, c'est à cet instant qu'il se tourne vers moi. Il s'arrête, et nous nous regardons avec insistance. Je ne sais pas ce qu'il pense, mais je sanglote devant lui, et il le voit. Il ne fait rien, il n'avance plus, ses yeux vairons deviennent plus sombres. Ses sourcils se tendent, ses poings se ferment. Il contemple mon désespoir avec distance, puis se dirige précipitamment dans la maison.

L'espace d'un moment, j'ai imaginé qu'il courait vers moi, mais il n'est pas venu…
Ténabram m'a servi encore une fois un plateau-repas que je n'ai pas touché. Il est maintenant près de 23 heures, et je n'ai vu personne aujourd'hui. De temps en temps, je sentais qu'on s'affairait en bas ou à l'étage, mais rien de plus.
Il ne reste plus qu'un matin, et c'est terriblement oppressant. Je me déshabille pour aller me coucher. La nuit sera sans doute plus paisible que mes journées, car je ne fais que ressasser les événements, et je suis épuisée mentalement.
Je ferme la lumière et me pelotonne sous l'édredon.

J'ai 13 ans et je suis chez ma grand-mère. Le soleil est chaud, et la matinée s'annonce radieuse. Je veux retrouver Ézéchiel, je sais qu'il m'attend dans la forêt, j'ai envie de le voir. Mais pour la première fois, mamie ne souhaite pas que je sorte. Elle me l'a interdit hier soir. Je suis désemparée, mais j'ai tellement besoin de lui, de sa présence quotidienne, que je décide de lui désobéir. J'ouvre la porte et me déplace en faisant le moins de bruit possible. Il ne faut pas qu'elle m'aperçoive. Je passe par-derrière, car je sens qu'elle est dans la cuisine. Je me retrouve dehors, je dois être discrète, elle pourrait toujours m'entendre. Il fait chaud, la lumière est si forte. Je marche doucement jusqu'au petit croisement, d'ici elle ne peut plus me voir. Alors je me mets à courir en direction de la forêt, de notre endroit secret. Je suis si heureuse, ma grand-mère comprendra mon désir d'être avec lui, car il est véritablement l'amour de ma vie. À cette pensée, mon cœur s'enflamme, plus rien ne peut m'arrêter tant j'avance vite. Je reconnais le ruisseau, je sais qu'il est là, je le vois, il me suffit maintenant de traverser pour le rejoindre. Il me sourit. Il est magnifique, je dois lui dire aujourd'hui tout l'amour que j'ai pour lui. Je m'avance, mes chaussures sont mouillées par la rivière, je fais un mouvement supplémentaire.

Mais on dirait que je m'enfonce…

Quand tout à coup je n'arrive plus à mettre un pas devant l'autre, l'eau semble monter, et je suis toute trempée.

— Ézéchiel ! Aide-moi !

Il ne bouge pas. Je ne comprends pas, je suis en train de m'enliser. Pourquoi ne vient-il pas à ma rescousse ? Je le regarde, un bras tendu vers lui.

— Aide-moi, je m'enfonce. Je t'aime si fort !

À ces dernières paroles, un sourire se dessine lentement sur son visage. Que se passe-t-il ?

Ses yeux se métamorphosent, ce n'est pas lui, je la vois maintenant, c'est…

Lilith…

Je me réveille et je suis gelée, il fait nuit noire. Je suis dans une sorte d'étang, le corps plongé jusqu'à la poitrine, pieds nus, en chemise, et je ne peux plus bouger. Je tremble, je claque des dents de froid et de peur. Je suis paniquée et essaye de trouver la force de rebrousser chemin. C'est dur, on dirait que je suis dans une glu épaisse. Je peine à m'en défaire et trébuche. Ma tête est à moitié immergée, j'arrive tant bien que mal à sortir de l'eau en rampant. Je suis à terre, trempée, et je regarde vers le haut. Elle est devant moi et n'est pas seule. Je vois quelques formes qui s'érigent à l'écart en tenant des torches. Ils se cachent de moi et attendent un ordre de leur maîtresse diabolique.

Soudain, elle s'approche de moi, je ne sens plus mes membres. Je suis terrorisée. Comme un éclair, je pense à Abel, il est toujours venu me secourir lorsque j'étais en danger.

Je dois crier...

Mais au moment où j'ouvre la bouche pour le faire, la sorcière me jette une poudre au visage. Instantanément, je ne peux plus inspirer, et je commence à avoir la tête qui tourne. Je tombe sur le dos en toussant et en cherchant ma respiration.

Lilith vient doucement vers moi, s'accroupit et sort une dague. Elle fait miroiter la lame devant moi, comme pour m'impressionner. Je sens que la fin est proche, je vais mourir. Elle avance et, contre toute attente, me coupe une mèche de cheveux. Elle la place dans une petite poche rouge sang et demande à quelqu'un :

— Donne ça au prêtre et dis-lui de venir avec Késabel ici, tout de suite !

L'ombre part et disparaît dans la forêt. Je perds la sensibilité de mes doigts un par un. Mes dents s'entrechoquent violemment, et mon cœur commence à ralentir dangereusement : le froid ? Le poison qui fait effet rapidement ?

Je reste ainsi longtemps, car chaque respiration devient toujours plus douloureuse. Puis j'entends enfin, dans ce demi-coma, des pas qui se rapprochent.

Et presque instantanément...

— Urielle ! Parle-moi !

C'est Abel, il est suivi de peu par Ézéchiel.

Lilith les domine.

— Prêtre ! Jette dans l'étang tes objets de culte !

Elle fait un geste agressif.

— Je vous conseille tous les deux d'obtempérer. Si vous intervenez, elle mourra par le poison que je lui ai donné. Il n'y a que moi qui peux décider de sa vie dorénavant en lui administrant un antidote !

Je suis consciente et regarde en direction des deux hommes. Je ne peux sortir aucun mot, le froid et le venin me figent sur place. Abel fait un pas en ma direction.

Elle enrage.

— Reste où tu es, Abel !

Puis elle se tourne vers Ézéchiel.

— Prêtre, fais ce que je t'ai demandé ! Maintenant !

Il hésite, mais décide de jeter son sac à dos dans l'étang.

En criant, elle ajoute :

— La croix aussi !

Il arrache la chaîne d'un coup sec et l'envoie dans l'eau. Puis elle fait un signe à ses sbires.

— Attachez-les et emmenez-les !

J'ai mal et je m'évanouis dans un souffle de douleur alors qu'ils sont en train de me soulever.

44

Je reprends connaissance au moment où l'on vient de me jeter dans une cage. Nous sommes dans un sous-sol humide. Il n'y a pas de fenêtres, et une frêle lumière éclaire la pièce par intermittence. On dirait une sorte d'abri, un bunker militaire sans doute. Je suis toujours empoisonnée et glacée. Ézéchiel ne tarde pas à me rejoindre, poussé par un des esclaves damnés de Lilith. La cage se referme sur nous deux. Celle d'en face est réservée à Abel, qui fulmine de colère en tournant en rond. Elle est éloignée de la nôtre de quelques mètres, si bien que l'on ne peut pas entrer en contact direct. Il vocifère des injures à l'encontre du groupe avant de tenter de tordre les barreaux.

Lilith nous a accompagnés pour superviser ses hommes, elle est petite et mauvaise. Son regard est haineux, et ses veines saillent sur ses tempes. Elle s'approche de lui et lui dit calmement :

— Ta cellule est un peu particulière, Abel ! Tu ne peux pas t'en échapper...

Il perd tout contrôle, et il lui lance avec fureur :

— Je vais t'exterminer, Lilith !

— Je ne pense pas que tu sois en position de le faire, mon «

petit ange » …

Elle se retourne vers nous.

— Quant à vous deux, je vous réserve une belle fin, très héroïque ! De quoi, aller au paradis… enfin pas pour toi, Urielle ! Ta route est déjà tracée…

Inquiet, Ézéchiel lui dit :

— Elle va finir par mourir de froid avant que vous puissiez mettre vos menaces à exécution ! Donnez-moi quelque chose pour qu'elle puisse se changer ou pour qu'elle se réchauffe.

— Pour ce que j'ai à faire, même si elle est à moitié morte, cela suffira…

Puis elle disparaît dans des escaliers en béton en précédant ses alliés.

Nous sommes tous les trois maintenant dans cette grande salle. Je ne peux toujours pas bouger à cause du poison, mes membres sont bleus, le froid me brûle de l'intérieur et de l'extérieur, je ne fais que trembler.

Alors je sens qu'Ézéchiel commence à retirer ma chemise de nuit toute mouillée avec délicatesse. Une fois que celle-ci est tombée au sol, il enlève son pull et son T-shirt.

Abel regarde la scène de loin et l'interpelle avec fougue, la tête entre les barreaux :

— Qu'est-ce que tu fais, prêtre ?

— Je vais la réchauffer.

— Je t'interdis de la toucher !

Il ne relève pas et continue ce qu'il a entrepris. Lorsque je suis dévêtue devant lui, il marque un temps d'arrêt, comme si cette image le bouleversait. Puis il m'amène contre lui, il dépose sur mes épaules ses propres vêtements. Je réagis instantanément à la chaleur de son corps sur ma poitrine et ferme les yeux d'apaisement. J'entends son cœur battre plus vite, et le mien reprendre un peu de vie. Il me caresse les cheveux en me serrant encore plus fort. Je me rends à peine compte de la douceur de ce contact tant il paraît naturel et tant j'en ai besoin pour survivre. Son odeur suave me rappelle le passé, quand j'avais les mains prisonnières des épines du rosier et que je cherchais à me réconforter en m'agrippant à lui de toutes mes forces.

Au fur et à mesure, il réchauffe toutes les parties de mon corps, en les mettant en contact avec sa peau qui me brûle tant le choc thermique est violent. Je me laisse aller à ce tumulte intérieur, qui est maintenant empreint de passion dévorante, et je compte ses respirations pour suspendre ces minutes.

Nous sommes restés ainsi assez longtemps pour entendre régulièrement les rugissements d'Abel. Tantôt il essayait de sortir en se jetant sur la cage, tantôt il menaçait Ézéchiel de garder ses distances. Puis il s'en est pris à Lilith et hurlait qu'il allait la détruire de ses propres mains quand il serait devant elle.

Pendant ce temps, j'ai du mal à retrouver une température normale et je suis toujours dans l'incapacité de réagir. Dorénavant, je suis totalement consciente de ce qui se passe entre nous. Cette promiscuité me donne des frissons, je profite de lui comme d'une drogue salvatrice. Mais je n'arrive pas à reprendre le dessus, alors, tout en conservant son corps contre le mien, il commence à frotter vigoureusement mes pieds, puis mes mollets et enfin mes cuisses. Il ralentit lorsqu'il s'approche un peu trop près de mon ventre et ne cherche pas à aller plus loin. Ses frictions deviennent maintenant des caresses, et même si je suis dans un état léthargique, je savoure chaque instant comme si c'était le dernier. Des éclairs parcourent mes nerfs, et je frémis de nouveau au contact de ses mains.

Mais bientôt, le poison me fait perdre doucement toute notion. Je ne sens plus rien, mon corps s'affaiblit dangereusement. Je commence à divaguer dans une sorte de stase, quand tout à coup je cherche un souffle plus long. L'air que j'inspire ne me rassasie plus.

Ézéchiel doit pressentir qu'il y a quelque chose qui ne va pas. Nerveux, il me parle tout bas :

— Urielle ! Regarde-moi !

J'ai les yeux fermés, la respiration courte et rapide.

— Qu'est-ce qui se passe ? le hèle Abel. Prêtre, réponds-moi !

— Elle ne peut plus respirer... elle va mourir ! Maintenant !

Alors que je pleure, des convulsions incontrôlables me secouent. À l'agonie, je le fixe, il semble terrorisé. Il essuie mon visage et lève ses doigts. Ils sont couverts de mon sang.

Visiblement épouvanté par cette vision, Abel frappe les murs de toutes ses forces dans l'espoir de les faire céder.

Ézéchiel se met à hurler en direction de l'escalier :

— Lilith, elle meurt !

Je suis toujours dans ses bras et je ne respire presque plus. Je commence à voir des lumières par intermittence, mon cœur ralentit, jusqu'à presque cesser de battre, et je perçois un murmure s'effaçant peu à peu :

— Reste avec moi Urielle ! Je t'aime...

Je suis dans le coma, mais j'entends encore les sons tout autour de moi. Je perçois qu'on ouvre la cage, puis on m'enroule dans une couverture et on me fait monter. Je me mets à penser à la mort, vais-je vraiment finir en enfer, sachant que je suis la fille de Lucifer ? Je ne mérite pas ça ! Si tel est le cas, je ne reverrai plus jamais Ézéchiel.

Je décide de ne plus lutter quand on me pose sur une sorte de lit froid et dur.

Le noir s'installe immédiatement comme si une fin inévitable arrivait.

45

Soudain, je respire et j'ouvre les yeux dans un spasme ! Lilith est devant moi, elle vient de m'administrer un antidote. Je suis choquée, mais j'inspire à nouveau normalement, alors je profite de ces bouffées d'oxygène comme si je sortais d'une longue apnée.

Je peux à peine bouger et j'entends.

— Eh bien, ma fille, tu n'es pas très tenace ! Je te pensais plus résistante que ça avec tes fameux gènes… Mais c'est vrai que cela fait quelque temps que tu ne prends plus mes délicieuses tisanes réconfortantes, n'est-ce pas ?

Elle ricane en demandant à ce que l'on m'amène des vêtements. Je suis toujours allongée sur une sorte d'autel. Tout en respirant comme il faut maintenant, je vois des bougies tout autour de moi. Il s'agit effectivement d'un abri de la Seconde Guerre mondiale, on dirait que nous sommes en son centre, car plusieurs boyaux partent de là où je me trouve. Le plafond est haut et voûté. Un vent glacial siffle dans les galeries qui semblent profondes comme une mine. Le béton est omniprésent. Il y a des sortes de tables poussiéreuses remplies d'objets divers, un poste de contrôle dans un coin et une bibliothèque effondrée couverte de toile d'araignée dans l'autre.

Je m'aventure à dire, d'une voix presque normale :

— Rose ? Pourquoi me fais-tu ça ?

Elle se met à crier :

— Je ne suis pas Rose ! Je suis Lilith, la première femme de l'humanité, la déesse des enfers ! Ce soir, tout sera prêt pour l'arrivée de Lucifer. Je vais l'accueillir comme il se doit, fais-moi confiance ! Habille-toi !

Je suis dorénavant capable de me relever et je m'exécute en enfilant une sorte de robe rouge de cérémonie. Elle me donne la couverture et demande à ce qu'on me ramène en bas.

— Je dois terminer les préparatifs, mais avant... viens ici !

On me pousse vers elle.

— Avale ça !

Elle me tend une fiole en verre, mais je me sens beaucoup mieux maintenant, et je la toise avec répugnance.

— Et si je refuse ?

À peine ai-je le temps de finir ma phrase qu'une violente gifle me fait tomber.

— Bois ça tout de suite !

Sa voix fait écho dans tous les tunnels de l'abri.

— Non !

Elle me frappe à nouveau dans le ventre. Je crie de douleur en me tordant au sol, puis elle me saisit par les cheveux.

— Ne crois pas que j'aurais des remords à te faire souffrir encore plus !

Elle me met le flacon sous le nez.

— Si tu ne le bois pas de ton plein gré, je vais te forcer !

Elle fait un signe à l'un de ses sous-fifres qui vient retenir mes mains dans le dos. Un autre s'approche et m'ouvre la bouche. Ils me soulèvent, et je refuse un temps, puis celui qui est derrière moi commence à me taillader les avant-bras avec un objet tranchant. La pression est trop intense, et j'avale le liquide immonde en toussant.

Elle finit par me donner un coup au visage qui me fait encore une fois chuter. Elle a une force surhumaine.

On me prend par les poignets et les cheveux, on me tire comme un sac de marchandise dans les escaliers, je me cogne et je cherche à me relever tout en criant. J'arrive dans la salle des cages et je parviens enfin à me redresser.

Abel se tourne vers Lilith.

— Enferme-la avec moi !

Elle s'en amuse.

— Tu plaisantes, je ne voudrais pas te priver de la joie de les voir tous les deux. Le prêtre semble mieux s'y prendre avec elle que toi ! Késabel, tu es un traître, tu ne mérites aucune faveur !

Ils me poussent dans la cage, et Ézéchiel se précipite sur moi, il est livide et place ses mains autour de mon visage.

— Urielle, je t'ai entendue crier. Comment te sens-tu ? Tes yeux ? Respires-tu normalement ?

Nous sommes de nouveau seuls, Lilith est remontée rapidement pour refermer la porte derrière elle. Il me caresse les joues qui me font mal, il est rassuré de me voir sourire, mais tourmenté. Apparemment, je suis un peu tuméfiée, et mes bras saignent.

— Ils t'ont frappée ?

Je fais oui de la tête. Il ne cache pas sa colère, ses yeux deviennent noirs comme la nuit.

— Je vais mieux, elle m'a donné un antidote qui a vite agi, mais elle m'a obligé à boire quelque chose...

— Tu as mal ?

— Non, pas vraiment.

— Montre-moi tes bras.

Délicatement, il les relève et prend le temps de les observer, ce ne sont que de scarifications peu profondes. Puis il regarde ma tête et finit par m'effleurer le visage du dos de sa main. Il me sourit et m'attire à lui. Je suis heureuse de pouvoir encore une fois profiter de ce bref instant contre lui.

On entend aussitôt une voix derrière nous.

— Je suis désolé de gâcher ce moment ! Mais il faudrait trouver un moyen de sortir de là. Maintenant !

Abel rage et tourne comme un lion en cage, les bras croisés. Je me sépare d'Ézéchiel à contrecœur, et il finit par ajouter :

— Dites-moi, « mon père », vous n'auriez pas un truc pour que je puisse détruire ces barreaux ?

Il fait non de la tête, alors j'interviens :

— Mais pourquoi n'arrives-tu pas à ouvrir ces barreaux ? Ils sont en quoi ?

— Pas en quoi, mais d'où !

Ézéchiel enchaîne :

— Ils proviennent d'une église...

Je le regarde avec fascination.

— Comment faire alors ?

— On doit les désacraliser.

— C'est possible pour toi ?

— En théorie, oui. Mais, il faut une cérémonie, du matériel, et je suis trop loin de lui.

Abel lève les bras au ciel.

— Je me demande bien à quoi servent toutes ces simagrées. On n'aurait pas perdu autant de temps en enfer.

— En attendant, vous êtes toujours bloqué à l'intérieur ! Laissez-moi un moment, je vais quand même essayer...

Ézéchiel se poste dans l'angle d'un mur et ferme les yeux. Il est visiblement en train de réciter des textes à voix basse. De temps en temps, il pointe la paume vers la cage.

Je le contemple faire, puis quelques minutes plus tard, je me rends compte qu'Abel me dévisage. Il est au milieu de sa cellule, et son regard est plus ardent que jamais. Pour ne pas se faire entendre, il bouge ses lèvres sans prononcer un seul mot.

« Urielle, j'ai besoin de toi. »

Je lui réponds de la même manière.

« Je sais. »

Il ne détourne pas ses yeux de moi, et je suis encore une fois troublée. Alors je baisse la tête et décide de m'asseoir pour attendre.

Cela fait des heures que nous sommes là. Personne ne descend et, malgré toute l'énergie que déploie Ézéchiel, les barreaux ne cèdent pas.

Il abandonne finalement.

— Non, désolé. Lilith a anticipé tout ce que j'aurais pu faire.

Abel souffle de découragement. Je me mets à penser aux mages noirs, et lui lance :

— Et Morgane et Ténébram ? Vous leur avez dit où vous partiez ?

Il est agacé par ma question.

— Non, on avait autre chose à gérer si tu vois ce que je veux dire…

Maintenant que tout a été tenté, il faut que cela se termine avant que les choses ne soient plus contrôlables, alors je dis ce que j'ai sur le cœur depuis tant de jours :

— Donc il n'y a plus qu'une solution.

— Laquelle ?

Il n'y a pas d'issue, je vais me faire emporter par Lilith dans quelque temps, et je vais mourir de toute façon. La seule décision efficace à prendre reste la plus évidente ! En me tournant vers Ézéchiel, je lance froidement :

— Tue-moi !

Stupéfait, il me fixe, un sourcil relevé.
— Tu plaisantes.
— Non, je ne plaisante pas.
— Tu sais à qui tu demandes ça.
— Oui, à toi, et tu sais au fond de toi que j'ai raison.

Abel nous regarde d'un air hébété tant ce discours est surréaliste.

— Si je te disais que c'est contre mes principes, ma religion et…

— Je sais, mais c'est un sacrifice nécessaire. Il n'y a rien à faire d'autre maintenant.

— Bien sûr que si.

Je m'en prends à lui, décidément personne ne veut m'écouter, il faut arrêter l'hémorragie pour sauver un maximum de monde.

— Finalement, Lilith a bien choisi la cage ! J'aurais demandé à Abel, ça serait déjà fait !

Ce dernier se met à hurler dans ma direction :

— Ne parle pas à ma place… certainement pas ! L'un comme l'autre, on n'a aucun intérêt à le faire.

Je retourne m'asseoir dans un coin de la cellule comme si je venais de me faire gronder et continue d'attendre.

Il semble que la nuit est tombée maintenant, le moment se rapproche, et nous sommes toujours dans l'incapacité d'agir. Abel a usé le sol en béton de sa geôle tant il a fait les cent pas pour chercher une solution qui reste introuvable.

Soudain, la porte s'ouvre, on entend des personnes descendre. Mon cœur s'accélère, car je sais qu'ils viennent pour moi. Je me tourne vers Ézéchiel, la peur certainement visible sur mon visage.

Lilith est suivie par plusieurs de ses hommes.

— Emportez-la !

Ézéchiel me pousse dans son dos, mais d'un mouvement elle le frappe si violemment qu'il fait un vol plané jusqu'au fond de la cage. Il se relève rapidement, mais c'est trop tard. Je ne veux pas me laisser faire, alors je donne des coups de pied, je griffe, et je gesticule dans tous les sens. Mais ils sont bien trop forts et trop nombreux. Je me retourne vers Ézéchiel, avant de disparaître dans les escaliers.

46

J'ai pris le temps de détailler le chemin, j'ai vu que la sortie n'était pas si loin. Nous avons suivi un tunnel pour arriver au centre. La salle a quelque peu changé et est éclairée par des dizaines de bougies rouges. L'autel est toujours au milieu, mais il y a des têtes d'animaux morts disposés tout autour. L'odeur de sang et de chair en putréfaction qui règne est insupportable. Des cornes de bouc sont remplies d'un liquide noir comme du goudron, et des coupes sont pleines de poudre de plantes, elles semblent luire comme du phosphore.

Lilith se tourne vers moi avec la vitesse d'un serpent et me jette encore une fois quelque chose au visage qui me fige instantanément.

On me dépose sur l'autel, je suis tout habillée, et elle commence des incantations. Le temps avance au ralenti tant je suis dans un état de transe mystique. Ma tête tourbillonne et me fait mal, mon cœur tambourine dans ma poitrine quand je perçois une voix intérieure venue de nulle part. Cette voix se mêle aux chants sataniques de Lilith.

Les minutes passent, les heures défilent. Je suis restée comme cela à entendre des paroles incompréhensibles pendant longtemps en me demandant sans cesse quand j'allais mourir.

Puis au milieu de la nuit, les choses évoluent, il semble que je ne suis plus seule en moi. Je ressens de la chaleur et des frissons qui ne s'arrêtent plus, des éclairs me parcourent à un rythme soutenu, comme des percussions. Soudain, une bouffée d'énergie se met à remonter de mes pieds à mes cheveux, et au même moment je ne peux plus contrôler la partie gauche de mon corps. J'ai la sensation étrange, mais bien réelle d'être coupée en deux. Je ne vois que de mon œil droit, et je ne peux plus bouger l'autre côté.

Je commence à me relever, mais je n'en ai pas envie, pourtant c'est impossible de résister. Je suis rapidement assise et je contemple Lilith qui prépare autre chose. Elle continue ses incantations lorsqu'elle s'approche de moi, on dirait qu'elle vient de sortir d'une tombe, elle est cadavérique, ses mains sont rongées par les poisons, ses os sont saillants. Elle est profondément déterminée et me fait boire ce liquide noir. Je ne peux pas résister cette fois-ci, et je rejette la tête en arrière tant la brûlure est intense dans mon œsophage. Je panique, je veux crier, mais plus rien ne sort de ma bouche. Je ne suis plus maître de cela non plus. Il n'y a plus qu'elle dans la salle, elle continue son rituel avec beaucoup d'expertise.

Soudain, elle demande, les bras levés vers moi :

— Lucifer, es-tu là ?

Je me mets à trembler sans pouvoir m'en empêcher, des gestes irrépressibles me tordent dans tous les sens. Alors je me sens glisser, je tombe de l'autel et percute le sol au moment où j'entends une voix familière.

— Urielle !

Je comprends qu'ils ont réussi à sortir de leurs cellules. Devant cette intrusion, Lilith gronde de rage. Tout en continuant mes mouvements incontrôlables, je les regarde, je suis secouée de toute part. Je vois Morgane et Ténabram, visiblement très essoufflés, aux côtés d'Abel, qui est prêt à bondir. Ézéchiel est là dans une posture bien plus calme, je suis au fond de moi rassurée, même si je sens que les choses vont très vite dégénérer.

Soudain, je ne tremble plus et je me lève. Ce n'est plus moi, c'est lui. Je contemple la scène comme si j'étais plus grande que les autres, mon corps est en train de léviter. Tous les regards sont dirigés vers moi, et je tourne dans les airs comme une toupie lorsque j'entends Lilith.

— Lucifer !

Alors le silence se fait et je redescends au sol. Ma bouche s'ouvre, et une voix démoniaque qui n'est pas la mienne en sort :

— Lilith, tu l'as donc fait.

Je le sens sourire et avancer vers elle. Elle se prépare à réagir en conséquence, elle va me tuer et prendre le pouvoir comme elle a toujours voulu le faire. Elle saisit un poignard et s'approche de moi pour me le planter dans le cœur.

Dans un mouvement surnaturel, Abel se place entre elle et moi, mais contre toute attente, je l'empoigne et le soulève avec une force incommensurable pour le projeter contre le mur. Mon hôte s'empare de la lame de Lilith et, comme s'il s'agissait d'une simple fléchette, l'envoie directement dans le ventre de l'ange, qui se met à hurler tant la douleur est intense. Je reste spectatrice de tout ceci sans avoir les moyens de réagir, je souffre de le voir, il va mourir par ma faute. Les mages noirs commencent des incantations et décident de s'approcher de moi. Je sens un temps qu'ils peuvent déstabiliser Lucifer, mais bien vite lorsqu'ils arrivent à ma hauteur, il les toise en penchant ma tête sur le côté.

— Vous oubliez à qui vous appartenez. Bande de pourceaux ignares et faibles. Prosternez-vous devant moi, je suis votre roi, ou mourez !

Ils paraissent perdre confiance tant ses paroles sont franches et sataniques. Alors Lilith lui demande d'une voix mielleuse :

— Mon roi, je veux m'en occuper !

Je suis surprise. Que se passe-t-il ? Et elle se met à genoux devant moi.

— Mon roi, je suis ton éternelle servante, permets-moi de les faire disparaître...

Elle se retourne vers les mages avec un œil aussi sombre que son âme.

— J'ai un compte à régler avec eux.

Alors je sens la frayeur qui se lit sur tous les visages, sauf peut-être celui d'Ézéchiel, qui reste sans réagir depuis tout à l'heure. Nous avons tous cru qu'elle voulait le trône, mais en fait ce n'était pas cela. Elle a toujours été de son côté...

Il place ma main gauche sur ses cheveux et dit :

— Ma chère Lilith, je te le permets.

Elle se jette sur Ténébram comme un animal enragé. Elle le mord avec violence, le sang coule de sa joue, de son cou. On l'entend gémir de douleur et on le voit tenter de pousser la sorcière qui s'acharne avec beaucoup de frénésie contre lui, mais en vain... Morgane recule dans un élan de peur, puis elle ôte son sac à dos pour l'envoyer en direction d'Ézéchiel, qui s'en saisit avec une grande habileté pour en sortir une croix. Tout en s'avançant vers Lilith, il commence à réciter des textes en latin, elle arrête de lacérer les chairs quand il est à sa hauteur. Ténébram est dans le coma, il a besoin de soins, il lui manque des morceaux de peau un peu partout. Elle est couverte de son sang, elle lèche avec plaisir ses doigts, mais Ézéchiel s'approche encore plus, et elle se retire devant la croix en faisant un cri de rapace.

Soudain, le regard d'Ézéchiel change.

— Lilith, repens-toi.

— Jamais ! Je préfère mourir !

Il marmonne en affichant un visage provocateur :

— Ce serait trop facile…

Alors il avance et, avec célérité, lui plante le bijou au milieu du front sans qu'elle ait eu le temps de s'y opposer. Elle hurle tant la douleur paraît incommensurable. L'argent s'enfonce encore plus loin dans son crâne quand il continue à réciter plus fort les textes sacrés.

La scène est surréaliste, elle se met à supplier, les bras levés.

— S'il te plaît, Ézéchiel, tu ne peux pas faire ça. Tu ne peux pas tuer de tes propres mains, aie pitié de moi, je suis une pauvre femme sans défense…

Il semble un temps touché par ces mots. Il prend un peu de distance et l'observe, on ne voit presque plus la croix en argent tant elle est profondément enfouie dans sa tête. Puis il sort lentement un objet pointu du sac à dos de Morgane. Lilith suppliant toujours, elle est courbée, les paumes vers le haut. Il se relève, hésite un bref instant et d'un coup l'enfonce avec fougue dans son cœur.

Les yeux de Lilith sont exorbités, elle titube, elle crache du sang et tombe à genoux avant de s'effondrer définitivement. Il se baisse pour retirer quelque chose du corps sans vie de la sorcière, c'est à cet instant que je reconnais le pic à glace. Puis il se retourne doucement vers Lucifer et, sans bruit, le toise du regard. Mais, contre toute attente, Lucifer se réjouit devant le prêtre.

— Ézéchiel, comment vas-tu ? Tu n'as pas perdu la main…

Ils se connaissent ! Comment cela se fait-il ?

Abel est toujours vivant, la lame noire plantée dans son ventre. Morgane le rejoint pour l'aider, mais à ces mots elle arrête net tout mouvement. Ils sont paralysés en attendant ce qui va se passer.

Je ne peux pas le croire… C'est un cauchemar…

Ézéchiel sourit, mais ne relève pas, il est profondément ancré dans le sol de l'abri, défiant Lucifer qui continue.

— Tu pourrais leur dire qui tu es maintenant. Je sens que ma fille n'apprécie pas vraiment cette cachotterie.

Le roi éclate de rire ; chaque fois qu'il le fait, j'ai l'impression d'être envahie par des infrasons. Nous attendons tous la suite avec impatience.

Ézéchiel rompt le silence dans un calme terrifiant :

— Dis-leur...

Lucifer nous fait bifurquer vers Abel.

— Késabel, tu ne l'as donc pas reconnu ?

Abel ne peut rien répondre, visiblement médusé. La stupéfaction se lit sur son visage en souffrance, c'est incompréhensible.

— Mais enfin, tu croyais vraiment que tout ceci n'était pas prévu ?

Dans un rire machiavélique, il ajoute :

— Je savais qu'en t'envoyant pour tuer ma fille tu allais succomber à cette irrésistible attraction que j'ai volontairement placée en elle. Je savais aussi que si je t'interdisais de la toucher, tu allais le faire. N'es-tu pas l'ange de la séduction et l'un de mes plus fervents révoltés ?

Abel trouve la force de lui répondre :

— Lucifer...

— Tu ne comprends toujours pas. Tu es vraiment un sot ! La machination était parfaite, si tu penses que je t'ai manipulé, alors que doit dire cette pauvre Lilith maintenant ? Je lui ai demandé de protéger Urielle et le moment venu de me faire apparaître. Quant à toi, tu devais la trahir et me trahir... pour pouvoir être ici avec...

Il se retourne en pointant mon doigt vers l'exorciste.

— Lui !

Ézéchiel est toujours dans la même position et patiente calmement.

— Il est le seul descendant d'Énoch, il est donc de la lignée directe de l'archange Métatron...

L'effarement se lit sur le visage d'Abel et de Morgane. Je ne comprends rien, je suis dans un délire surréaliste. Alors comme si je demandais des explications et qu'il m'entendait, il ajoute à voix haute :

— Urielle ! Cet exorciste a bien plus de pouvoir que tous les autres, car son ancêtre est devenu l'ange le plus puissant du royaume de Dieu... Métatron. Il s'appelait dans sa vie humaine Énoch, il a eu une longue lignée de prophètes, dont Noé. Ézéchiel est la réincarnation de son fils direct, Mathusalem. J'avoue sans honte avoir cherché un moyen de supprimer toute cette progéniture dès leur naissance, mais ils étaient bien trop forts même pour moi... alors j'ai compris une chose essentielle qui était pourtant tellement évidente. Ils sont humains autant qu'ils sont anges ! Je t'ai créée et je ne t'ai pas tuée comme les autres pour qu'il se présente devant moi aujourd'hui...

Ézéchiel devient plus sombre, il commence à saisir la partie qui venait de lui échapper depuis de début. Mon corps possédé est devant lui, et Lucifer souffle les mots comme un dragon plus menaçant que jamais.

— Tu as lutté contre ça de toutes tes forces, n'est-ce pas ? Tu penses pouvoir me soumettre comme toute la lignée, fils d'Énoch, en procédant au Grand Exorcisme ?

Il continue en le pointant du doigt :

— Mais tu as perdu tout pouvoir de le faire le jour où tu es tombé amoureux de ma fille ! Tu as trahi ton père ! Tu as failli !

Cette annonce nous cisaille comme un couperet. Nous avons tous été manipulés par Lucifer. Tout est plus clair maintenant, Ézéchiel est vulnérable à cause de moi, de l'amour qu'il a pour moi. Je souhaiterais tellement reprendre le contrôle de moi-même, mais c'est impossible. Je me débats intérieurement et fais sourire mon hôte qui murmure :

— Chut... Tu me déconcentres, Urielle !

Mon corps recommence sa lévitation, quand le roi lance à Ézéchiel :

— Il ne reste qu'une chose à faire pour que tu deviennes des nôtres, que ma vengeance soit parfaite... Que comptes-tu faire, « prêtre », sans le Grand Exorcisme ?

Il s'approche de lui, il est redoutable et violent.

— Vas-y, tue-moi, tue-la ! Tu pourras la déposséder de ma présence... C'est tellement facile, et tu as tout à portée de main !

Il ricane et savoure le moment en tournant autour de lui. Il est lent, perfide, et il veut qu'il plie comme un roseau.

— Tu vois comme je suis fairplay ! Je te propose de frapper le premier... Mais si tu ne le fais pas, je frapperai le dernier.

Je crie pour tenter de l'arrêter, mais rien ne se passe. Il est trop puissant. Je suis bouleversée, Ézéchiel ferme les poings, il a les yeux qui se teintent de larmes amères.

Que faut-il faire ? Attendre, il y aura forcément un vainqueur, et je prie pour que ce soit lui. Je cherche les moyens de sortir d'ici, mais je suis prisonnière de mon corps qui ne m'appartient plus. La lutte est impossible, je ne pense qu'à Ézéchiel dorénavant. Je me remémore toutes nos entrevues, nos moments lorsque nous étions adolescents. Je souffre. Il est là et ne réagit plus. Il semble décidé à laisser faire Lucifer dans sa vengeance.

Soudain, le roi des enfers me pose au sol et s'approche tout près de lui.

— Alors, fils d'Énoch ! Tu as donc choisi la défaite... Tu es pitoyable dans ton humanité. L'amour est un fléau qu'il faut éradiquer, n'est-ce pas ? Tout serait plus simple sans cette ineptie.

Je contemple les yeux changeants d'Ézéchiel, je ne suis qu'à quelques centimètres de lui, sans pouvoir le toucher ou le réconforter. Il est pâle, la bouche et la mâchoire serrées. Lucifer continue son humiliation :

— Tu as le pic dans la main, sers-t'en maintenant ! Regarde, je suis devant toi sans arme. Fais ton travail d'exorciste, car tu n'auras plus jamais l'occasion de le faire une fois là-haut !

Il ne bouge pas, je suis dans un état émotionnel si intense que je rêve de l'embrasser, de l'enlacer tant cette image est insupportable.

C'est à ce moment-là que Lucifer décide d'arracher de ses mains le pic à glace, et il le place sous sa gorge. Le prêtre relève la tête, comme pour empêcher la cruelle évidence. Il va frapper et le tuer, ce n'est qu'une question de seconde.

Ézéchiel me regarde et murmure :

— Urielle, je suis désolé…

Je ne peux pas supporter ce spectacle. Je demande de l'aide, je me souviens de ma grand-mère, de sa protection. Je me concentre sur elle, sur le bonheur que j'avais de la retrouver chez elle, étant enfant. De la tristesse que j'ai eue de la voir morte. Ma vie défile à cent à l'heure quand… soudain je sens une odeur familière. Ézéchiel doit aussi la reconnaître, car ses pupilles se dilatent d'un coup.

C'est une rose…

Ne laissant pas à Lucifer les moyens de réagir, j'ai déjà repris le contrôle de la main qui tient le pic. Et dans un mouvement arrière, je me le plante avec force dans le flanc gauche. La douleur me fait tomber sur le dos.

Alors on entend la voix d'Abel qui résonne comme un écho dans toutes les galeries.

— Prêtre ! Finis le travail ! Sors-le de là avant qu'elle ne meure !

Sans crier gare, Ézéchiel prend le sac pour saisir l'eau bénite. Tout en le jetant sur moi en faisant des signes de croix, il commence son exorcisme... J'ai tout de suite des convulsions, Lucifer lutte contre les paroles sacrées. Plus Ezéchiel avance dans son rituel, plus je sens que Lucifer veut me faire mourir maintenant, se sachant vaincu. Je me griffe le visage, puis tout le corps en hurlant comme une bête, je lance des injures avec une voix démoniaque. Je cherche à le saisir puis retombe en arrière, courbée à l'extrême. Le pic est toujours en moi, le sang coule à chaque mouvement incontrôlé.

D'un coup, je commence à me serrer le cou, Lucifer veut m'étrangler. J'entends les paroles en latin, elles cognent dans ma tête comme des glas. Je sens que je vais perdre connaissance lorsque deux mains puissantes les desserrent. C'est Abel qui, libéré de sa dague, retrouve un semblant de vitalité. Il me bloque les bras et tente d'empêcher mon corps de gesticuler, quand il dit :

— Bouge-toi ! On va la perdre, c'est ce qu'il veut maintenant !

Ézéchiel marque un arrêt, mais le temps presse. Je suis à bout, et il me regarde droit dans les yeux. La peur se lit sur son visage, ses traits sont tirés. Il semble hésiter quand, contre toute attente, il se lève dans une lenteur presque hors de propos. Doucement, il ferme les yeux, joint les mains pour prier, puis se tourne vers le ciel. Un souffle traverse la mine en sifflant, les galeries grondent, ce vent se transforme rapidement en rafales, qui bientôt forment un vortex au-dessus de lui. Alors que j'ai les paumes vers moi, et dans une ultime demande, quelque chose façonne un tunnel de lumière qui transperce le plafond. Il tend les bras comme pour accueillir cette manne et reçoit des milliers d'étoiles qui scintillent.

Abel relâche la pression tant il est surpris par ce qu'il contemple. Il est maintenant nimbé dans une clarté vive et puissante. Il ouvre les yeux, ils sont bleu nuit, des larmes de cristal glissent sur ses joues. Il s'accroupit et pose la main sur le pic à glace en disant :

« Ac velut e spinis mollis rosa surgit acutis

Nil quod lœdat habens, matremque obscurat honore,

Sic, Evœ de stirpe sacra veniente Maria,

Virginis antiquœ facinus nova virgo piaret. »

À peine les phrases énoncées, il retire avec force le pic, et au même instant, je suis aveuglée par un éclair qui traverse tout mon corps pour ressortir par mes pupilles. Dans un hurlement venu du plus profond de moi, je retrouve les sensations que j'avais perdues. Je suis de nouveau seule, je souris en regardant Ézéchiel, qui a la main posée sur ma tête… puis tout s'est éteint d'un coup.

47

Le soleil est radieux, et un doux parfum de fleur m'accompagne lorsque je pose le pied sur la moquette de ma chambre.

Je me suis réveillée quelques heures après à l'hôpital, Ézéchiel était près de moi. Lorsque je me suis tournée vers lui, il me regardait déjà avec toute sa tendresse. Il était apaisé, rassuré, puis il s'est approché et s'est assis sur le lit. Quand il m'a pris la main, j'ai compris qu'il avait réussi là où Lucifer l'avait défié. Je me suis alors souvenu de certains détails, de cette lumière, de cette rose, mais je n'ai pas voulu briser cet instant délicieux tant j'étais heureuse d'être en vie auprès de lui. On est restés à s'observer dans les rayons de soleil du matin.

Puis on a frappé à la porte, c'était Abel, Ténébram et Morgane. Cette dernière poussait le fauteuil de Mé, qui s'est mise à lancer des cris de joie en m'apercevant. Nous avons bien entendu caché les événements si spectaculaires de ces quelques jours à tous ceux qui n'étaient pas présents. De toute évidence, cela ne pouvait rester qu'entre nous. Officiellement, je suis mal tombée, et Ténébram s'est fait attaquer par un chien enragé, le même que celui retrouvé dans le labyrinthe de Natacha… Aucune enquête ne pourra donc remonter à Lilith et à la machination de Lucifer.

Les jours qui ont suivi, Ézéchiel ne me quittait plus, et curieusement Abel s'est fait moins présent. Je savais qui il était et ce qu'il représentait, mais je n'ai jamais pu aborder le sujet.

Aujourd'hui, je suis rentrée chez moi et je compte dorénavant profiter de cette nouvelle vie pour avancer sereinement. Ézéchiel est en bas, et je descends sans lui demander de m'aider cette fois-ci, car j'ai besoin de prouver que tout va bien.

Je suis rapidement devant lui quand il me tend une tasse de café, il est si fascinant.

— Tu veux manger quelque chose ?

Je le regarde avec tant d'amour qu'il est troublé. Son sourire est si doux, il est différent. Ses yeux ont définitivement changé, ils sont restés bleu nuit et paraissent tellement plus denses maintenant. En un quart de seconde, je me remémore les événements et je n'ose pas m'approcher de lui, je suis impressionnée par ce qu'il est et ce qu'il a accompli.

Il a compris mes incertitudes comme s'il lisait en moi, il pose la tasse et s'assoit.

— Il y a quelqu'un qui veut te parler, il t'attend dehors.

Je sais qu'il s'agit d'Abel, et j'appréhende cette entrevue. Mais lorsque je vois le calme d'Ézéchiel, je suis rassurée, il ne faut pas que je me fasse de souci. Je me dirige vers la porte d'entrée qui se referme derrière moi.

Abel est face à moi, au milieu de l'allée, il est plus impressionnant que jamais.

— Viens, marchons.

Je le suis silencieusement, nous avançons dans le petit chemin qui mène à la forêt, et il commence :

— Urielle, je dois partir maintenant.

Je me retourne d'un coup.

— Quoi ?
— Oui, si je te dis « il le faut », ça fait un peu cliché, non ?

Je souris, et il continue :

— J'ai parlé à Ézéchiel. Visiblement, cette attirance que j'avais pour toi ne venait que de Lucifer.

Il lève la tête vers la cime des arbres.

— Il est parti maintenant, je ne ressens donc plus rien pour toi...

Je m'arrête et le contemple avec étonnement.

— Bien, je comprends. C'est évident...

Il sourit en coin, les yeux tournés vers le ciel.

— Quant à toi, j'ai su dès le premier soir que tu attendais quelqu'un d'autre que moi. Et même si nos natures similaires se sont retrouvées un temps, tu n'as rien à faire avec mon monde.

— Tu te trompes, je serai toujours mi-femme, mi-démone.

— Oui, mais en voulant te sacrifier pour sauver la vie d'Ézéchiel, tu as prouvé que tu étais bien plus femme qu'on pourrait le penser. Je ne sais pas si j'aurais fait ça pour quelqu'un de façon désintéressée...

Je fais non de la tête, montrant ma désapprobation évidente. J'ai du mal à le croire malgré tout, il s'est mis plusieurs fois en danger pour moi. Mais comme il me l'a dit, cela devait être dans son intérêt de le faire. Je décide néanmoins de ne pas relever.

— Ne t'es-tu pas racheté en combattant Lucifer, n'as-tu pas choisi le camp de là-haut ?

— Tu imagines naïvement que je pourrais retourner là-haut ? Je doute, mais admettons que cela soit possible, en ai-je vraiment envie ?

Il soupire.

— Je pense que je suis à ma place entre les deux.

— Mais tu n'es pas immortel...

— Alors je verrai le moment venu, et je ne pourrai rien y faire.

Quoi qu'il en soit, que ce soit en haut ou en bas, je ne serai pas le bienvenu. En attendant, je veux en profiter.

Il s'arrête, me met les mains sur les épaules et ajoute :

— Urielle, on va sans doute se revoir, mais tu dois savourer chaque instant de la vie. Toi non plus, tu ne sais pas où tu seras après la mort…

Je le regarde, il a changé. Il est plus posé, moins froid, plus angélique que jamais.

— Quand pars-tu ?

— Maintenant. La maison de Rose est en vente.

— C'est rapide, tu ne veux pas attendre quelques jours ?

Il perçoit cette déception.

— Non, le plus tôt sera le mieux.

Nous rebroussons chemin, et il continue :

— Et puis, qui sait ? Il y a peut-être encore un peu de Lucifer en toi…

Il affiche un sourire moqueur quand il me lance son regard malicieux.

Nous ne nous sommes pas touchés, pas embrassés, et c'est les mains dans les poches qu'il se tourne vers sa prestigieuse voiture. Dans un dernier signe de tête fait derrière la vitre, il disparaît.

48

Lorsque je suis rentrée à la maison, j'ai su qu'Abel allait me manquer.

Ézéchiel est toujours là, il est assis à la table, et même s'il remarque ma tristesse, il ne cherche pas à me parler de cela. Je me suis placée devant lui et je porte ma tasse à mes lèvres, quand il se tourne vers moi.

— Tu peux marcher un peu, ça ne te fait pas mal ?
— Non.
— Alors il faut que je t'emmène quelque part.

Nous avançons maintenant sur le chemin que je reconnais bien. Je vois clairement où il veut m'amener. Quand le sentier se fait plus instable, il me prend la main tendrement pour accompagner mes pas incertains. Le contact de sa peau me procure toujours des vertiges. La journée est si belle, le temps est si clément. Nous perdons toute notion dans cette atmosphère si calme. La lumière qui perce à travers la végétation parcourt ses cheveux qui brillent comme des flammèches. Lorsque nous arrivons au ruisseau, je m'arrête pour fermer les paupières, je respire de grandes bouffées d'air et je concentre mon ouïe pour entendre les sons de la nature. Il patiente tout en me fixant avec intensité, il comprend comme moi que le moment est presque sacré.

À l'instant où j'ouvre les yeux il est devant moi, il semble me caresser le visage de son regard. Puis il m'adresse un signe de tête et me prend les mains pour que je puisse traverser. Il ne me les lâche pas, et il s'approche de moi jusqu'à ce qu'elles soient jointes contre son buste. Nous sommes seuls et avons besoin l'un de l'autre. Je suis fébrile et intimidée, je me souviens de son corps dévêtu si chaud quand il était contre moi.

Un bref instant, j'ai cru qu'on aurait pu aller plus loin dans l'intimité de ce lieu qui nous appartient, mais il ne cherche pas à le faire. Comme si mes mains le brûlaient d'un feu ardent qu'il ne pouvait contenir, il les abandonne et commence en pesant chaque mot.

— Urielle, tu sais qu'il faut clarifier ce qui se passe entre nous.

Je suis dans une sorte de rêve éveillé, mais cette dernière phrase me fait redescendre sur terre.

— Oui.

— Je fais toujours partie de mon ministère.

Tout à coup, j'ai peur d'entendre la suite, je voudrais l'empêcher de parler, mais je reste silencieuse.

— Je suis un prêtre, et même s'il n'y a aucun doute sur ce que je ressens pour toi, je dois prendre une décision radicale. Si je te choisis, je ne pourrai plus te défendre contre Lucifer quand il reviendra. En revanche, si je reste ce que je suis, il renoncera à sa vengeance, mais… je ne pourrai jamais être avec toi…

Bien sûr, il a raison, et Lucifer aurait donc le dernier mot. Les larmes me montent aux yeux tant je sais qu'il ne voudra prendre aucun risque. Je suis anéantie, je ne peux pas vivre à ses côtés sans espérer être avec lui. Il va falloir qu'on ne se voie plus, ce serait trop dur pour nous deux de résister. C'est injuste !

Il le pressent et m'amène délicatement la tête contre lui. Bien que j'apprécie tant ce contact, je ne peux pas m'empêcher de le repousser et de lui dire :

— Si je comprends bien, Lucifer a gagné !

Il marque un temps d'arrêt et ajoute fermement :

— Je ne peux plus imaginer te perdre. Je l'ai vécu sans cesse depuis notre rencontre, c'est une torture !

Je suis sérieuse et déterminée lorsque je lance :

— Tu me perdrais de toute façon !

Il recule, met un peu de distance entre nous et se poste devant moi, immobile et calme. Je suis intriguée, car je ne comprends pas son attitude.

Je sens que c'est terminé ! Il croise les bras devant lui et ajoute :

— Puisque tu es concernée, quelle décision prendrais-tu si tu étais à ma place ?

Interloquée, je réponds sans réfléchir :

— C'est clair, non ? Je veux vivre avec toi, et peu m'importe s'il faut mourir dans un mois, un an, cent ans ! Car je t'aime de toute mon âme !

Je me rends compte que ces paroles sont sorties de ma bouche avec fougue et détermination. Je les regrette maintenant, car je me sens mise à nue.

Il penche la tête vers le côté et glisse ses iris sur les courbes de mon corps. Je rougis, car jamais il ne s'est permis une telle chose. Son regard devient plus profond, plus intime, c'est comme s'il était envahi d'une passion charnelle. Je me sens mal à l'aise face à sa manière de réagir. Tandis qu'il reste impassible, je baisse le visage.

On dirait qu'il savoure cet instant comme une finalité tant attendue. Il est totalement différent, plus éloquent, plus brûlant...

Le silence est lourd, la forêt et le ruisseau bercent ce moment d'éternité.

Soudain, en ne clignant presque plus des yeux, il s'approche lentement de moi comme un chat face à un oiseau qu'il a peur de faire fuir. Je suis impressionnée, déstabilisée, j'ai le souffle coupé. Je ne sais pas ce qui va se passer, mon cœur s'affole quand je le vois devant moi. Il me fixe, je ne me maîtrise plus et fais un pas en arrière, comme si je pouvais m'échapper.

Mais, d'un coup, il me prend par la taille. Ses mains se font plus sensuelles, plus précises quand il caresse mon dos. Il me serre de plus en plus fort, ma poitrine est contre lui, son corps est plaqué contre le mien. Sa respiration devient plus rapide. Je suis désorientée par cette passion qui se lit dans ses yeux bleu nuit, que je n'avais jamais vue en lui auparavant. Je ne peux me détacher de son entrave si ferme et entreprenante, et je n'en ai pas la force.

Puis, il coule un fascinant regard sur moi, et s'approche de mon visage. Je suis tremblante et à sa merci.

— Tu as pris la même décision que moi, murmure-t-il doucement.

À cet instant, il pose ses lèvres avec passion sur les miennes.